FINAL PROPOSAL

Titre de l'édition originale : *Final Proposal (Book Three)*

Publié par JKB Publishing, LLC

Ouvrage dirigé par Isabelle Solal
Édition en langue française : *Final Proposal (Série S.I.N. # 3 Book Three)*
Photographies de couverture : © mrsiraphol / Freepik / © opolia / iStock / Getty Images
Design de couverture : Stéphanie Aguado
Collection New Romance® créée par Hugues de Saint Vincent,
dirigée par Arthur de Saint Vincent

34-36, rue La Pérouse
75116 – Paris
www.hugopublishing.fr

ISBN : 9782755665079
Dépôt légal : mai 2023
Imprimé en France par CPI Brodard et Taupin

SIN SERIES
BOOK THREE

NEW ROMANCE®

FINAL PROPOSAL

K. BROMBERG

AUTEURE DE BEST-SELLERS DU NEW YORK TIMES

Roman

Traduit de l'anglais (États-Unis) par
Marie-Christine Tricottet

Hugo Roman

« K. Bromberg nous offre toujours des romances intelligemment écrites, sensuelles et chargées d'émotions intenses... » *USA Today*

« K. Bromberg vous fait croire au pouvoir du véritable amour. »

Audrey Carlan, auteure de best-sellers numéro 1 *du New York Times*

« Un roman magnifique et poignant qui parle de survie, de seconde chance et du pouvoir de guérison de l'amour. Une lecture incontournable. »

Helena Hunting, auteure de best-sellers du *New York Times*

« Une romance irrésistiblement sexy qui vous poursuit longtemps après avoir refermé le livre. »

Jennifer L. Armentrout, auteure de best-sellers numéro 1 du *New York Times*

« Bromberg est passée maître dans l'art de faire monter la température ! »

Katy Evans, auteur » de best-sellers du *New York Times*

« Une histoire sexy, survitaminée et chargée de sentiments. Bromberg fait un carton de la première à la dernière page. »

Kylie Scott, auteure de best-sellers du *New York Times*

DE LA MÊME AUTEURE

Driven Series

Driven

Fueled

Crashed

Raced

Aced

Driven Novels

Slow Burn

Sweet Ache

Hard Beat

Down Shift

The Player Duet

The Player

The Catch

Everyday Heroes

Cuffed

Combust

Cockpit

Control (Novella)

Wicked Ways

Resist

Reveal

Standalone
Faking It Then You Happened
Flirting with 40
UnRaveled (Novella)
Sweet Cheeks
Sweet Rivalry (Novella)

The Play Hard Series
Hard to Handle
Hard to Hold
Hard to Score
Hard to Lose
Hard to Love

The S.I.N. Series
Last Resort
On One Condition
Final Proposal

Holiday Novellas
The Package
The Detour

1

Ford

UN VENT CINGLANT SECOUE LES ARBRES et des éclairs illuminent le ciel dans le lointain. L'espace d'un instant, j'entrevois l'océan déchaîné par la baie vitrée derrière laquelle je me tiens.

Et puis, c'est de nouveau l'obscurité.

Le trajet en voiture pour arriver jusqu'ici n'a rien fait pour apaiser ma colère.

Pas plus que le verre de whisky à moitié bu que je tiens à la main.

Je me disais qu'à chaque kilomètre que je mettrais entre moi et mes frères, leur ton implacable et leurs explications foireuses, ma fureur s'estomperait... *mais je me trompais.*

Le temps n'a fait que permettre à mon esprit de battre la campagne et à mon estomac de se nouer davantage.

Je le vois encore. Posé sur la table, le livre relié, fraîchement sorti de l'imprimerie. Les mots qui remplissent ses pages, publiés pour être vendus aux consommateurs. Destinés au public et à son appétit vorace pour l'une ou l'autre de ces trois choses, : des secrets d'alcôve, un manuel pratique pour devenir milliardaire en partant de rien ou des anecdotes croustillantes pour ternir une réputation.

Le scandale et la fascination se sont toujours bien vendus.

Qui aurait pu penser que la biographie inoffensive de Maxton Sharpe, mon père, m'aurait affecté à ce point ?

Ce que contient ce livre n'aurait pas dû me toucher. *Ou plutôt ce qu'il ne contient pas.* Ça ne devrait pas continuer à le faire.

Et pourtant.

Je bois une nouvelle gorgée, j'apprécie la brûlure réconfortante de l'alcool et je murmure : « C'est juste Ford, quoi. »

Je les emmerde.

Des sons s'immiscent dans mes pensées. Le bourdonnement des voix des clients du bar qui, comme moi, se retrouvent coincés ici. Le hurlement du vent à l'extérieur. La vibration de mon téléphone posé sur le bar à côté de moi qui me signale les putains de textos qui n'arrêtent pas. *Mes frères.* C'est un peu tard pour les regrets, les gars.

Excessif.

Susceptible.

Ridicule.

Est-ce que ce ne sont pas les termes qu'ils ont utilisés en parlant de moi ? Histoire de minimiser l'affaire.

« *Seul compte ce que disent les gens que tu aimes.* »

Les paroles de ma mère résonnent dans ma tête.

Mon téléphone vibre une fois de plus. Encore un texto. Quoi ? Le jet est retourné se poser à New York et, tout à coup, ils s'inquiètent pour moi ? Parce que je circule en voiture par ce temps ? Où était leur inquiétude auparavant ?

Comme je l'ai dit, *je les emmerde.*

Je vais continuer de faire la gueule en finissant mon verre.

Et le suivant.

Et celui d'après.

Ce n'est pas comme si je pouvais aller quelque part en ce moment.

Je regarde autour de moi. Je suis pratiquement certain que ce petit bar n'est jamais aussi bondé d'habitude et que les personnes qui sont là ne sont pas venues pour l'ambiance. Nous sommes simplement les seuls crétins qui ont décidé de prendre leur voiture sans tenir compte de la tempête tropicale, et qui se retrouvent à attendre qu'on dégage la route bloquée à un peu plus d'un kilomètre par un arbre déraciné.

Le bar est rattaché à un hôtel insignifiant, sans attrait, sans rien de remarquable, niché sur une petite plage à la sortie des Hamptons. Une ville à mi-chemin entre ici et nulle part. Un endroit que les plus riches ignorent lorsqu'ils passent devant pour rejoindre leur lieu de villégiature dans les Hamptons, et que les moins fortunés regardent avec envie en rêvant de pouvoir se le payer un jour.

Cet établissement... bon sang, je ne me rappelle même plus comment il s'appelle – un nom tellement banal et sans intérêt qu'il m'échappe –, est vieillot et quelconque. Du cuir bordeaux et des boiseries foncées semblent être le thème de la déco. Des luminaires bon marché et des tableaux passe-partout reproduits à la chaîne constituent un décor qu'on ne devrait jamais trouver nulle part.

Pourtant, il y a du potentiel. Mais on dirait que le propriétaire n'a pas choisi d'investir les fonds nécessaires à sa réalisation.

En même temps, je m'en fous.

Il n'y a peut-être pas de chambres libres, mais on y est au sec et, pour le moment du moins, à l'abri de la tempête qui fait rage à l'extérieur. Oh, et on y vend de l'alcool. Ce qui est indéniablement un atout.

Le bruit sourd d'un objet tombant sur le sol résonne sur ma droite, suivi d'un soupir de femme frustrée.

– Ils ont fermé les routes. Fermé les routes, bordel ! C'est pas incroyable, ça ?

Si je ne peux pas être à la maison de Sag Harbor – où je devais me rendre –, je pourrais au moins avoir le droit de boire un verre en paix. Or une pipelette qui décide de venir s'asseoir à côté de moi, ce n'est pas exactement synonyme de paix. Et je ne suis pas d'humeur à supporter ça.

– Joli langage pour une dame, marmonne un homme assis à ma gauche.

– Allô ? C'est pourtant clair ce que je dis, non ? (Elle ne tire de moi qu'un soupir exaspéré.) Fermé. On est bloqués ici.

Mon silence, pas plus que le commentaire de mon voisin, n'ont suffi à lui faire comprendre que je n'en ai rien à foutre.

– Quel sens de l'observation ! dis-je, le nez dans mon verre. Pourquoi croyez-vous qu'on est tous assis ici ? En tout cas, ce n'est pas pour l'ambiance.

– Je ne crois pas vous avoir adressé la parole.

– Tant mieux. Parfait.

Rassuré de ne pas avoir à faire la conversation, je lève un doigt vers le serveur pour commander un autre verre lorsque, soudain, ce qu'elle vient de dire parvient à mes oreilles.

– Attendez. Ils ont fermé *toutes* les routes ?

2

Ford

JE TOURNE LA TÊTE POUR REGARDER L'INCONNUE à la voix rauque et au parfum intrigant qui se tient à côté de moi. Deux grands yeux bleu saphir se posent sur les miens, plissés mais pleins de curiosité. Ses lèvres charnues sont retroussées en une moue, ses joues rosies sans doute par le froid du dehors. Ses cheveux blonds, relevés en une sorte de chignon informe dégoulinant de pluie, tout comme son blouson.

Dire qu'elle est jolie serait un euphémisme. En fait, elle est vraiment superbe, à sa façon. C'est-à-dire qu'elle est tout à la fois mignonne et belle. Davantage le genre de la fille d'à côté que sexy et sophistiquée, et son sourcil relevé me dit qu'elle sait que je la mate et que je la jauge.

Et ça ne lui plaît pas vraiment.

Dommage.

– Chandler ? dit-elle dans le téléphone qu'elle tient à l'oreille et que je n'avais pas remarqué. Ouais. Je dois te laisser. J'en sais rien. Je vais me débrouiller. Comme toujours.

Elle laisse bruyamment tomber son téléphone sur le bar et se tourne vers moi en poussant un soupir encore plus exaspéré que le mien.

– Oui. C'est ce que j'ai dit. *Les* routes. Au pluriel. Dans un sens comme dans l'autre, vous ne pourrez pas dépasser un rayon d'un kilomètre, ce soir.

– Bon Dieu.

– Désolée d'être porteuse de la mauvaise nouvelle.

Elle hausse les épaules, l'air pas désolée du tout. Je fais un signe de la main marquant mon indifférence.

– Qu'est-ce qui s'est passé ?

– Heu... le déluge, là dehors ? L'alerte tempête de l'année ? La même raison pour laquelle, comme moi, je suppose, vous êtes assis là, dans ce bar glauque.

– C'est quoi ce bordel ?

– Oh ! Donc vous, vous pouvez vous permettre de dire *bordel* alors que quand moi je le fais, vous marmonnez dans votre barbe qu'une dame ne devrait pas parler comme ça ?

Je rigole pour couvrir l'alerte *c'est une folle* qui se déclenche dans ma tête. L'expérience m'a appris à les reconnaître.

– Je n'ai pas dit un mot, ni levé les yeux au ciel, ni je ne sais quoi lorsque vous avez dit bordel, dis-je en secouant la tête. (Je me passe une main sur la mâchoire.) C'est juste que... je pensais que la route était fermée de façon temporaire, le temps qu'ils dégagent l'arbre qui est en travers.

– Eh bien, apparemment il y en a un autre qui est tombé un peu plus loin et de l'autre côté (elle fait un signe du pouce par-dessus son épaule), la mer passe par-dessus la digue et la route est inondée, donc ils considèrent que c'est trop dangereux de circuler.

– En temps normal, ça me ferait rire, mais là, ça commence à faire beaucoup. En même temps, vu comme c'était parti, j'aurais dû m'y attendre.

Je me passe une main dans les cheveux avant de poursuivre :

– Merci d'être la porteuse de mauvaises nouvelles.

– Ça pourrait être pire. Ce bar pourrait être fermé. Ils pourraient être à court d'alcool. Je veux dire...

– J'ai compris l'idée. Merci.

– Allez, dit-elle sur un ton enjôleur en me donnant un coup de coude comme si on était de vieux amis. C'est sûrement pas si grave.

Je lui fais un sourire désabusé.

– Miss Soleil Radieux et Arc-en-ciel, c'est ça ?

– Dit l'homme qui joue les abrutis grincheux pour être sûr que je ne vienne pas lui parler et le déranger pendant qu'il boit son (elle regarde mon verre avec ostentation) whisky, c'est ça ?

Je hausse les sourcils et je pousse un sifflement discret.

– Soleil radieux, Arc-en-ciel et art divinatoire ? Je suis impressionné.

Elle fait une petite révérence en me gratifiant d'un sourire qui illumine son visage. Seigneur, je me trompais. Elle est beaucoup plus sexy que je croyais.

– Merci. C'est un de mes nombreux talents en société.

– Nombreux ?

– Eh, mais en vrai, il sait sourire, murmure-t-elle en plongeant son regard dans le mien, sa voix couvrant à peine le bruit ambiant. Ça vous va bien. Vous devriez essayer plus souvent.

Je glisse vers elle un regard perplexe.

– C'est noté.

– Ah, voyez-vous ça, après une fulgurance sympa, c'est retour direct à la case grincheux.

Elle s'assied et tourne sur son tabouret pour me faire face. Ce faisant, elle m'envoie un effluve de son parfum. Ça sent comme du soleil en bouteille. L'ironie ne m'échappe pas.

– Exactement.

Je fais un petit signe de tête comme pour lui signifier qu'elle et son interruption m'agacent – ce qui était vrai et devrait continuer à l'être –, et pourtant je poursuis l'échange alors que je pourrais facilement prendre congé et m'éloigner du bar.

– Vous voyez ? Il est inutile de perdre votre temps à essayer de me faire sourire.

– C'est noté.

Elle reprend mes mots en souriant avant de poursuivre.

– De toute façon, j'ai bien mieux à faire qu'essayer de vous faire sourire.

C'est à mon tour de faire pivoter mon tabouret et de lui faire face, mes genoux heurtant les siens.

– Ah oui ?

– Oui.

Elle commande un verre de cabernet sauvignon et me regarde de nouveau, l'air d'attendre.

– Et qu'est-ce que vous avez de mieux à faire que ça ?

Je désigne le bar d'un geste circulaire et, semblant ponctuer ma phrase, un grondement de tonnerre vient confirmer le fait que nous sommes bloqués ici et qu'elle ne peut pas partir.

Elle incline la tête et fait une grimace.

– Des trucs.

– Des *trucs ?* C'est précis comme description.

– Que diriez-vous de : des trucs que je n'ai pas envie de faire ? Des trucs que j'évite de faire ? Des trucs dont j'essaie tout bonnement de trouver la logique ? Est-ce que c'est assez précis comme description, Monsieur Grincheux ?

Il passe dans ses yeux une étincelle qui me dit qu'elle masque quelque chose.

– Oui, c'est bon. On a tous nos galères.

– Apparemment, je vais en avoir besoin, de cette galère, pour sortir d'ici si l'eau continue à monter.

– Et elle a de l'humour en plus.

– Toujours. Et vous, qu'est-ce qui vous rend si grincheux ? Vous êtes toujours comme, ça ? (Elle plisse les yeux et me scrute en plantant les dents dans sa lèvre inférieure.) Hum. Non, je ne crois pas que ce soit votre genre. Ombrageux, c'est possible. Qui tend à faire la gueule de temps en temps, simplement pour la galerie. Mais pas de façon permanente.

– Merci pour cette évaluation psychologique (je fais glisser mon verre vide sur le bar pour signaler au barman de m'en donner un autre) que, soit dit en passant, je ne vous ai pas demandée.

– Et pourtant, cette dernière remarque vient justement confirmer mon diagnostic.

– Vous avez vraiment tous les talents.

Son sourire s'élargit et, bon sang, ce n'est pas facile de ne pas sourire en retour. Elle ne sait pas que mon plan, c'était de venir ici pour faire la gueule ? Pour soigner mon mal-être au whisky en me disant que j'ai tous les droits d'être blessé et furieux, et toute la gamme entre les deux ?

– Alors, c'est quoi ? Des problèmes avec la petite amie ? Le chien s'est fait écraser ? La voiture en panne d'essence ?

Pour toute réponse, je me contente d'un regard vide.

– Oh, mon Dieu ! (Elle pose la main sur son cœur.) C'est votre chien, c'est ça ? (Des larmes emplissent ses yeux – une chose à laquelle je ne m'attendais pas – et elle baisse la voix.) Je suis tellement désolée.

Elle tend la main et me presse amicalement le genou.

Voilà ma porte de sortie.

Je peux laisser planer ce mensonge, l'utiliser pour attirer sa sympathie et l'amener à me laisser tranquille. Hocher la tête et abandonner mon siège pour aller m'asseoir dans un des fauteuils près de la fenêtre.

Tout seul.

Mais lorsque j'ouvre la bouche pour le faire, rien ne me vient. Je veux dire... il y a pire compagnie qu'une femme superbe qui semble – pour l'instant du moins – posséder une personnalité hors du commun.

– Navré de vous détromper, mais je n'ai pas de chien qui serait mort.

Des éclairs zèbrent le ciel de nouveau et des cris étouffés se font entendre autour de nous. La femme à côté de moi hoche la tête, presque comme si je l'avais déçue, et je me demande pourquoi.

– Je n'ai jamais dit que j'en avais un, non plus. C'est vous qui avez tiré des conclusions hâtives.

– Mais vous avez bien un chien, quand même ? demande-t-elle comme si c'était un point de la plus haute importance.

– Et qu'est-ce que ça change que j'en aie un ou pas ?

– Parce que le fait d'avoir un chien, cela dit quelque chose sur vous.

– Comme quoi ? je demande, alors que je pense la même chose.

Elle hausse les épaules.

– Que vous vous préoccupez d'autre chose que de vous-même. Que vous êtes prêt à partager votre temps et votre espace. Que vous n'avez pas peur de vous salir les mains, je veux dire, c'est nécessaire de ramasser les crottes.

– Pardon ?

Je manque recracher mon whisky.

– Personne n'aime quelqu'un qui n'est pas prêt à ramasser les crottes de son chien.

– On va de surprise en surprise avec vous, je marmonne en m'abîmant dans la contemplation de mon verre avant de reporter mon regard sur elle.

– Tant mieux. Les surprises, c'est bien.

Elle me décoche un sourire éclatant.

Qui est cette femme et pourquoi est-ce que tout à coup je n'ai pas envie qu'elle arrête de parler ?

– Donc ? Un chien ? Pas de chien ? C'est quoi ?

Je lève les mains.

– Pas de chien. Mais ne me jugez pas. J'adore les chiens. Les gros chiens. Mais c'est l'inconvénient de vivre en ville.

Et pourquoi est-ce que cela m'importe de savoir que ma réponse va influer sur son opinion à mon égard ?

– En ville ? Quelle ville ?

– Manhattan.

Elle hausse les sourcils, mais n'explicite pas quelle supposition son expression révèle.

– Et en quoi est-ce la faute de la ville ?

– Parce que les chiens ont besoin d'un jardin pour courir, et mon appartement dans un gratte-ciel ne le permet pas vraiment.

– Il existe des promeneurs de chiens.

– C'est vrai, mais aller faire une balade et disposer d'un jardin pour s'ébattre, ce n'est pas exactement la même chose. Alors est-ce qu'on en a fini avec l'inquisition sur le chien ?

Elle fait la moue et me lance le même regard, sans toutefois exprimer le fond de sa pensée.

– Oui. Bien sûr. Mais quand même... ah, j'y suis. Je vous ai interrompu en plein apitoiement sur votre sort, murmure-t-elle avec un petit hochement de tête, avant de rediriger le cours de la discussion. Vous ne pouviez pas mieux choisir que cette soirée pour l'auto-apitoiement, si vous voulez mon avis. Je veux dire, ça ne résout rien, mais on en a besoin de temps en temps, c'est sûr.

– Oui. En effet. Quelque chose comme ça.

Je sais que sa prochaine question va être : *Qu'est-ce qui ne va pas ?* C'est une femme, et une femme dotée d'une imagination débordante, pour le moins. Mais de façon inattendue, elle bondit de son tabouret et regarde autour d'elle avant de passer de l'autre côté du bar. Je la vois s'emparer de quelque chose avant de revenir et de poser un saladier en bois – qui semble sorti tout droit des années soixante-dix – entre nous sur le bar.

Alerte bague de fiançailles.

Comment n'ai-je pas remarqué plus tôt le diamant, plutôt gros, qu'elle porte à la main gauche ? Et pourquoi suis-je surpris en le voyant ?

– Il y a un problème ?

Je secoue la tête et je me rends compte que je suis en train de regarder fixement le saladier qu'elle vient d'apporter tout en me demandant à quoi son fiancé ou son mari – *le con* – ressemble.

– C'est quoi ?

– Un mélange apéro. Ne me dites pas que vous ne connaissez pas ça ?

Je lève les yeux au ciel.

– On ne peut pas s'apitoyer sur son sort sans grignoter.

Elle se fourre dans la bouche une poignée du mélange.

– Et boire un coup.

Elle boit une gorgée de vin.

– Et... quelqu'un auprès de qui s'épancher et qui va vous plaindre et vous dire que vous avez parfaitement raison, même si cette personne pense que vous avez tort.

Elle lève la main.

– Donc je contribue du mieux que je peux avec cette piètre offrande puisque cet endroit ne semble pas avoir grand-chose de mieux à proposer.

Elle se rassied.

– Vous devriez vous sentir honoré.

– Je le suis.

Je souris sincèrement pour la première fois. Je ne pense pas avoir jamais fait moi-même autant d'efforts pour mettre un inconnu à l'aise.

– Vraiment.

– Je veux dire, cet établissement n'a pas la moindre chambre libre à mettre à votre disposition, et apparemment rien de plus que ce saladier dans lequel au moins une douzaine d'autres mains ont plongé ce soir, mais moi, je peux vous proposer ma super personnalité et mon écoute compassionnelle.

Elle sourit benoîtement.

– Et vous venez de manger une poignée de cet assortiment de microbes, je lui fais remarquer.

– Mais j'ai bu du vin tout de suite après, donc l'alcool a tué les microbes. C'est aussi simple que ça.

Elle boit une gorgée de vin pour faire bonne mesure.

– Mais quand même, il y a un point positif, c'est que ce toit paraît solide et que pour le moment on est au sec.

– *Pour le moment,* c'est le mot-clé.

Elle cogne son verre contre le mien.

– Alors, santé !

Quand je me contente de la regarder, ébahi, elle poursuit :

– Quoi ? Je suis du genre à voir le verre à moitié plein.

– C'est ce que je vois.

Elle me tend la main.

– Je me présente, Elle. Ellery, en fait. Enchantée.

– Ellery ? Ce n'est pas courant.

Elle rigole.

– Ah ! Façon de dire que c'est un prénom intéressant, bizarre, et tout et tout.

Elle hausse les épaules comme si elle avait l'habitude d'entendre ça.

– C'est dans la famille. Ellery le Céleri, dit-elle d'une voix chantante comme font les enfants lorsqu'ils se moquent, puis elle se met à rire. Bon sang, ce que je pouvais le détester quand j'étais plus jeune, mais maintenant je m'en fiche un peu.

– Moi c'est Ford. Fordham, en fait. (Je lui serre la main.) Et c'est le nom d'une université – ou d'une marque de voiture –, donc je n'ai rien à dire, *Ellery le Céleri.*

– Bon, ben, j'imagine qu'on est quittes en matière de prénom.

– On peut le dire, en effet.

Nous baissons les yeux en même temps et nous réalisons que nous ne nous sommes pas lâché la main. Nous le faisons précipitamment avant de regarder vers la fenêtre pour briser la gêne soudaine qui s'est emparée de nous.

Une gêne mêlée d'attirance.

Bon sang. Je ne m'attendais pas à ça.

Je me passe la main dans les cheveux et je lui jette un coup d'œil. Elle contemple en souriant le spectacle offert par Mère Nature au-dehors – instantanés de destruction soulignés d'éclairs à répétition – et, pour la première fois, je remarque une minuscule fossette.

Évidemment, elle devait en avoir une. Drôle. Directe. Magnifique. Et en plus, elle a une fossette. *Je ne résiste pas aux fossettes.*

– Et du coup, vous alliez où quand Fred vous en a découragé ? me demande-t-elle pendant une accalmie.

– Fred ? je demande en détournant le regard.

– La tempête tropicale qui nous vaut d'être confinés ici.

– Ah oui. Bien sûr. *Ce* Fred.

Je jette un coup d'œil autour de moi. Certaines personnes se sont assoupies. D'autres ont le regard braqué sur leur téléphone. Très peu conversent avec les inconnus à côté d'eux. Lorsque je ramène mon regard sur elle, apparemment, c'est à son tour de m'examiner. Mes mains. Mes avant-bras sur lesquels sont retroussées les manches de ma chemise dont les deux boutons du haut sont ouverts sur mon torse. Elle sursaute lorsqu'en croisant mon regard, elle sait qu'elle a été prise en flagrant délit.

À présent, nous sommes quittes.

– On ne te remercie pas, Fred.

– Comme vous dites, murmure-t-elle, décidant tout à coup de s'occuper les mains en utilisant une serviette de cocktail pour essuyer la condensation que nos verres ont laissée.

Je la rends nerveuse. C'est intéressant. À moins que ce ne soit le fait d'avoir été surprise en train de m'évaluer alors qu'elle porte une bague de fiançailles qui la déstabilise ?

– Et donc... où vous rendiez-vous, Ford-qui-doit-son-nom-à-une-université ? Est-ce que cela a un rapport avec notre séance d'auto-apitoiement ?

– À Sag Harbor, dis-je d'un ton bourru.

– Ah, sympa.

Elle hausse les sourcils, puis les plisse lorsqu'elle remarque que je ne partage pas son enthousiasme.

– Pas sympa, en fait, c'est ça ?

Sans réponse de ma part, elle poursuit.

– C'est l'un ou l'autre, vous devez choisir. L'indifférence n'est pas une option lorsque vous vous offrez une séance d'auto-apitoiement. Mais Sag Harbor. Hein. Vous n'en êtes pas loin, sauf que... par ce temps.

– En effet.

Je hoche la tête, mais je ne dis rien de plus tandis qu'Ellery sirote son vin en bavardant avec le serveur.

J'observe leur échange. Finalement, elle est vraiment sexy. Indéniablement superbe. Et ce sourire spontané qui illumine son visage.

Elle n'est pas libre, Ford.

Et vu la taille de la pierre sur son doigt, son homme veut que ça se sache. *Et on peut le comprendre.*

Il est tard. Le whisky commence à faire son effet. Et je n'en sais pas plus sur la raison pour laquelle cette soirée et tout ce qui s'est passé avant me touchent autant. J'avale une nouvelle gorgée de mon verre avant de fermer les yeux un instant.

Je pourrais lui acheter un diamant encore plus gros.

Seigneur. D'où sort cette idée ?

Je secoue la tête en rigolant. C'est l'effet de l'alcool. Sans aucun doute.

Pourtant, lorsque je rouvre les yeux pour regarder Ellery, ses grands yeux bleus pétillent de curiosité et elle plisse le front comme pour me demander ce qui m'a fait rire.

– Je me demandais si je ne devrais pas passer à la bière, dis-je, comme si cela pouvait expliquer mon rire impromptu.

– La bière ?

– Oui. La nuit va être longue et je me dis que je devrais me ménager.

– Tout dépend pour quoi vous vous ménagez.

Son rire est vibrant, et elle hausse les épaules alors que mon esprit s'égare vers différents endroits qui ont tous quelque chose à voir avec elle. Elle croise les bras sur sa poitrine.

– Allez, videz votre sac. Racontez-moi toute l'histoire. Celle qui est à l'origine de cette séance d'auto-apitoiement. Dites-moi qui je suis censée détester parce qu'ils ou elles vous ont contrarié.

Je suis entré ici, bien décidé à ne parler à personne, et maintenant, je ne sais pas pourquoi, grâce à elle, ce n'est plus aussi important. Ma réticence du début a disparu.

– C'est idiot, en fait...

– Mais clairement cela vous a contrarié, donc je ne dirais pas que c'est idiot.

– Je me suis disputé avec mes frères, dis-je finalement.

– Ah, je vois. Des histoires de famille. C'est toujours épineux. Et quel était le sujet de la dispute ?

– C'est une longue histoire.

Elle regarde autour de la pièce et hausse les épaules.

– Ce n'est pas comme si nous n'avions pas le temps puisqu'en gros on est bloqués ici, on ne sait pas pour combien de temps. Est-ce que ça a un rapport avec ça ?

– Avec quoi ? je demande en baissant les yeux vers ce qu'elle me montre du doigt.

– Le nœud papillon qui pend autour de votre cou. Je veux dire, je me demande vraiment quel idiot accepterait de se rendre à une soirée habillée par un temps pareil.

Elle feint de frissonner, mais son sourire reste amusé.

– Moi. Mes frères. C'est nous les idiots.

– Oh. *Oups.* Je crois que j'ai raté une occasion de me taire.

– Idiot est certainement l'insulte la plus sympa que j'aie entendue aujourd'hui… alors je l'accepte.

– À ce point-là ?

Je hoche la tête.

– Oui, on peut dire ça.

Un rire éclate dans la salle, alors qu'elle prend une nouvelle poignée du mélange de microbes. Je la regarde, étonné, sélectionner tous les bretzels et les poser un à un sur le comptoir à côté du saladier. Bizarre.

Elle croise mon regard et me fait un clin d'œil.

– Je vis dangereusement.

Je ris.

– Une tempête tropicale et des microbes, tout ça en une seule soirée.

– Sans oublier faire la conversation avec un homme mystérieux et grincheux, en plus.

– Ah oui, c'est vrai.

Pour une raison qui m'échappe, la tension dans mes épaules s'apaise à chaque réplique que nous échangeons.

– Un nœud papillon… (Elle réfléchit en faisant la moue.) C'est trop tôt pour un réveillon de Noël.

– Si on pense qu'on est en avril, vous ne prenez pas beaucoup de risques.

– Alors, je dirais soit un banquet de remise de prix pour des gens de la haute – et donc, si vos frères et vous en êtes les organisateurs, *vous* – ou un gala de charité pour une cause ou une autre. Ah. Je sais. C'était la première d'un film.

Elle incline la tête.

– Ne me dites pas que vous êtes un acteur célèbre qui se cache ici, dans cette ville endormie de bord de mer, et qui a l'intention d'acheter cette auberge pour lui insuffler une nouvelle vie ? Vous projetez d'en faire un lieu de destination exclusif – des chambres d'hôtes pour l'élite, si vous voulez – parce que vous et tous vos amis en avez assez de ne pas pouvoir partir en vacances en préservant un peu de votre vie privée.

– On vous a déjà dit que vous aviez une imagination débordante ?

Son sourire s'élargit.

– C'est un autre de mes nombreux talents en société.

– C'est clair.

– Vous n'avez pas répondu. Est-ce que ça confirme que vous êtes effectivement Chris Hemsworth venu incognito ?

– Chut. Vous allez me faire repérer.

– Vous pouvez compter sur moi, je sais garder un secret, chuchote-t-elle. Votre accent américain est parfait. Du coup...

– Un gala de charité.

– *Yes,* dit-elle en brandissant le poing.

– C'est une soirée que nous organisons tous les ans, dis-je en pensant au gala de charité en faveur de la recherche pour la maladie d'Alzheimer que nous organisons en mémoire de notre père décédé. Eh oui, nous l'avons maintenue en dépit de l'alerte de tempête parce que c'est la tradition et... qui sait pourquoi, putain.

– Parce que vous êtes des hommes et que personne, pas même Mère Nature, ne vous dicte ce que vous avez à faire.

– Maintenant, dit comme ça, ça paraît plutôt ridicule. Mais oui, vous n'avez pas tout à fait tort.

Elle hoche la tête et m'observe par-dessus le bord de son verre.

– Et donc, le sujet de votre dispute, c'était quoi ? Ils n'avaient pas mis les bons petits-fours à la soirée, ou un de vos frères a dragué votre petite amie et cela vous a mis la rage. Ou... (Elle secoue la tête.) Quelque chose d'encore plus scandaleux que ça ? Donnez-moi tous les détails croustillants.

– Rien de croustillant ni de scandaleux. Désolé de vous décevoir.

Je souris. Imaginer mes frères quittant des yeux leur femme assez longtemps pour regarder quelqu'un d'autre est risible. Si on voulait représenter l'amour inconditionnel, ils serviraient de modèle.

De plus, nous avons beau être triplés, nos goûts en matière de femmes diffèrent totalement. Mois je suis... *juste Ford.*

Cette pensée me hérisse et ravive ma colère.

Comment lui dire que ce qui me contrarie, c'est de me sentir invisible sans passer pour une chiffe molle ? Que mon nom de famille définit qui je suis et la façon dont les gens me perçoivent – ça a toujours été le cas –, mais que je n'avais pas réalisé à quel point il me maintient dans l'ombre ?

– C'est juste... nous avons eu une divergence d'opinions. Une chose inattendue s'est produite, et j'en ai eu une perception différente de la leur. Des mots ont été échangés, et ce qui a été dit ne m'a pas plu.

– Ce qui veut dire que vous êtes proches.

– Ce n'est pas toujours le cas entre frères et sœurs ?

Elle renifle avec tellement de dérision qu'elle pique ma curiosité.

– Bien sûr, dit-elle sans conviction.

– Donc oui, nous sommes proches.

Et n'est-ce pas en partie la raison pour laquelle ça m'a tellement énervé ? Qu'ils ne voient pas où était le problème ? Que, alors que la plupart du temps nous sommes capables de terminer mutuellement nos phrases, et même nos pensées, cette fois ils ne comprenaient pas pourquoi j'étais blessé, pas par ce qui *était* dit mais par ce qui *n'était pas* dit ?

Elle hoche la tête comme si elle comprenait.

– Bon, donc vos frères sont ceux que nous n'aimons pas en ce moment ? Ceux qui nous mettent tellement en pétard que nous allons commander une nouvelle tournée ?

Je hoche la tête.

– Bonne idée.

– Vous avez combien de frères ? Comment ils s'appellent ? Je veux dire, c'est difficile de planter des aiguilles dans des poupées faites à la main si on ne connaît pas les détails.

Je suis tellement à l'aise avec elle que je réponds sans hésiter, ou presque.

Je suis un Sharpe, et au fil des années j'ai appris que le fait que les gens le sachent n'est pas toujours un bon point pour moi. Surtout avec la publicité qui va bientôt être faite à ma famille à la suite de la parution de la biographie. Il ne manquerait plus que je lui donne les noms de mes frères pour qu'à un moment donné, elle fasse le lien et n'en tire profit en allant raconter l'histoire du frère dépressif qui broie du noir dans un hôtel miteux.

– Deux, dis-je avec un geste de la main, omettant de préciser que nous ne sommes pas seulement frères mais d'authentiques triplés. Leurs noms n'ont pas d'intérêt. C'est juste... ça vous est déjà arrivé de prendre soudain conscience de la façon dont les autres vous considèrent ou vous perçoivent, et que ça vous démolisse ?

Elle continue de prélever d'autres bretzels du mélange de microbes pour les aligner sur la table avec ceux qu'elle y a déjà posés.

– Dans un sens, oui. C'est perturbant. Parfois, ça vous fait réfléchir. Et le plus souvent, ce n'est pas précisément flatteur.

D'autant moins quand l'observation vient de votre père

Je me racle la gorge pour évacuer l'émotion soudaine qui l'encombre.

– Vous avez mis le doigt sur le problème.

– Je suis désolée.

La simplicité et la candeur de sa réponse me donnent à réfléchir. Une sincérité que j'ai rarement entendue ces derniers temps, surtout de la part d'une parfaite inconnue.

L'expression de son regard est tout aussi authentique.

Et c'est sans doute la combinaison de l'heure tardive, du troisième verre de whisky et d'une succession d'événements tordus, mais bon sang... je ne supporte pas cette soudaine pression dans ma poitrine, il faut que je bouge.

Je me lève brusquement de mon tabouret et Ellery ouvre de grands yeux surpris.

– Qu'est-ce qui se...

– Excusez-moi, Messieurs-Dames, crie une femme depuis la porte du bar qui mène vers une entrée.

Les gens s'agitent, mais se taisent en tournant la tête vers la femme qui arbore un sourire sympathique et un regard réservé.

– Écoutez, s'il vous plaît, hurle le barman à l'intention des quelques clients trop occupés pour prêter attention.

– Bonsoir. Je m'appelle Amy. Comme certains d'entre vous le savent déjà, dit-elle une fois qu'elle a obtenu le silence, les autorités viennent de nous informer que la route est fermée pour la nuit dans les deux sens. Pour ceux qui n'étaient pas encore au courant, oups, désolée de vous apporter la mauvaise nouvelle. Donc, oui, ça veut dire que vous êtes coincés ici pour la nuit si vous n'avez pas auparavant réservé une chambre dans un des hôtels sur la route. Pour ce qui nous concerne, nous sommes complets : nous n'avons plus une chambre de libre.

Un murmure de protestation traverse la salle.

– La bonne nouvelle, poursuit Amy, c'est que vous pouvez rester ici et vous installer confortablement. Ce n'est pas le Ritz, mais vous êtes au sec, les fauteuils sont confortables et le spectacle de son et lumière dehors est grandiose.

Elle sourit en s'approchant des fenêtres.

– L'autre mauvaise nouvelle ? La loi de cet État nous interdit de servir de l'alcool après une certaine heure, qui était il y a environ quarante minutes. Donc nous allons devoir fermer le bar.

– Vous êtes sérieuse ? dit, d'une voix pâteuse, un homme assis à une table, de l'autre côté de la pièce, devant un grand nombre de verres vides.

Le barman lance un regard vers Amy comme pour lui dire qu'il s'occupera de l'homme s'il le faut.

– Tout à fait sérieuse, répond-elle avec un sourire compréhensif. Mais cela ne signifie pas que nous ne puissions pas vous vendre une bouteille, ou ce qu'il en reste, de votre poison favori *maintenant*... pour que vous puissiez le boire à votre guise pendant toute la nuit.

On entend quelques acclamations dans la salle.

– Je me doutais bien que cela ferait plaisir à certains, ajoute-t-elle.

Des applaudissements fusent, qui démontrent bien notre triste état de désenchantement, et Amy fait une révérence.

Ellery se penche vers moi, me faisant parvenir des effluves de son parfum ensoleillé mêlé à celui de son shampooing, et murmure :

– Je crois qu'il est temps de prendre une décision, Ford.

– À quel propos ?

– Whisky ou bière ?

3

Ford

Quatre heures plus tôt

CELA M'A TRACASSÉ TOUTE LA SOIRÉE.

Non, ce n'est pas vrai.

Cela me ronge depuis que j'ai lu le chapitre vingt-deux. Celui intitulé *Paternité*. Le chapitre où mon père parle de ses trois fils. Ses réussites majeures. Il y raconte par le menu ses conflits avec Callahan et à quel point il était fier de lui, et comment Ledger était son portrait tout craché, une réplique de lui-même, à l'évidence né pour prendre sa succession lorsqu'il déciderait de passer la main.

Une suite de paragraphes consacrés à mes frères et à leur place dans la famille Sharpe. Dans l'univers Sharpe, en fait.

– Mais qu'est-ce que t'as ce soir ? demande Callahan lorsque nous pénétrons dans le penthouse.

Il y règne un bazar innommable – des vêtements, de la nourriture, des valises, les trousses de maquillage de leurs femmes – que nous avons apporté ici à notre descente d'avion pour nous préparer pour la soirée. Il s'en fiche.

Il ramasse un bonbon qu'il se fourre dans la bouche en se laissant tomber sur le canapé.

– Tu as repris le balai que Ledger s'est sorti du cul pour le mettre dans le tien ?

« Callahan. C'est celui qui m'a le plus défié, dit Maxton en riant.

Mais au-delà du rire, on sent la fierté. L'amour. Un sentiment que la seule chose qui pouvait faire plier cet homme inflexible, c'était ses fils.

– Callahan, c'est vraiment un bourricot, mais bon sang, il ne cesse de me surprendre. Il dissimule derrière un comportement débridé sa nature intuitive et le chic qu'il a pour savoir exactement ce qu'il convient de faire. Un peu comme s'il était gêné d'être aussi doué pour tout ce qu'il entreprend. Exactement comme était sa mère dans ce domaine. Et quand il est près de moi, c'est comme si elle était encore avec moi. »

– Lâche-moi, Callahan.

Erreur. Dire ça à mon petit frère, c'est comme lancer un appât à un requin. Je vois presque ses oreilles se dresser. Et peut-être que c'est ce que je veux. Peut-être que j'ai envie de le faire réagir pour pouvoir déclencher la bagarre qui m'a démangé toute la soirée.

– Oooh, dit-il avec un sifflement.

– Qu'est-ce qui se passe ? demande Ledger en entrant dans la pièce.

Ses yeux font l'aller et retour entre Callahan à moi.

C'est pour ça que c'est vraiment chiant d'être un triplé. Le fait de pouvoir intuitivement sentir ce qui se passe entre nous a toujours été un plus... sauf quand vous voulez garder quelque chose pour vous.

Et pour l'instant... bon sang, pour l'instant je ne sais pas ce que je veux, putain.

– Tu sais, ton balai ? C'est lui qui l'a dans le cul, maintenant, le renseigne Callahan.

– Je t'emmerde, je murmure.

Cette fois, Ledger est intrigué.

« Mon aîné. Ledger Maxton Sharpe.

Le nom est prononcé avec un sourire très doux et les yeux pleins d'admiration.

– Lorsque je le regarde, je vois une version plus jeune de moi-même – en dix fois mieux. S'il rencontre un obstacle, il l'affronte sans se détourner. Confronté à un défi, il n'a de cesse de prouver qu'il est capable de le relever. C'est un adversaire redoutable en affaires.

– Est-ce ainsi que l'on vous perçoit, selon vous ?

Je demande et obtiens la réponse que j'ai appris à attendre de l'homme assis en face de moi. Un sourire énigmatique vient lentement creuser les rides qui sillonnent son visage. Des rides dont j'adorerais connaître l'histoire qu'elles recouvrent, mais j'ai le sentiment que cela signifierait des livres et des livres remplis d'anecdotes.

– Je me fiche de la façon dont les gens me perçoivent. Je m'en suis toujours fichu. Et je pense que Ledger est comme moi, pour ça. Il est plus opiniâtre que je ne l'étais, même si ça paraît incroyable, mais il montre plus ses sentiments que moi. Il est plus humain. Alors que moi, j'étais tellement occupé à essayer de ne pas être Maxton Sharpe sorti du Bronx que je me fichais pas mal de qui je piétinais pour atteindre mon objectif.

– Et donc ?

– Cela fait de lui un homme meilleur que celui que j'étais. Que je suis. Cela entraîne des attentes plus élevées, mais je ne doute pas que l'homme que Ledger est devenu parvienne sans mal à les dépasser. »

– D'abord, tu ne bois rien de la soirée et maintenant tu fais la gueule, dit Ledger, toujours aussi diplomate, en se posant sur le bord du canapé, à côté de moi. Qu'est-ce qu'il y a ?

J'entends sa question, mais tout ce que je vois, c'est cette succession de pages des compliments qui lui sont adressés. Premier de la classe à Wharton. Le Prix du jeune entrepreneur. Des histoires et encore des histoires sur qui il est, exactement comme l'homme qu'il idolâtrait.

L'homme que j'idolâtrais, moi aussi, mais aux yeux de qui j'ai le sentiment maintenant d'avoir été invisible.

– Ford ? insiste-t-il.

Et juste à ce moment-là, Callahan bouge sur le canapé et on entend le bruit sourd de quelque chose qui tombe par terre.

– On dirait que papa veut intervenir dans cette conversation, dit-il en ramassant sur le sol un exemplaire du livre qu'il pose sur la table. Vous savez combien il détestait que nous nous disputions.

Le silence s'installe dans la pièce et nous regardons fixement la jaquette du livre. Une photo en noir et blanc de notre père en gros plan. On ne discerne pas la couleur de ses yeux, mais la clarté de son regard – due à la fois à la qualité de la photo et aux stries de ses iris – est hypnotique. L'expression de son visage est grave, et ses lèvres, identiques aux nôtres, ne sourient pas.

C'est un magnifique cliché de l'homme que nous adorions tous. Un cliché qui rend bien l'intensité de l'homme auprès de qui nous avons grandi et, en même temps, le cœur adouci d'un homme dont la fin est proche.

Une boule se forme dans ma gorge et j'essaie d'analyser les sentiments que présentent la couverture de ce livre et les trois cents pages qu'elle renferme.

Un exposé de son existence. Les moments de son enfance déterminants par la suite dans sa vie. La pauvreté. Un père qui a déserté. Une mère qui s'est battue et a travaillé sans répit. Son désir de ne pas se retrouver dans la même situation, une fois adulte. Comment il a réussi à se hisser jusqu'à l'université pour, en définitive, ne jamais obtenir de diplôme par manque d'argent.

Comment il a commencé à construire son empire en tant que simple serveur qui a su devenir l'ami des bons clients qui, plus tard, ont cru en lui et l'ont soutenu, pour finir par être largement récompensé en atteignant un niveau de réussite que beaucoup lui envient.

La biographie parle de l'amour de sa vie, notre mère. Ses premières pensées lorsqu'il l'a rencontrée. Ses dernières pensées lorsqu'il l'a enterrée, prématurément. Et le chagrin qui l'a accompagné jusqu'à ce jour.

Il y a des chapitres qui traitent de contrats en sous-main et de personnes qui ont essayé de le démolir. De ses manies et de ses superstitions. De sa philosophie des affaires et de la vie.

J'en connaissais déjà la majeure partie. Mais il y a des choses dont j'entendais parler pour la première fois et je serai éternellement reconnaissant d'en avoir appris encore davantage sur cet homme qui a compté plus que tout pendant la majeure partie de notre vie.

Et qui, à présent, n'est plus là.

Ce que je n'avais pas prévu, c'était ma curiosité – mon impatience même – de connaître son jugement sur moi en tant qu'homme. Et après avoir lu sa vision de Callahan et ensuite ce qu'il pensait de Ledger, je tournai la page en retenant mon souffle.

« Donc vous avez Callahan le rebelle et Ledger le battant, parlez-nous de votre deuxième fils, Fordham.

Le regard de Maxton se fait mélancolique et un pâle sourire vient effleurer ses lèvres.

– Mon épouse a étudié à l'université de Fordham. En fait, c'est là que je l'ai rencontrée. J'avais un petit boulot de livreur chez un fleuriste, et je suis tombé sur elle par accident. J'ai retiré la carte qui accompagnait le bouquet que j'avais à la main et, sans plus de cérémonie, je le lui ai donné.

Son sourire s'élargit.

– C'est de là que Ford tient son nom. Un clin d'œil au jour où j'ai su que j'épouserais Carly.

L'homme à la carrure imposante s'enfonce dans son fauteuil et regarde le ciel par la fenêtre de sa tour. La ville tout en bas vit à un rythme effréné, et je me demande si cette frénésie lui manque ou s'il apprécie la lenteur de sa vie actuelle.

J'attends qu'il rassemble ses idées. Un moment passe. Des souvenirs revécus silencieusement et dont les émotions se reflètent sur son visage.

– Ford, c'est... le casque bleu de la famille. C'est lui qui tient la barre dans notre vie parfois tempétueuse. C'est... C'est juste Ford, quoi. »

C'est juste Ford.

Pas Fordham Rhys Sharpe, deuxième de sa classe à Wharton avec un écart négligeable. Pas Fordy, fils de Maxton et Carly, qui a assuré la cohésion de la famille après la mort de sa mère. Pas Ford, l'homme qui a rationalisé certains aspects de la hiérarchie qui posaient problème chez S.I.N. afin de rendre la boîte plus efficace et plus rentable. Pas *mon fils,* celui qui appelait tous les soirs pour s'assurer que j'allais bien.

Juste Ford, putain.

Et je n'ai pas réussi à penser à autre chose pendant toute la soirée alors que mes frères et leurs femmes, Sutton et Asher, accueillaient une foule de gens avec de larges sourires et des accolades de bienvenue.

Comment est-ce qu'ils me voient ? Est-ce que je suis invisible pour eux aussi ? Est-ce que je suis *Juste Ford,* le deuxième fils qu'ils oublient souvent et – *on se demande bien pourquoi* – au sujet duquel ils ne savent pas grand-chose ?

– C'est à cause du livre, c'est ça ? demande Ledger en me tirant de mes pensées. Quand on le lit, ça nous rappelle tout ce qui nous manque, maintenant qu'il n'est plus là. Est-ce que ça a été aussi dur de le lire pour toi que pour moi ?

Je fais un petit signe de la tête.

– C'est ça. Entre autres choses.

L'appel du verre que j'ai refusé de boire toute la soirée se fait pressant tout à coup. Mais je ne me dirige pas vers le frigo rempli de bières. Je me dis que si je commence, je ne pourrai plus m'arrêter. Au lieu de ça, je soutiens le regard de Callahan.

– Ça ne veut rien dire, murmure-t-il finalement tout bas, comme pour m'avertir.

Putain.

– De quoi tu parles ? demande Ledger alors que je me demande si la remarque de Callahan signifie que lui aussi a remarqué ce qui était dit, en lisant le livre. Ou plus exactement ce qui n'était pas dit.

Si c'est le cas, ça m'étonne. Mon frère, qui d'habitude ne pense qu'à lui-même, aurait remarqué, alors que celui qui généralement sait précisément où manquent des barres aux T et des points sur les I, ne l'aurait pas fait.

Mais pourquoi un avertissement ?

– Bon Dieu, *C'est juste Ford,* ça craint, non, Cal ? je lui demande.

– Est-ce que ça vous embêterait de m'expliquer pourquoi vous vous fusillez du regard alors que, moi, je patauge dans le noir ?

– *C'est juste Ford,* je répète.

– Oui, et alors ? Tu as oublié ton propre nom ? Qu'est-ce qui m'échappe ? demande Ledger.

Mais je vois l'instant précis où il comprend parce que la main qui portait son verre à sa bouche s'arrête à mi-chemin.

– Comme je le disais, ça ne veut rien dire. Comme pour tous les livres, tout n'est pas conservé dans la version finale. Certaines choses sont supprimées. Winword a probablement coupé un tas de choses qu'il n'a pas pu utiliser, dit Callahan en parlant de l'auteur.

– Coupé ? Tu veux dire les parties ennuyeuses qui n'intéressent personne, c'est ça ? Parce que, pourquoi utiliserait-il des choses que papa a dites sur moi alors qu'il peut parler de Callahan le bad boy et de Ledger son protégé ?

Parce qu'il n'avait rien à dire de moi qui méritait de figurer dans son bouquin.

Et voilà, c'est ça.

La plupart des choses coulent sur moi comme sur les plumes d'un canard. Peu de choses m'affectent au plan émotionnel. Pratiquement rien. Mais penser que mon père faisait si peu de cas de moi, ça me bouleverse. Je suis perturbé par ce poids dans ma poitrine. Je suis médusé par ce besoin de prouver que je suis davantage que ce foutu *Juste Ford.*

– C'est des conneries, dit Ledger.

– Des conneries ? je hurle.

– Oui, exactement, *des conneries*, dit Ledger en avançant vers moi. Tu n'as pas idée de ce que ça m'a coûté, alors va te faire voir avec tes remarques à la con.

Un petit nerf bat sur sa mâchoire tandis qu'une fureur que j'ai rarement vue chez lui étincelle dans ses yeux. Eh ben, tant mieux, parce que moi aussi, je suis furieux.

– Ford, dit Callahan pour tenter d'apaiser la tension alors que, généralement, c'est lui qui la provoque. On a grandi sous le regard des caméras et des appareils photo, et les fausses rumeurs étaient la norme. Nous savons tous comment ils déforment les propos et présentent les choses de façon sensationnelle pour augmenter leur tirage. C'est pareil pour ça, dit-il en montrant le livre du doigt.

– Mais c'étaient les paroles de papa. Ce n'était pas inventé.

– Tu es ridicule, dit Ledger en levant les yeux au ciel. Papa était fier de nous trois. Même toi...

– Et si les rôles étaient inversés ? Si...

– Je m'en foutrais complètement. Et tu devrais en faire autant, dit Callahan. Arrête avec ta sensiblerie, bon sang.

Mais je ne m'en fiche pas.

Encore moins que je ne veux bien l'admettre.

– Je l'emmerde. Et je vous emmerde tous les deux.

Je me dirige vers la porte sans tenir compte de leurs appels.

C'est inutile de poursuivre cette discussion qui va dans le mur.

Totalement.

Je suis tellement plus que *Juste Ford.* Qu'ils aillent se faire voir s'ils pensent autre chose !

Je ne me contenterai pas d'être une simple mention dans un livre.

D'être le Sharpe mis de côté.

D'être *juste* quoi que ce soit.

4

Ellery

JE REGARDE AUTOUR DE MOI LA SALLE plongée dans l'obscurité. Certains des clients coincés ici ont choisi des fauteuils dans lesquels ils se sont roulés en boule pour une longue nuit d'attente. D'autres ont payé leur bouteille d'alcool et cherchent un endroit où s'installer confortablement. D'autres encore ont choisi l'option stupide de partir pour tenter leur chance en contournant les barrages.

De mon côté, je suis là debout, avec ma bouteille de cabernet sous le bras, le saladier de mélange microbien dans une main et mon verre de vin dans l'autre, scrutant la pièce tout en ignorant volontairement la vibration incessante de mon téléphone dans mon sac. J'ai pris la décision de faire ce déplacement pour une raison, et cette raison, c'est la personne qui est probablement l'auteur de tous ces textos.

Je parcours la salle du regard et je ressens une légère déception en n'y voyant pas Ford.

Est-il parti, lui aussi ?

A-t-il payé sa bouteille de whisky avant de se réfugier dans une chambre qu'il avait réservée sans le dire ?

Et qu'est-ce que ça peut me faire ?

Mais voilà, ça m'embête. C'est tout moi, ça. M'en faire à propos de tout et de tout le monde, aux dépens de moi-même.

Mais il y avait autre chose. C'était... *lui.*

Sans connaître précisément les détails de ce qui lui est arrivé ce soir, je sais que j'ai des raisons de compatir. Une dispute avec ses frères. Découvrir ce qu'ils pensent de vous et en être déçu.

Et ce qui ne gâche rien, cet homme coche toutes les cases de ce que je trouve attirant. Vraiment. Les cheveux noirs légèrement ondulés. Les yeux ambrés avec des pépites dorées. La mâchoire puissante et le nez droit. Les épaules larges et des avant-bras gravement sexy. Les mains... oh, de belles mains.

Le col de chemise déboutonné et le nœud papillon qui pend autour de son cou ne font qu'ajouter à son sex-appeal.

Et chaque fois qu'il essayait de se montrer désagréable et grincheux, un éclair de quelque chose d'autre transparaissait. Il avait l'air gentil justement lorsqu'il voulait être bourru. Et accueillant alors qu'il voulait qu'on le laisse tranquille. Intéressé même quand il essayait d'être distant.

Et c'est peut-être cette dernière partie qui m'a touchée un peu plus qu'il n'aurait fallu. D'autant plus qu'il y a des lustres que je n'ai pas remarqué qu'on me regardait avec autant de chaleur dans les yeux.

Ou alors c'est seulement la première fois depuis longtemps que j'y ai prêté attention. *Ou que j'ai cherché à le faire.*

Est-ce ridicule que mon souffle se coupe lorsque Ford revient dans l'espace lounge du bar ? Que je me réjouisse de la perspective de faire plus ample connaissance ? Que je sois soulagée qu'il ne soit pas parti ?

À présent, sa chemise blanche est trempée et colle sur sa peau, et on peut en déduire qu'il est sorti chercher quelque chose dans sa voiture. Mais ce n'est pas la raison pour laquelle il est sorti, ni le verre de vin que je tiens à la main, ni quoi que ce soit d'autre d'ailleurs qui occupe mon esprit. Non, mon attention est entièrement focalisée sur sa personne. Sur la façon dont il se dirige vers un sofa situé à l'autre extrémité de la pièce où je vois que sa bouteille de whisky et son verre sont posés sur une table, et dont, sans faire de manières, l'air décontracté, il déboutonne ladite chemise trempée qui adhère à son torse et la fait glisser sur ses bras, révélant successivement

Ses biceps bandés.

Ses abdos dessinés.

Son large torse orné d'une discrète toison noire.

Le hâle de sa peau qui suggère les heures passées au grand air et torse nu.

Pour l'amour de Dieu et de tous les saints...

Je suis certaine que le bruit sourd que j'entends, c'est celui de ma mâchoire qui tombe sur le sol.

Il se penche et fouille dans le sac qu'il a rapporté, me donnant au passage encore un autre aperçu de ses épaules puissantes, avant d'en sortir un sweat-shirt décoloré qui a visiblement été beaucoup porté. Il l'enfile en mettant fin à cette séquence d'effeuillage digne de *Magic Mike*, mais lorsque le logo Wharton Business School apparaît sur le devant, je n'en crois pas mes yeux. *Le monde est petit.* On n'est pas si attaché à un sweat-shirt si on n'a pas fréquenté l'école.

Apparemment, Ford a fait des études en plus.

Mais c'est en détachant mon regard des lettres à présent étalées sur sa poitrine que je croise de nouveau ses yeux ambrés. *Waouh.* Cette rencontre provoque en moi des choses bizarres et incongrues. Il m'adresse un sourire en coin en levant son verre de whisky dans ma direction pour m'inviter à venir occuper le siège libre à côté du sien.

Sans écouter ma raison, mes pieds se dirigent vers lui.

Tu fais quoi, là, Elle ?

L'ange perché sur une épaule fait comme s'il n'entendait pas le diable perché sur l'autre. Heureusement, une alerte signalant un texto rompt le charme au moment où je m'approche de lui.

– Vous avez tranché ? je demande en posant le saladier de mélange microbien sur la table et en lui souriant.

Il me regarde par-dessus le bord de son verre, et des gouttes tombent de ses cheveux mouillés lorsqu'il fait oui de la tête.

– J'ai toujours eu un faible pour un bon whisky, et aussi curieux que cela puisse paraître, ils en ont.

– Moi, en revanche, je n'ai jamais été fan des trucs trop raides.

Je fais une grimace dégoûtée, mais son sourire s'élargit. Et c'est là que je me rends compte du double sens de mon affirmation, mais je hausse simplement les épaules.

– C'est un goût qui s'acquiert. Avec le temps, je suis certain que je pourrais vous faire aimer ça, murmure-t-il en posant les yeux sur mes lèvres.

J'imagine qu'en enlevant cette chemise, il s'est débarrassé de son côté ronchon.

– Qu'est-ce que vous avez contre les bretzels ? demande-t-il en désignant du menton le saladier et les deux bretzels que j'ai posés à côté.

– Je suis assez piquante quand je veux. Je n'ai pas besoin de rajouter de sel.

Il éclate de rire.

– Vous êtes sérieuse ?

– Non. Oui. Peut-être.

Je me penche et en sors un autre du saladier avant de poursuivre.

– Ou peut-être que j'aime bien faire des choses excentriques, c'est tout.

Il me regarde d'un air incrédule, nos regards s'attardent un peu plus longtemps qu'il ne faudrait avant qu'il ne détourne les yeux en secouant la tête.

– Je trouve ça plutôt sympa.

Sexy et capable de faire des compliments sincères.

Est-ce que ce type pourrait arrêter d'être aussi parfait ?

Je regarde autour de moi et danse d'un pied sur l'autre avant de dire :

– J'imagine que nous allons passer la nuit sur ce canapé.

– On dirait bien. Au moins, on ne va pas dormir par terre. Le plus, c'est qu'on a une vue d'enfer sur le spectacle de son et lumière, là dehors.

Le canapé est de la même couleur rouge bordeaux que les tabourets de bar, mais alors qu'il me semblait raide, je suis étonnée de le trouver aussi confortable lorsque je m'y assois. Je me tortille pour bien montrer ma satisfaction avant de m'arrêter pour me pencher en avant et chuchoter.

– Je me demande ce qui cloche dans ce canapé ?

– Qu'est-ce que vous voulez dire ? demande-t-il en soupirant d'aise lorsqu'il s'assied.

Mais son soupir s'arrête net lorsque nos hanches entrent en contact en raison de l'assise limitée des coussins. J'éprouve un petit moment de trouble où je me demande pourquoi je suis troublée. C'est un homme. Je suis une femme. Nous avons un endroit où nous asseoir pour la nuit. Nos hanches se touchent, ça ne devrait pas être un problème.

Et pourtant... je me sens rougir en n'arrivant pas à penser à autre chose qu'à la chaleur de sa hanche contre la mienne.

Il fait chaud ici.

Est-ce qu'il fait chaud ici ?

Je déglutis avec difficulté. Il fait vraiment chaud ici.

Bouger. Il faut que je... bouge pour éviter de penser à la cuisse ferme et musclée de cet homme contre la mienne. Je change de position de façon à appuyer mon dos contre l'accoudoir du canapé, mon genou replié touche sa cuisse et je lui fais face.

Le contact tibia cuisse et nettement mieux que hanche contre hanche.

Bien sûr, cela me conduit à penser qu'il y a des contacts encore mieux que seulement hanche contre hanche – pelvis contre pelvis, poitrine contre torse, bouche et bouche. *Arrête, Elle.*

Lorsque je lève les yeux, je rencontre un haussement de sourcils amusé comme pour me dire qu'il voit mon trouble et qu'il sait exactement à quoi je pense.

Prétendre que l'image de son torse nu et de ses abdos ne me traverse pas l'esprit serait un mensonge notoire.

Alors je meuble.

– Qu'est-ce qu'on disait ?

– On parlait de notre lit pour la nuit.

– Ah oui. Le siège. Le sofa. Ce truc-là.

Je tapote le dossier.

– La question, c'est pourquoi personne ne l'a pris avant nous ? C'est l'emplacement rêvé. Les fenêtres. Une table basse pour poser les pieds. Pas de voisin ivre qui ronfle comme de l'autre côté de la pièce. Je veux dire… (Je pose la main sur son bras sans réfléchir. *La peau. Le contact. Encore.* Et c'est tout juste si je ne pousse pas un cri en retirant ma main aussi vite que je l'ai posée.) Il y a sûrement un écriteau quelque part qui dit que c'est réservé pour Chris Hemsworth.

Le regard étrange qu'il me lance me refroidit, mais il esquisse un sourire. D'accord, il s'est départi de sa mauvaise humeur, malgré tout il reste silencieux. Préoccupé.

– Oh, c'était ça le papier que j'ai froissé sans le lire quand je suis venu m'installer ici ?

– Mais bien sûr, c'était ça, dis-je d'un air faussement exaspéré. Je suis sûre que des gens qui travaillent pour vous les ont contactés et ont tout organisé.

Il sourit de nouveau, et cela suffit à justifier mes bêtises. Pour le récompenser, je saisis sa bouteille de whisky et je remplis son verre sans lui demander son avis. Il hoche la tête et boit une gorgée, les yeux fixés sur ses mains qui tiennent le verre.

En dépit de son changement d'humeur et du sourire qu'il m'a accordé, je vois bien que sa dispute continue de lui peser.

– Je suis désolée pour vos frères. Je suis sûre que votre désaccord était réel et légitime et qu'à un moment donné le problème entre vous se résoudra de lui-même.

Il fait oui de la tête, mais ne semble pas convaincu.

– Possible.

– Si vous voulez le savoir, moi aussi je travaille avec mes frères.

– Le début de cette phrase me dit qu'il y a une histoire à raconter.

Je hausse les épaules.

– Bof. L'entreprise est en partie à moi, mais on ne dirait pas. Vous voyez, je possède vingt-cinq pour cent de l'affaire au même titre que mes deux demi-frères et mon beau-père, mais du fait que moi, j'ai un vagin...

Il tousse dans son verre et je le regarde avec un visage parfaitement innocent.

– *Quoi ?*

– Eh bien, c'est tant mieux que vous en ayez un. Un va... Bref, ça m'embêterait d'être attiré à ce point par une personne qui n'aurait pas... (Il se met à rire et le rouge lui monte aux joues. C'est adorable et plus que flatteur pour moi de savoir qu'il me trouve attirante.) Je... disons que cette fois, c'est moi qui ai manqué une occasion de me taire.

– On est quittes, donc.

– Oui. En effet. C'est le whisky. (Il boit une gorgée et hausse les sourcils.) On en était où ?

– On parlait de vagins, dis-je à dessein pour voir sa réaction.

– Ah oui. Comment j'ai pu oublier ça ? Il est clair que c'est d'une importance capitale, se moque-t-il. Parlez-moi d'eux.

– D'eux ? Je vous assure que je n'en ai qu'un.

– Non, pas de votre va...

Il s'arrête et son sourire enfantin réapparaît.

– Vos frères, votre famille. Ces gens-là.

– Ces gens-là. J'avais compris, je rigole. Il n'y a pas grand-chose à dire. Au décès de ma mère, je lui ai succédé à la tête de la société.

– Je suis désolé.

– Non, ça va. C'était il y a longtemps.

Je dis ça en haussant légèrement les épaules, mais ce n'est pas vrai, ça ne va pas. Elle me manque terriblement. À chaque instant de chaque jour. Mais pour quiconque m'en parle, *ça va.*

– Je sais, mais j'appartiens, moi aussi, au Club de Ceux dont la Maman n'est plus, alors malheureusement, je sais que *ça va* ne veut pas toujours dire que ça va, en vrai.

Je ne suis pas habituée à tant de franchise de la part d'un homme. J'apprécie cette différence qui rend la bague à mon doigt encore plus lourde à porter.

– Je suis désolée pour vous aussi.

– Non, ça va.

Je souris d'avoir encore répété « ça va ».

– C'est autrement plus facile de parler de vagins que de ça, non ?

Son sourire me dit qu'il apprécie mon ton léger.

– Donc, Ellery, dites-moi tout à propos du méchant beau-père et des vilains beaux-frères.

Cette fois, je ris et me décide à expliquer du mieux que je peux, moi qui, en général, suis connue pour m'écraser et garder tout ça pour moi.

– Mon vrai père est mort quand j'avais neuf ans. Ma mère s'est remariée avec un homme très axé sur les affaires, qui avait deux fils d'un premier mariage. Ensemble, ils ont monté une boîte de rénovation de bâtiments, ils ont assez bien réussi et lorsqu'elle est morte, sa part dans l'affaire m'est revenue.

– Je sens venir un *mais.*

– Rien ne vous échappe. *Mais,* ce sont tous les deux des connards, qui font tout pour attirer l'attention et l'approbation de papa.

– Beau-papa, non ?

– Oui, mais cela me facilite la vie de laisser tomber le beau et de ne pas leur rappeler que je ne suis pas du même sang.

– Et que par conséquent vous êtes égaux.

– Exactement. De plus, ils passent leur temps à espérer être celui qui sera choisi pour succéder à ce cher vieux papa lorsqu'il prendra sa retraite. Bon sang, chaque fois que je réussis un truc, ils tentent de se l'approprier. Toutes les idées que je lance sont descendues en flèche, mais si le lendemain ils disent la même chose, on trouve que c'est une idée géniale.

– Autrement dit, ce sont des connards misogynes, et vous vivez votre propre histoire modifiée de Cendrillon.

– C'est à peu près ça, malheureusement pour moi. À leurs yeux, je devrais me contenter d'être jolie, de me taire et de rester à ma place sauf pour répondre au téléphone et aller leur chercher un café.

– Mais ce n'est pas ce que votre mère faisait.

– Non. Ils savaient qu'elle les supplantait aux yeux de leur père et qu'ils ne prendraient jamais le dessus. Mais maintenant qu'elle n'est plus là…

– Je ne vous connais peut-être pas encore très bien, mais je ne vous vois pas vraiment accepter un rôle subalterne.

– Vous voyez. (Je soupire) C'est frustrant. C'est mon droit de faire partie de l'entreprise. Ma mère a contribué à la créer. Je veux contribuer à la faire prospérer… C'est peut-être pour moi une façon de rester proche de quelque chose venant d'elle. Et simplement parce que je suis une femme…

– Avec un vagin.

– Oui, comme nous l'avons établi.

Je rigole, appréciant sa tentative d'alléger la conversation qui était devenue un peu plus grave que ce à quoi je m'attendais.

– En quoi est-ce un problème d'être une femme ? Excusez-moi. Je vous en prie, terminez ce que vous disiez avant que je vous interrompe.

– Non, ce n'est rien.

Pourquoi le fait qu'il s'excuse d'avoir de bonnes manières me trouble-t-il ? *Parce que tu n'es pas habituée à ce que les hommes te traitent avec respect, peut-être ?*

– Ce n'est pas tant d'être une femme en soi. Le problème, c'est d'être constamment dévalorisée. Est-ce si mal d'avoir de l'ambition, l'envie de construire quelque chose qui m'appartienne vraiment ? De prendre le risque d'échouer ? Et peut-être de réussir ?

Je pousse un soupir de frustration et lorsque je regarde de nouveau Ford, je vois clairement dans ses yeux une compréhension qui me fait ressentir que je suis entendue comme je ne l'ai jamais été auparavant.

– Dans une affaire familiale, je poursuis, un peu comme ce à quoi vous avez fait allusion avec vos frères et ce qui s'est passé ce soir, c'est facile de disparaître dans le projet global. La routine de la société et sa réussite générale. Le besoin de mes frères d'impressionner mon beau-père afin d'obtenir la plus belle récompense ou une tape sur la tête ou je ne sais ce qu'ils attendent de lui. J'en ai marre de faire partie du bruit environnant. Je veux être celle qui le fait.

– Alors faites-le.

– Ce n'est pas aussi facile que vous le croyez.

– Rien de ce qui vaut la peine ne l'est, Ellery.

Il y a quelque chose dans sa façon de prononcer mon nom de sa voix grave, voilée, de ténor qui me laisse muette un instant pour en apprécier pleinement le son.

– Tentez votre chance. Jetez-vous à l'eau. (Il choque son verre contre le mien.) Vous ne saurez jamais ce qui est possible si vous ne vous lancez pas.

Je me mordille la lèvre inférieure tout en me reversant du vin. Il a raison. Je sais qu'il a raison. Et pourtant... la question, c'est comment ?

Il y a eu la réhabilitation de l'hôtel Carlton pour laquelle j'ai passé des heures à peaufiner les détails, et tout ça pour voir le dossier confié à un de mes frères parce qu'on avait besoin de moi ailleurs. Et cet ailleurs réorganisait nos dossiers de travail.

Il y a eu ces marchés que j'avais négociés et obtenus pour qu'on me dise plus tard que les propriétaires préféraient qu'ils soient confiés à un homme. Je savais très bien que c'était des conneries et que cette préférence était en fait le résultat d'une soirée entre mecs où mes frères avaient régalé le promoteur du projet en tenant compte de ses points faibles – des strip-teaseuses et du bœuf de Kobé. Tout ce que j'aurais pu faire pour contre-attaquer ne pouvait les faire changer d'avis une fois qu'ils étaient devenus potes.

Sans parler des coups fourrés montés contre moi par mes frères. Comme de me donner une mauvaise adresse ou un mauvais horaire pour une réunion si bien que j'arrivais avec une demi-heure de retard, complètement échevelée et non professionnelle. Des mails effacés qu'ils traitaient à ma place. Le sabotage d'un planning de construction pour prouver que je ne savais pas ce que je faisais.

Et ainsi de suite...

Donc comment sortir de mon environnement pour prouver ma valeur tout en y restant ? Comment faire, moi toute seule, pour apporter à Haywood Rénovations une occasion unique qui prouverait ma valeur à l'insu de mes frères ?

Je me renfonce dans le canapé, pose les pieds sur la table et fixe le plafond tout en laissant un silence confortable s'installer entre nous.

– Qu'est-ce qui vous a poussée à braver Frank ? demande-t-il.

Un petit gloussement m'échappe, causé par l'alcool.

– Vous voulez dire Fred ?

– Fred. Frank. Phil. Peu importe. (Il agite la main.) Qu'est-ce qui vous a conduite ici ?

– Une virée en voiture.

– Et pourquoi ?

– Parce que j'avais besoin de m'éclaircir les idées. De prendre des décisions. Comme je l'ai dit tout à l'heure, *des trucs.*

– Ah oui. Ces fameux *trucs.*

Il tend son verre pour que je trinque avec lui.

– Buvons aux trucs difficiles. Santé.

– Santé, je murmure.

Je l'observe par-dessus le bord de mon verre en buvant une gorgée.

Il fait comme moi, puis pose la tête sur le dossier du canapé et ferme les yeux.

– Je donnerais n'importe quoi pour un vrai repas, là, maintenant.

– Un cheeseburger et des frites, ce serait divin.

Il gémit en y pensant.

– Nettement mieux que le mélange microbien.

– Vous avez raison. Rien à voir.

Quand je regarde autour de nous, je remarque que depuis le début de notre conversation davantage de gens se sont endormis.

– Cet endroit est intéressant.

– Comment ça ?

– Il a un vrai potentiel, mais on dirait qu'il a été abandonné.

– Les gens abandonnent trop de choses trop vite, Ellery le Céleri.

Je lève les yeux au ciel, mais au fond de moi j'aime bien qu'il m'appelle comme ça.

– C'est vrai. Mais regardez. Cet établissement est super bien placé. Sur la plage, avec quand même un peu d'intimité. Si quelqu'un décidait de s'en occuper, le modernisait un peu...

– Ajoutait un restaurant. Bon sang, vous êtes géniale. Vous imaginez la recette qu'ils pourraient se faire ce soir avec nous tous s'ils en avaient un ? (Il se tapote l'estomac.) Je meurs de faim.

– Pareil. Moi, je virerais le bar et j'ajouterais un...

– Nan. On garde le bar. Les taxes sur l'alcool sont négligeables et ça peut aider à augmenter le bénéfice quand un restaurant ne tourne pas fort.

– Bien vu.

Il tourne la tête en la laissant appuyée au dossier et ouvre les yeux. Ils sont ensommeillés et ses paupières sont lourdes, mais j'y vois une intensité sincère.

– Quoi ? je demande.

– Ça fait des heures que nous sommes assis là à discuter et, pourtant, vous n'avez jamais parlé de lui.

– Lui ?

Les yeux de Ford se posent sur ma main où le diamant scintille même dans la pénombre.

– *Lui.* Celui dont je présume qu'il est la raison pour laquelle votre téléphone n'a pas arrêté de s'allumer.

Je jette un coup d'œil sur ma bague en cherchant comment réagir.

– C'est peut-être pour ça que j'ai entrepris cette virée en voiture. Peut-être...

– Peut-être que ça fait partie de *ces trucs ?*

Je croise de nouveau son regard perçant. Je m'attendais à y trouver une condamnation, même si je n'ai rien fait de mal en sympathisant avec lui, mais c'est exactement le contraire. Une compréhension muette mêlée d'une curiosité non formulée.

J'acquiesce.

– Des *tas de trucs.*

– Votre secret est bien gardé avec moi, Elle.

Il tend le bras et me tapote le genou.

Je cligne des yeux pour repousser les larmes qui me viennent sans raison et quand je les relève, Ford a refermé les siens. Sa main est lourde sur ma jambe et sa poitrine se met à monter et descendre à un rythme régulier. Il s'est endormi.

Je devrais probablement en faire autant.

Mais le sommeil me fuit. Je suis agitée. Mon esprit ne veut pas se mettre au repos.

« *Toutes ces élucubrations pour justifier une virée en voiture sont idiotes, Ellery. Pour l'amour du Ciel, quand vas-tu enfin prendre cette vie, notre relation, au sérieux et mettre un terme à cette attente ? Allez, on fixe une date tout de suite.* »

Je pose la tête sur le dossier du canapé et je contemple par la fenêtre la nature qui se déchaîne tout en essayant de calmer la colère qui bouillonne en moi. Et tout en essayant de trouver un moyen de résoudre le conflit de loyauté que les paroles de Ford ont provoqué chez moi.

« *Votre secret est bien gardé avec moi, Elle.* »

5

Ford

JE POSE MON AVANT-BRAS SUR MES YEUX pour les protéger du soleil.

Seigneur, pourquoi fait-il si clair ?

Pourquoi est-ce que j'ai mal dans le dos ?

Pourquoi les camions poubelles font-ils autant de bruit ce matin ?

Et puis, ça me revient. Où je suis. Hier soir. La tempête. *Ellery*.

Pourquoi elle est ma première pensée lorsque j'ouvre les yeux, je ne saurais le dire, mais lorsque je regarde à côté de moi, elle n'y est pas.

Ni son sac.

Ni aucune autre trace d'elle, à part une pile de bretzels à côté d'un saladier à moitié vide.

Et je ne sais pas pourquoi ça m'embête autant qu'elle ne soit pas là.

Je me tords sur mon siège pour regarder autour de la pièce. La plupart des gens sont toujours dans la même position qu'hier soir lorsque je me suis endormi. Roulés en boule. Adossés aux murs avec les jambes allongées et croisées aux chevilles. Allongés sur le sol, isolés du vieux tapis par leurs imperméables étalés.

Le soleil est levé. C'est évident. Ce qui veut dire que la tempête s'est éloignée. Et si la pièce s'est vidée depuis hier soir, cela signifie peut-être que la route a été dégagée.

– Bon Dieu, je murmure en me passant une main sur le visage, ma barbe naissante me rappelant à quel point je dois avoir l'air négligé.

C'est à ce moment-là que je vois sur la table, devant moi, la serviette en papier coincée sous ma bouteille de whisky à moitié bue et sur laquelle on a griffonné quelque chose. Je me penche pour la prendre et je souris quand les bretzels posés dessus tombent par terre.

Fordham Comme l'Université,

Ça a été un plaisir de vous rencontrer. J'ai dû prendre la route de bonne heure pour m'occuper de « trucs ».

Merci pour la compagnie, le conseil et l'écoute. Je suis sûre que tout va s'arranger avec vos frères. Peut-être nos chemins se recroiseront-ils un jour. En attendant…

– Ellery le Céleri.

Je garde la serviette à la main et je me renfonce dans le canapé, les yeux rivés sur son écriture.

Elle ne m'a pas laissé son numéro de téléphone.

En même temps, elle *est* fiancée.

Alors pourquoi ai-je le souvenir distinct de m'être réveillé cette nuit et qu'elle était nichée au creux de mon bras avec sa tête sur ma poitrine ? Et pourquoi est-ce que je me rappelle avoir aimé ça ?

Je me passe la main dans les cheveux. J'ai absolument besoin d'une brosse à dents, d'une douche et d'un rasoir. Et à en croire le ciel clair et l'absence d'Ellery, la route doit être ouverte.

Espérons qu'elle le soit dans la direction où je dois aller.

En moins de vingt minutes, je suis sur le parking, le sac à la main, et je regarde autour de moi. Même si le soleil est levé, l'air est encore frais à cause de la brise venue de la mer. Il y a des débris partout laissés par la tempête. Des branches. Des déchets. Du sable apporté par le vent.

C'est quand je me retourne vers l'hôtel que je le vois dans sa totalité pour la première fois. Jusqu'à hier, cette construction de planches grises était quelque chose en retrait de la route devant lequel je passais. Hier soir, c'est devenu un hôtel vers lequel j'ai couru pour échapper à la tempête.

Mais ce matin, sous le soleil, le cri des mouettes au loin, et depuis ma position au centre du parking, je le regarde plus attentivement.

White Sands Inn.

C'est ce que dit la pancarte décolorée. Il y a un phare en guise de logo sur ladite pancarte bien qu'il n'y en ait aucun en vue.

J'imagine qu'ils se sont autorisé des libertés avec la réalité.

L'endroit ne manque pas de charme. Sa structure générale ne supplante pas son arrière-plan de ciel bleu ni les planches qui mènent à la plage que j'imagine de l'autre côté. Trop d'hôtels font cette erreur. Ils croient que le plus important, c'est la taille du bâtiment et sa capacité d'accueil parce que plus de chambres signifie plus de rentrées d'argent.

Ce qu'ils ne comprennent pas, c'est que si l'hôtel n'est pas situé dans un environnement attrayant – ici, la plage d'un côté et la verdure luxuriante des arbres de Nouvelle-Angleterre de l'autre –, les clients ne veulent pas séjourner dans l'hôtel pour autre chose que dormir.

Et ce sont les clients qui séjournent dans l'hôtel – qui commandent en room service, qui boivent au bar en regardant les vagues s'écraser sur la plage et qui mangent dans l'hypothétique café en terrasse – qui rapportent les bénéfices.

Il y a du potentiel.

C'est ce qu'Ellery a dit hier soir. Elle a raison. C'est ce que je vois quand je regarde la façade blanchie par l'air marin, usée, et qui aurait besoin d'être rénovée. L'aménagement des jardins alentour pourrait être amélioré, l'entrée du bâtiment rendue plus accueillante et le mur de soutènement à l'ouest reconstruit en conformité avec le style général de l'hôtel.

C'est un réflexe chez moi. Un lieu non dépourvu de charme. Comment y attirer des clients. Comment faire une impression durable pour que les clients reviennent. C'est ce qu'on m'a enseigné à évaluer, à corriger et à affiner. C'est ce qu'on *nous* a, à mes frères et moi, enseigné, en fait. Cela devient une seconde nature quand vous grandissez avec un père qui est un magnat de l'hôtellerie et qui vous teste à tout moment.

Qu'est-ce qui cloche dans cet endroit ?

Que changerais-tu pour attirer plus de clients ?

Comment augmenter leur chiffre d'affaires ?

Qu'est-ce qu'il faut garder, d'après toi ?

J'ai l'impression d'entendre la voix de mon père qui me pose ces questions, et j'éprouve une sensation mitigée de vide, nouvelle pour moi.

C'est juste Ford.

Est-ce qu'il me voyait comme ça quand je répondais à ses questions ? Entendait-il la réflexion que je mettais dans mes réponses pour lui prouver que je savais de quoi je parlais ? Que je m'étais assuré d'être digne du nom de famille que j'avais à la fois la chance et la malédiction d'avoir reçu ?

Perdu dans mes pensées et ramené à la veille et à cette foutue biographie, je m'aventure à l'arrière de la propriété. Il y a un sentier sinueux qui, comme tout le reste, aurait bien besoin de plus d'entretien. Ajouter quelques fleurs dans les platebandes qui le bordent de chaque côté, installer quelques bancs pour que les usagers de réseaux sociaux prennent des photos et signalent l'hôtel. C'est toujours porteur, les occasions de marketing intégré comme ça, quand ça vient des clients.

Mais toutes mes pensées – de mon père, de la biographie, du bazar d'hier soir – passent à l'arrière-plan lorsqu'en levant les yeux je découvre une plage grandiose.

Un cliché, qui revient souvent, dit : *Quand vous avez vu une plage, vous les avez toutes vues.*

Certaines sont jonchées de détritus. Certaines ont un sable merdique. Certaines ont des rochers et des algues et tout le reste.

Mais cette plage, pétard, *cette plage* est à la hauteur du nom de l'hôtel, même après un violent orage. Peut-être même que le vent et la pluie ont ajouté à sa beauté. Le sable a été balayé par le vent et forme des ondulations blanches, pas la moindre empreinte de pas pour altérer la perfection de sa surface. L'eau bleu turquoise vient lécher le rivage.

J'imagine à quoi pourrait ressembler l'été ici. Des parasols et des paillotes dressés pour les clients. Des serveurs parcourant les planches pour apporter des verres de punch et des daïquiris sur le sable. Ajoutés à cela, un jeu de boules et un filet de volley pour ceux qui sont incapables de rester inactifs. S'associer à une société de location de vélos ou de scooters électriques à proposer aux clients à un prix avantageux.

Comme chaque fois que je regarde un site, je sors mon téléphone pour faire des photos.

– Merde.

Plus de batterie.

Tu n'es pas censé travailler, Ford.

Mais l'instinct d'observer, d'évaluer et d'améliorer a été planté en moi depuis tout petit, alors c'est facile de repasser dans ce mode sans même y penser.

Cela dit, tire-toi d'ici. Va à Sag Harbor. Réfléchis... Trouve une solution.

Et enfin, lis les innombrables textos que Callahan et Ledger t'ont envoyés.

J'enfonce les mains dans mes poches et, du bout des doigts, je sens la serviette en papier qu'Ellery m'a laissée. Celle que j'ai gardée, va savoir pourquoi. Celle qui me rappelle que *tout va s'arranger.*

Ça reste à voir.

Après un dernier regard pour ce point de vue inattendu, je tourne les talons et je me dirige vers ma voiture de location.

C'est là que je vois le panneau posé sur la vitre de l'hôtel. « À vendre ». Oh. J'imagine que ça explique pourquoi rien n'a été entretenu, ici. Cependant, on pourrait penser qu'ils auraient pu soigner davantage son apparence pour obtenir un meilleur prix de vente.

En même temps, si ça se trouve, ils l'ont arrangée et c'était peut-être encore pire avant.

C'est pas ton problème, Sharpe.

Pas du tout. S.I.N. ne s'occupe que de complexes hôteliers de luxe, immenses et sophistiqués, qui n'ont rien à voir avec des hôtels de famille posés sur des terrains grands comme un mouchoir de poche tels que celui-ci. Ce n'est pas notre secteur d'activité. Pas notre spécialité.

Cela ne m'empêche pas de jeter un dernier regard qui s'attarde avant de monter en voiture et de démarrer.

Il y a du potentiel.

6

Ellery

JE L'OBSERVE.

Tout comme je l'ai fait ce matin pendant qu'il dormait. Je m'interroge. Pourquoi ai-je eu tant de mal à sortir du bar tout à l'heure ?

Ces cils épais sur des joues hâlées.

La mèche de cheveux étalée sur son front.

Une cicatrice blanche estompée au-dessus de son sourcil droit, que je n'avais pas remarquée dans la pénombre hier soir.

L'attirance inexplicable que je ressens pour lui alors que je suis habituellement insensible aux deuxièmes regards et aux contacts électriques.

Ce n'est pas pour rien que j'ai choisi de m'esquiver sans un au revoir.

Je pourrais me dire que c'était parce que j'avais des choses à faire et un emploi du temps à respecter, mais c'est totalement faux. Je n'ai pas de planning et je ne suis attendue nulle part. En vérité, la raison pour laquelle je suis restée plantée devant ce canapé pendant au moins cinq minutes, à me demander si je devais réveiller Ford avant de partir, est plus liée à l'objet qui grâce au soleil crée un prisme de reflets dans tout l'intérieur de ma voiture.

Ou plutôt à tout ce qui s'y rattache.

Ma bague de fiançailles.

Chandler Holcomb.

Et le devoir conféré par le fait d'être une Sinclair-Haywood.

Mais je ne pense à rien de tout cela alors que Ford se tient là, de dos, avec ses larges épaules et ses hanches étroites, et observe l'hôtel en se protégeant les yeux de la main.

Et cela ne m'a certainement pas traversé l'esprit lorsque je me suis réveillée la nuit dernière avec la tête posée sur sa poitrine et sa main étalée négligemment, mais quand même de manière possessive, sur ma cuisse.

Je savais qu'il dormait.

Je savais qu'il ne le faisait pas consciemment.

Et pourtant... le souvenir est tellement vif dans mon esprit, alors que d'habitude je ne me souviens de rien quand, ou si, je me réveille la nuit.

Je mets le contact et mon moteur démarre.

Démarre, Elle. Passe à autre chose. Ce n'est pas comme si ce qui s'est passé hier soir était important.

Avec un dernier regard à Ford, je démarre la voiture et sors du parking.

Je pense aux occasions manquées.

Aux *Et si.*

Et au fait que je dois appuyer un peu plus fort sur l'accélérateur avant de dire ou de faire quelque chose que je pourrais regretter.

7

Ford

Quatre semaines plus tard

– C'EST QUOI, ÇA ? DEMANDE LEDGER depuis la porte de mon bureau.

Il tient à la main un classeur que je suis incapable de différencier des centaines d'autres que nous avons au bureau.

– C'est quoi, quoi ? Il me semble bien que c'est ce que nous appelons un classeur. Cela s'ouvre et tu mets des papiers à l'intérieur pour les protéger et les conserver tous ensemble. Tu peux même mettre une étiquette dessus pour savoir rapidement ce qu'il contient.

– Tu es un vrai comique, toi dis donc, dit Ledger en entrant dans le bureau.

Il pose le dossier sur ma table. Son libellé écrit de ma main sur l'étiquette, Affaire White Sands, me regarde. Je savais que ça finirait par arriver. Quel meilleur moment pour passer aux choses sérieuses ?

Je me renfonce dans mon siège et je regarde mon frère fixement.

– Depuis quand tu prends des trucs sur mon bureau ?

– Depuis quand tu prends des initiatives concernant des affaires sans nous consulter, Callahan ou moi, au préalable ? rétorque-t-il avant de croiser les bras et de s'asseoir dans le fauteuil en face de moi.

– Je ne savais pas que tu régnais sur tout ce qui se passe ici. (Je ramasse le classeur et le laisse tomber de l'autre côté de mon bureau.) À ma connaissance, mon nom apparaît aussi sur la plaque dans l'entrée.

– C'est vrai. Mais c'est aussi mon nom. Et si l'on pense que toute ta correspondance est à l'en-tête de la société, on peut légitimement penser qu'elle me regarde aussi. (Il hausse les épaules, mais plisse les yeux.) C'est quand même étrange que je n'aie jamais entendu parler de cette affaire alors que tu te prépares à foutre un énorme paquet de fric dans l'achat d'un truc qui n'a rien de commun avec notre portefeuille.

– C'est une somme dérisoire au regard de nos transactions financières habituelles.

– Cela ne veut pas dire que ce soit bien.

– Non, en effet. Mais cela ne veut pas dire le contraire non plus.

Je désigne du doigt le dossier que notre équipe d'agents immobiliers a constitué à ma demande. Comparaisons avec des affaires similaires. Autorisation préalable de nos organismes de crédits. Notes concernant d'autres acquéreurs potentiels avec qui nous pourrions être en concurrence.

– Ça va être mis aux enchères et j'ai l'intention d'être présent pour l'acheter.

– Ce motel, auberge, ou je ne sais quoi, est d'un niveau inférieur à la gamme S.I.N., et tu le sais. Arrêtons cette mascarade. Passe à autre chose.

– Bon Dieu, Ledger.

Je repousse mon siège, me dirige vers la fenêtre, les mains dans les poches, et je regarde la ville en bas. Mais en réalité, la colère m'empêche de la voir.

– Tu ne pourrais pas arrêter d'être si... *Ledger* ?

Quatre semaines se sont écoulées depuis notre dispute. Quatre semaines pendant lesquelles, en bons Sharpe que nous sommes, nous avons tout balayé sous le tapis et fait comme s'il ne s'était rien passé.

Les choses se sont apaisées entre nous – nous n'abordons pas le sujet et donc nous n'avons pas à en discuter –, mais ce n'est plus pareil.

Ma blessure est toujours là, et ils continuent de penser que je suis une mauviette.

Le problème, c'est que je croyais que mes frères et moi étions à l'abri de ce genre de choses. Que nous étions capables de parler, ou de communiquer, ou je ne sais comment on appelle ça. Nous avons eu pas mal de moments difficiles depuis quatre ans et la mort de notre père. Comment accepter sa disparition, comment être une famille quand il n'y a plus de parents pour tenir ce rôle et comment être celui dont l'autre a besoin quand le cas se présente.

À moins que cela ne soit important que lorsque le problème concerne Callahan ou Ledger. Après tout, moi, je suis *Juste Ford.*

Ouais.

Ça ne passe toujours pas.

Et je crois que ce qui me fout le plus en rogne, c'est qu'ils ne comprennent toujours pas pourquoi cela me blesse. Et, en plus, ils n'en ont même pas reparlé avec moi, sauf pour me demander « *C'est bon ?* » quand je suis revenu de Sag Harbor la semaine suivante.

Ce n'est pas comme si le livre ou tout le tapage qui est fait autour étaient près de disparaître. Avec la parution qui ne saurait tarder et une avance confortable payée au biographe, la maison d'édition va faire tout son possible pour récupérer sa mise de fonds et même davantage. Promotion dans la presse. Annonces à la radio. Une émission spéciale d'une heure en prime time. Mon père aurait adoré être au centre de tant d'attentions. Dommage qu'à sa seule mention, je ressente comme un coup de poignard dans le dos.

– Qu'est-ce qui se passe, Ford ? Qu'est-ce que tu ne me dis pas ?

Sa voix semble sincère, et ça m'énerve. Parce que c'est justement ce que je voulais. Qu'il me le demande et que je lui réponde, mais maintenant, je n'en ai plus envie. Soudain, c'est plus facile d'être en colère contre Callahan et lui que de parler.

Je danse d'un pied sur l'autre et je pousse un soupir.

– Est-ce que ça t'arrive d'avoir le sentiment parfois... que... Non, tu sais quoi, laisse tomber.

Ce n'est pas la peine.

– Est-ce que quoi m'arrive ?

Sans répondre, je me retourne pour faire face à cet homme qui me ressemble comme deux gouttes d'eau, à part quelques cicatrices et une légère différence de taille, et je me demande comment nous pouvons être si proches et en même temps si éloignés l'un de l'autre.

Je jette un coup d'œil au classeur contenant le dossier, à son étiquette, puis je le regarde de nouveau.

– Je vais acheter ce bien.

– Pour quoi faire ? Le démolir et rendre à la plage sa beauté initiale en la débarrassant de cette horreur ?

– Tu ne le sais peut-être pas, Ledger, mais ton mépris de classe est gênant.

– Tout comme toi quand tu présumes que tu peux prendre des millions sans demander et les jeter par les fenêtres pour un caprice.

– Très bien, j'utiliserai mes fonds personnels. Ce n'est pas un problème.

Le silence s'installe et nous nous fusillons du regard. Je marche de long en large dans le bureau avant de me passer une main sur le visage en grognant. Cela fait plus de dix ans que je travaille non-stop. Pour assurer la prospérité de cette entreprise et de son nom. La pression constante. Le rythme effréné. Mes frères ont trouvé l'amour, ils ont fait des pauses, fondé leur famille, tandis que moi je restais là et que je tenais la barre en toutes circonstances. Bon Dieu, je veux quelque chose qui m'appartienne en propre. Bien sûr, cela porterait le nom de Sharpe, mais ce serait *à moi.* Ma vision. Mon succès. Mon échec.

– J'ai besoin de faire une pause.

– D'accord. Fais ça. Tu as travaillé sans discontinuer, tu mérites de prendre des vacances. Tu sais que tu n'as pas besoin de le demander. Tu les prends quand tu veux. Bon sang, ce n'est pas comme si nous ne possédions pas une vingtaine de complexes hôteliers dans le monde entier parmi lesquels choisir. Au bord de la mer. Dans le désert. À la montagne. Tu veux aller où, et avec qui ?

– Je ne parle pas de *ce genre* de pause.

– De quoi, alors ? De quoi tu parles ? Faut-il qu'on attende Callahan pour tenir un conseil de famille ? Je peux lui dire de venir après ses réunions et nous pouvons...

– Non. (Je lève la main pour l'arrêter.) Tu le mettras au courant plus tard.

– Le mettre au courant de quoi ?

Pour la première fois, j'ai le sentiment qu'il perçoit mon mal-être.

– J'ai une idée que je veux développer, et tous les deux, vous allez devoir me soutenir dans mon projet.

Ledger se renfonce dans son fauteuil, hausse les sourcils et me regarde d'un air indifférent, presque étonné.

– Continue.

– La Collection de Prestige Sharpe.

Il fronce les sourcils, mais en bon businessman, toujours curieux, il hoche la tête.

– Développe.

– Que dirais-tu de créer une nouvelle série, une nouvelle branche haut de gamme de notre marque de fabrique ? Une chaîne de prestige que nous vendons à l'élite, aux célébrités ? Des établissements plus petits avec leur propre concierge, la sécurité ou des chambres supplémentaires pour l'équipe de sécurité avec lesquels ce genre de clients se déplacent généralement ? L'élégance et le luxe qui font la renommée de S.I.N., mais en même temps des endroits où ils se sentent *comme tout le monde*. Un hôtel au bord de la mer, privatisé.

– Tu veux dire le genre hôtel de bord de mer, comme ce White Sands ?

Je garde pour moi la repartie insolente qui me vient aux lèvres quand son mépris envers l'hôtel démodé transparaît dans sa voix. Et, connaissant Ledger, je sais qu'il a déjà regardé et scruté les photos de l'hôtel. Mais les photos ne lui rendent pas justice, même à nos yeux entraînés à chercher le potentiel. Je ne l'aurais jamais cru moi-même si je n'avais pas vu l'endroit en vrai.

– Oui, c'est ce que je veux dire, ce White Sands. Le genre *Chaîne de Prestige Sharpe.*

Ledger est celui de nous trois qui a besoin de réfléchir avant d'agir, et il ne me déçoit pas en réagissant différemment cette fois-ci. Je l'observe alors qu'il considère l'idée les lèvres pincées et les sourcils froncés, en sachant qu'il pèse le pour et le contre, comme je l'ai fait moi-même quand l'idée m'est venue.

C'était sous le patio, à l'arrière de la maison familiale de Sag Harbor. J'étais assis, je m'assoupissais en me chauffant au soleil. Dans cet état de somnolence, je me le représentais parfaitement. L'hôtel rénové avec ses suites luxueuses regroupant trois ou quatre chambres standards en une seule. Des balcons donnant sur la mer en laissant entrer la brise venue de l'océan. Des jacuzzis privés dans chaque suite. Des chefs sur place pour satisfaire les goûts de la clientèle. Une plage privée.

Du potentiel.

N'était-ce pas le mot qui persistait dans mon esprit alors que je zappais d'une chaîne à l'autre ce soir-là ? Une chaîne proposait un programme parlant d'une pop-star harcelée par les journalistes alors qu'elle ne voulait qu'un peu d'intimité pendant ses vacances. Un autre reportage montrait un magnat de l'informatique incapable d'échapper à la pression de sa vie de tous les jours pour simplement se sentir comme tout le monde. Des souvenirs de nos propres vacances en famille quand nous devions renoncer à certaines activités parce que des paparazzis essayaient de prendre des photos de nous pour les vendre aux journaux.

Qui d'autre que quelqu'un qui l'a vécu en personne pour savoir ce qu'il convient de faire ?

Je regarde mon frère qui réfléchit à ce que j'ai dit. Il sait ce que c'est que l'ingérence dans la vie privée. Il sait ce que c'est que vouloir vivre des moments mémorables avec sa famille, mais de ne pas avoir l'espace ni le lieu où pouvoir le faire.

– Les riches aiment être traités comme des riches. Ils aiment aussi avoir une vie normale. Nous le savons mieux que personne. Pourquoi crois-tu que papa nous emmenait dans le Montana tous les étés, quand on était ados ? Pour qu'on puisse se sentir comme tout le monde en Amérique.

Je soupire et marque une pause, repensant aux étés passés loin de New York. C'était un changement par rapport à ceux que nous passions généralement dans la maison de Sag Harbor, mais après la disparition de notre mère, c'était devenu trop douloureux d'y aller.

– C'est un équilibre délicat, mais auquel nous pouvons parvenir dans un établissement de moindre importance que ceux que nous avons habituellement.

– Tout le monde prétend vouloir être traité normalement jusqu'à ce qu'il le soit, et là, ils viennent se plaindre qu'on n'est pas assez aux petits soins pour eux.

– Tu parles d'expérience ?

Ma moquerie me vaut un doigt d'honneur et un roulement d'yeux.

– Écoute, en théorie c'est une bonne idée, mais ce serait un gouffre financier. On ne récupérerait jamais notre mise de fonds. Cela prendrait des années pour accomplir le genre de transformation dont tu parles.

Et tu crois que nous avons reconstitué en un jour la fortune que nous avons dépensée pour Ocean's Edge, ou La Retraite ? je demande, faisant référence aux deux derniers hôtels que nous avons achetés et complètement réhabilités.

– Ce n'est pas la même chose et tu le sais. Ça ne sert à rien d'en discuter. Comme je l'ai dit, ça n'entre pas dans notre gamme de produits.

– On s'en fout de la gamme. On peut s'en écarter. La redéfinir. L'étoffer.

– On ne parle pas d'un exercice à Wharton. On parle de notre entreprise. Bonne idée. Mauvaise décision pour nos affaires.

– C'est dommage parce que c'est ma décision et, comme je le disais, vous allez devoir me suivre.

Je n'en reviens pas de dire ça. Et, à en juger par la tête que fait Ledger, je crois que lui non plus.

– Tous les jours, tu prends des décisions concernant S.I.N. et les directions que nous empruntons. Des directions que nous suivons tous. Aujourd'hui, il est temps que tu fasses la même chose pour moi.

Ledger plisse le front et souffle bruyamment.

J'ai ébouriffé ses plumes bien lissées. Tant mieux.

Il croise les jambes. Regarde la pièce autour de lui. C'est inutile d'essayer de presser Ledger quand il est comme ça. Mais c'est lorsque nos regards se croisent que je vois l'inquiétude grandissante que le sien reflète.

– D'où ça sort, tout ça, Ford ?

– Parfois, il n'y a pas que l'argent qui compte. Eh oui, c'est facile pour moi de dire ça étant donné que nous roulons sur l'or. Je ne le nie pas. Mais là, il s'agit pour moi de faire autre chose. Quelque chose de différent. De me lancer un défi à moi-même. Ce n'est pas une tâche insurmontable.

Il hoche la tête lentement et de façon mesurée. Tout comme l'est le soupir qui sort de ses lèvres.

– Il s'agit du livre, donc.

Comme je ne réponds pas autrement qu'en le regardant fixement, il poursuit sur un ton radouci, tenant comme toujours son rôle de grand frère.

– Papa aimait chacun de nous à sa façon. Un auteur et un éditeur décident de publier sa biographie, ils font leurs propres choix, ça ne veut pas dire que papa t'aimait moins. Les gens qui comptent pour toi connaissent la vérité, Ford. Et ce n'est pas en achetant je ne sais quelle gargote délabrée en bord de mer que tu vas régler le problème qui t'a contrarié.

Je me racle la gorge pour me débarrasser de la boule d'émotion qui l'encombre.

– Jamais je ne vous ai rien demandé de ce genre. Aujourd'hui, je le fais.

Ledger se lève et se dirige vers la porte, mais s'arrête au moment de sortir. Il attend un instant avant de me regarder par-dessus son épaule. Un simple hochement de tête. C'est tout ce qu'il consent à me donner. Mais cela suffit pour que je sache que j'ai été entendu et, que même s'il ne comprend pas le pourquoi, il comprend incontestablement que c'est important pour moi.

8

Ellery

– ELLE... JE NE COMPRENDS PAS.

– Bien sûr, tu ne peux pas comprendre. (Mon sourire est crispé. Je ne veux pas en faire tout un plat.) Ni toi, ni mes frères et mon père, ni je ne sais qui a décidé que ce serait une bonne chose que nous nous mariions, toi et moi. C'était simplement une sorte de fusion pour unir nos familles, personnellement et professionnellement.

– Ce n'est pas...

– Mais si.

Quand je tends le bras pour prendre la main de Chandler, le diamant à mon doigt scintille. Un symbole d'amour que nous n'éprouvons pas réellement.

En tout cas, pas moi.

– C'était facile de se laisser emporter par le courant. Toi. Moi. Les engagements qui ont été pris dans mon dos pour te faire entrer dans mon affaire familiale et cimenter du même coup l'avenir de nos familles.

– Comment est-ce que tu...

Je ne savais pas. J'ai présumé. Mais sa réaction ne fait que confirmer mon intuition, et rendre mon désir de faire ce que j'ai à faire encore plus pressant. Notre rencontre fortuite qui n'en était pas une. Les encouragements de mes frères pour que je sorte avec cet homme qu'ils trouvaient formidable. Bonne famille. Cochant toutes les cases. Le coup de foudre et la demande en mariage extraordinaire.

Tout ce qu'on imagine qu'une jeune femme peut désirer. L'histoire d'amour parfaite, mais avec un côté clinique.

Tout était fabriqué pour obtenir le résultat recherché. Une fusion d'entreprises réussie déguisée en une relation apparemment idyllique.

Et j'ai joué le jeu. Jusqu'au moment où je n'ai plus voulu.

La question, c'est qu'est-ce qui m'a fait changer d'avis ?

Peut-être le fait d'avoir réalisé en me réveillant un lendemain de tempête qu'il me fallait plus qu'un contrat pour décider de mon bonheur.

– Elle. Bon d'accord, notre rencontre, l'idée que nous sortions ensemble et que ce serait profitable pour nos deux familles qu'on reste ensemble, c'était un plan échafaudé par tes frères au départ, mais après, on est vraiment tombés amoureux.

– Non, mais tu te rends compte de ce que tu dis ?

Mon rire nerveux résonne dans la pièce.

– Oui, j'en suis conscient. Mais je suis certain que tu te rends compte aussi du genre de choses que tu disais avant.

– Comme quoi ?

Je croise les bras sur ma poitrine et je me prépare à ce que Chandler à l'Ego Blessé commence à me démolir.

– Le fait que tu ne crois pas à l'amour, par exemple. Que la notion même de romance est ridicule. Qu'une relation de couple doit être mutuellement avantageuse pour les deux parties.

– C'est vrai. J'ai dit ça. Et c'est ce que je crois, je réponds en espérant que ces mots mêmes suffiront à le faire lâcher. Mais, toi, est-ce que tu ne désires pas davantage que ça ? Ce n'est pas parce que moi, je n'y crois pas que toi, tu ne mérites pas mieux.

L'achever en douceur. Lui faire croire que c'est pour son bien. Flatter son ego.

– Elle... regarde-toi. Tu es belle, tu es intelligente, tu réussis tout ce que tu entreprends. Quel homme ne voudrait pas t'avoir à ses côtés ?

– Un homme qui mérite de trouver l'amour ? Qui veut fonder une famille ? Qui... je ne sais pas.

– Mais on s'entend bien au lit, non ?

Un sourire crispé effleure mes lèvres.

– Oui, bien sûr.

Mais une bonne entente au lit, ce n'est pas tout.

Est-ce que ce n'est pas justement là que se situe le problème ? Sûrement que si. Parce que, ayant toujours été quittée par les personnes que j'aimais vraiment – tout d'abord mon père quand j'avais neuf ans et ensuite ma mère quand j'en avais dix-huit –, je n'adhère pas exactement au concept d'amour.

Il ne fait que vous installer dans un faux sentiment de sécurité avant de vous dévaster et de vous laisser vous débrouiller par vous-même.

Alors bien sûr, cette espèce d'arrangement aurait été profitable pour nous deux, professionnellement parlant. Il aurait pu me mettre le pied à l'étrier dans la dynamique du business familial.

Chandler est un type super. Il est poli et efficace et, oui, c'est un amant convenable. J'étais d'accord pour jouer le jeu. Il y a pire qu'être coincée avec un type bien quand on met de côté le concept d'amour.

Mais je me suis rendu compte que cela faisait aussi de moi un pion dans un jeu que je ne contrôlais pas.

Et cette révélation m'est apparue après une fichue nuit totalement imprévue.

Cette même nuit où je me suis endormie dans les bras d'un inconnu après avoir parlé pendant des heures. Cette même nuit où j'ai rêvé pour la première fois depuis une éternité. Des rêves remplis de vagues souvenirs de mes parents et des scènes de l'amour unique et incomparable qu'ils éprouvaient l'un pour l'autre.

La même nuit où quelqu'un m'a dit que rien de ce qui valait la peine n'était jamais facile.

Ford.

Ford qui tient son nom de l'université et de la marque de voitures. Ford qui n'a pas de nom de famille, ce qui, en un sens, rend tout beaucoup plus signifiant. L'homme grincheux aux sourcils froncés et au merveilleux sourire. Bien sûr, il était attirant et sexy et tout ça, ce qui me retournait l'estomac chaque fois qu'il me considérait de ses yeux couleur d'ambre, mais il y avait plus que ça.

Il y avait ce qu'il disait et la conviction qu'il y mettait. Il y avait ce combat qu'il menait contre des démons inconnus et la réalisation que, alors même que nous cheminions sur des sentiers différents, nous traversions, en un sens, quelque chose de très similaire.

Une nuit à parler avec un homme que je ne connaissais pas a servi de catalyseur pour opérer un changement en moi. Un refus de me satisfaire de mon sort. Un refus de laisser mes frères et mon beau-père prendre ce qui me revient de droit. Un refus d'être étouffée. Et le besoin de prouver que je suis capable d'avoir tout ce que je veux.

Je retire la bague de mon doigt aussi gracieusement que possible et je regarde Chandler droit dans les yeux en la lui tendant.

– Je te rends ce qui t'appartient.

Il ferme les yeux comme pour dire que s'il ne la voit pas, ceci ne se produira pas en vrai.

– Est-ce que nous pourrions reporter cette conversation à plus tard ?

– Pardon ?

Je me mets à rire, la main toujours tendue.

Ses épaules s'affaissent.

– Je t'ai demandé si nous pouvions reporter cette conversation à plus tard ? Concernant la rupture ?

– Chandler...

– S'il te plaît, Ellery.

Il prend ma main et referme mes doigts sur la bague avant de poursuivre.

– Je me sens idiot de te demander ça, mais...

– La réception, je murmure en pensant à l'événement qui aura lieu le mois prochain au cours duquel il sera honoré pour son travail. Architecte de l'année.

– Oui. Je sais que c'est beaucoup te demander...

– C'est le moins que je puisse faire.

Je soupire et retire ma main, alourdie du poids de la bague sur ma paume. Moi qui pensais sortir de là sur une rupture propre et nette, c'est raté.

– Tu es sûre ?

Pourquoi faut-il qu'il soit si gentil ? Si compréhensif ? Ce serait dix fois plus facile si c'était un connard.

– Oui, mais après... je te la rends, dis-je en montrant la bague.

Son sourire n'atteint pas ses yeux, il est néanmoins sincère.

– Non. Je veux que tu la gardes. On ne sait jamais, tu changeras peut-être d'avis.

La note d'espoir qui transparaît dans sa voix provoque comme une remontée acide dans mon estomac.

– Chan...

– S'il te plaît. J'insiste. (Il recule d'un pas et hausse les épaules.) Attends quelques mois. Peut-être que tu verras les choses autrement. Peut-être que tu te rendras compte que tu peux apprendre à m'aimer comme je l'ai fait pour toi.

Voyant que je commence à secouer la tête, il reprend :

– S'il te plaît. Pour le bien de mon amour-propre.

– Bon. Oui. D'accord.

Je hoche la tête alors que je sais déjà que je ne changerai pas d'avis. J'avais dit un an. Et aujourd'hui, je sais que tout est fini entre nous.

Aujourd'hui, c'est le jour de mon nouveau départ.

D'abord, rompre avec Chandler.

Ensuite, la deuxième étape sur mon agenda de la journée, celle où je croise les doigts, tout ce que j'ai mis en place au cours des deux dernières semaines va trouver son aboutissement.

C'est un grand *Si,* mais c'est un risque que je suis prête à – *non, que je dois* – prendre.

C'est curieux de penser qu'on peut rencontrer quelqu'un dans les circonstances les plus improbables et découvrir que cette personne vous a donné le conseil, l'espoir et la volonté de changer quelque chose que vous n'aviez pas eu la force de changer auparavant.

Une nuit bloquée dans une tempête et toute ma vision des choses a été modifiée. Mes envies ont changé. Non, je reprends ça. Mes envies ont toujours été là, c'est plutôt ma détermination à les assumer dans mon propre intérêt qui a été renforcée.

Je suis du genre à vouloir gagner à tout prix.

En sortant de chez Chandler, lorsque je passe devant des fragments de moi qui ont atterri ici au cours de l'année écoulée et que j'entre dans cette nouvelle version de moi, j'espère seulement que j'ai assez de réserves pour réussir à faire tourner les choses en ma faveur. Parce que me casser la figure en prouvant à tous qu'ils ont raison est une possibilité que je refuse d'envisager.

9

Ford

JE JOUE DES COUDES POUR ME FRAYER UN CHEMIN dans cet espace exigu, étonné de voir tant de gens ici. La dernière fois où j'ai assisté à la vente aux enchères d'un bien immobilier, c'était... *jamais.* Bon sang, je ne pourrais même pas dire depuis combien de temps je ne me suis pas occupé d'un projet sur le terrain.

C'est très excitant.

– Vu le nombre de participants, je pense qu'on n'a aucune chance, murmure une femme à son compagnon alors que je bouscule des gens pour m'approcher des premiers rangs.

En jetant un coup d'œil circulaire, je ne vois aucun visage connu dans la foule, comme je pouvais m'y attendre. Le prix total que l'hôtel atteindra sera moins d'un dixième de ce que nous payons généralement pour l'acquisition d'un bien destiné à la chaîne Sharpe.

– Laisse-la enchérir, dit un gars sur ma gauche alors que je reste bloqué derrière une femme indifférente à ce qui se passe autour d'elle. C'est son argent. Et si elle réussit effectivement à réhabiliter ce truc, à ce moment-là, on le transfère sur le compte de la société. À elle les risques. À nous le pactole.

Quel salaud hypocrite !

– Elle va se ruiner, réplique son acolyte.

– Où est le problème ? Ça ne fera qu'apporter la preuve qu'elle est nulle. En plus, si elle se plante, l'affaire nous reviendra encore plus vite.

Je corrige. Ce sont tous les deux des enfoirés.

Je jette un regard vers les inconnus – je suis certain d'avoir déjà vu l'un des deux quelque part. Je fais un petit signe de tête poli à celui qui me fait face avant que la femme distraite ne se rende compte qu'il y a une file de personnes qui attendent derrière elle et ne fasse un pas de côté.

– Alors, ça commence, oui ou non ? ronchonne une femme lorsque je m'installe sur le seul siège disponible, à côté d'elle.

Elle ne répond pas à mon sourire et c'est parfait. Cela veut dire que je n'aurai pas à faire la conversation. Et heureusement, cela reste comme ça quand l'adjudicatrice prend place sur l'estrade et commence à présenter quelques-uns des biens immobiliers qui sont mis en vente aujourd'hui.

Pour certains, ce sont des maisons de particuliers. D'autres, des bâtiments commerciaux. Il y a un immeuble locatif. Chacun de ces biens est une coquille vide, témoin d'un rêve fracassé pour ceux ou celles qui en étaient propriétaires avant que la banque ne le saisisse.

La foule diminue à chaque enchère réussie et se reconstitue avec le lancement de la nouvelle.

Et ce moment n'est pas différent.

– L'affaire suivante, dit l'adjudicatrice en ajustant ses lunettes à monture rouge sur son nez pour lire son papier, est le White Sands Inn. C'est une propriété sise au 13212, White Sands Drive qui offre une opportunité unique de créer une destination de standing international, luxueux et rentable sur une plage enclavée de la côte Est très recherchée, à plus de deux heures à peine de New York City. Situé sur une parcelle de deux hectares en bord de mer, ce complexe remarquable offre une vue panoramique sur l'océan et une orientation plein ouest permettant de bénéficier de spectaculaires couchers de soleil.

Elle donne une description détaillée de l'établissement. Le nombre de cottages existants. Le ponton en bord de mer. La plage privée. Elle évoque d'autres possibilités d'exploitation du lieu comme, par exemple, de tout raser et créer un immeuble d'habitations en copropriété, ou un hôtel gratte-ciel géant – autant de détails et de possibilités que mon équipe a déjà étudiés et vérifiés – alors que nous attendons tous qu'elle ouvre les enchères.

Moment où j'ai l'intention d'avancer mon pion en proposant dès la première enchère un prix qui mettra tout le monde K.-O.

– La mise à prix est de dix millions. Qui est preneur ?

En regardant rapidement la salle, je vois une douzaine de personnes qui se manifestent en levant leur ardoise.

– Quelqu'un pour onze millions ?

Des ardoises se lèvent de nouveau et des voix disant oui se font entendre.

– Quinze millions, dis-je d'une voix forte en levant ma tablette, et beaucoup de gens dans l'assistance, y compris l'adjudicatrice, tournent la tête vers moi et me regardent avec des yeux ronds,

– Vous avez dit quinze, Monsieur ? Est-ce que je vous ai bien entendu ? demande-t-elle alors que son assistante note le numéro de ma tablette et écrit fiévreusement.

– Oui. Quinze.

– Est-ce que quelqu'un...

– Quinze cinq cents, s'écrie une voix féminine venue du fond de la salle, dont je ne vois pas la propriétaire.

– Quinze cinq cents pour la dame en rouge. Est-ce que...

– Seize.

– Seize cinq cents, contre la voix féminine, ce qui me pousse à me mettre debout pour voir qui est ma concurrente.

Je ne la vois pas. Elle est cachée par les deux hommes que j'ai entendus tout à l'heure parler de la laisser surenchérir. Je note leurs sourires satisfaits et leurs regards entendus.

– Dix-sept, j'annonce avant que l'adjudicatrice n'ait même relancé, ce qui provoque chez elle un petit rire alors que, dans l'assistance, les têtes se tournent vers ma concurrente, dans l'attente de sa réaction.

– Dix-sept cinq cents, dit la femme dont je réussis enfin à voir la tablette levée au-dessus des têtes des personnes assises autour d'elle.

C'est alors que les deux hommes bougent et je la vois.

Je regarde à deux fois, à peu près au même moment où elle regarde dans ma direction. Je reconnais ces yeux bleus et ce sourire étonné.

– Ellery ? dis-je à voix basse en la regardant, totalement ébahi.

Je secoue la tête, bouche bée.

Elle me fixe et les hommes à côté d'elle – dont un que je connais sans savoir d'où – la regardent d'une façon qui montre bien qu'ils la connaissent.

Ce sont... *ses beaux-frères.*

Cela me semble évident lorsque les commentaires que j'ai entendus tout à l'heure et ses explications d'il y a un mois se mettent en place dans mon esprit.

– Monsieur, voulez-vous surenchérir ?

La voix de l'adjudicatrice me tire de l'état de surprise dans lequel cette révélation m'a plongé.

Oui.

Non.

« *Ils passent leur temps à espérer qu'ils seront choisis pour succéder à ce cher vieux papa lorsqu'il prendra sa retraite. Bon sang, chaque fois que je réussis quelque chose, ils essaient de s'en attribuer le mérite. La moindre idée que je lance est descendue en flammes, mais le lendemain, ils la ressortent et alors là, on considère que c'est génial.* »

J'ouvre la bouche et la referme.

– Dix-sept cinq cents, une fois.

Je tourne les yeux vers Ellery et je vois sa supplique muette.

– Dix-sept cinq cents, deux fois.

Je m'apprête à lever ma tablette, mais je m'abstiens.

– Dix-sept cinq cents, trois fois.

Ellery ne me quitte pas des yeux.

– Adjugé vendu à la dame en rouge pour dix-sept millions cinq cent mille dollars.

Des applaudissements crépitent dans la foule et je reste planté là, sonné, en la fixant du regard tout en réalisant que tout ce que j'ai plaidé auprès de mes frères hier n'est peut-être rien à côté de ce dont elle a besoin.

La question, c'est pourquoi est-ce que je le lui ai laissé ? Et où est-elle passée, bon sang ?

10

Ellery

– JE CROIS QUE JE VAIS VOMIR.

Ce doit être une réaction normale quand on vient de dépenser une grande partie de ses économies – y compris une partie du fonds de placement qu'on n'a pas encore perçu – et d'un prêt pour lequel on s'est porté garant personnel... pour l'acquisition d'un bien immobilier qui va nécessiter un maximum de fric si on veut qu'il rapporte un jour.

Je vais vraiment vomir.

J'ai les mains qui tremblent après la montée d'adrénaline provoquée par la vente aux enchères, par ce que j'ai fait, par le fait de voir Ford venu enchérir contre moi.

Ford.

Qu'est-ce qu'il fiche ici, bon sang ?

Je le cherche du regard par-dessus mon épaule, mais mes frères me font traverser la foule, me poussant dans le dos vers le bureau du caissier.

– Attendez. Laissez-moi respirer une minute, dis-je en les repoussant et en respirant à fond pour m'empêcher d'hyperventiler.

– Ça va, Elle ? Tu t'es laissé prendre à ton propre jeu pour prouver que tu as raison ? Est-ce que tu t'es rendu compte de la somme que tu dépensais ?

Je fusille Grégory, le plus jeune de mes beaux-frères, du regard.

– Dégage. Va jubiler ailleurs.

– Moi, jubiler ? (Il se met à rire.) C'est toi qui devrais jubiler après avoir acheté un taudis pour la modique somme de dix-sept millions et demi, simplement parce que tu n'as pas voulu accepter de te faire battre par les magnats de l'hôtellerie.

– Les *magnats* de l'hôtellerie ? je demande en posant les mains sur mes genoux et en me concentrant sur ma respiration.

Près de dix-huit millions.

Oh là là.

– Fordham Sharpe ? Sharpe International ? demande Gregory comme si j'étais complètement abrutie.

Eh oui, ma tête se met à tourner en entendant ce nom. S.I.N., le conglomérat. Alors *c'était* lui ? *C'est* lui ? Seigneur.

– Il nous est arrivé de descendre dans leurs hôtels. On a parlé de ce qu'on serait prêts à mendier, à emprunter ou même à voler pour figurer sur leur liste de prestataires préférentiels. La garantie d'avoir du boulot jusqu'à la fin de nos jours. T'es vraiment tellement à l'ouest que tu ne sais pas qui c'est ?

Je ne réagis pas aux vacheries condescendantes de Gregory parce que je suis obnubilée par ces deux mots, Fordham Sharpe.

Pas seulement Fordham Comme l'Université, le type grincheux à qui j'ai balancé le mot vagin à la figure un tas de fois parce que ça le faisait rougir.

Mais Fordham, ultra-riche, influent, à la tête d'un empire, fils de famille célèbre, Sharpe.

– En plus, j'étais à Wharton avec ces enfoirés, dit Joshua, ce qui attire mon regard. Des triplés qui se croient parfaits à tous points de vue.

– Eh bien merci, Joshua. Je ne t'avais pas reconnu avec la barbe. Je te retournerais volontiers le compliment, sauf que je ne crois pas que c'en était vraiment un.

En levant les yeux, je vois Ford qui se tient là, un sourire arrogant sur les lèvres, il pose brièvement les yeux sur mon frère avant de les tourner vers moi.

Waouh.

Il l'a toujours. Il l'a. Ce je-ne-sais-quoi. Parce que, même maintenant avec mon estomac en révolution, un regard de Fordham Sharpe confirme s'il en était besoin qu'il a incontestablement *ce truc*.

Et que je le veux toujours, ce truc, incontestablement.

Et par *ce truc*, je veux dire tout ce qui fait que tout le monde se lève et le remarque.

Même moi. Même maintenant.

Fordham Sharpe.

Seigneur. Comment est-ce que je n'ai pas compris ?

– Sharpe.

Joshua tend la main pour serrer celle de Ford, essayant de se rattraper.

– Tu sais que je plaisantais, mec.

Ford regarde la main tendue de Joshua puis ses yeux, le visage impassible.

– Bien entendu. Si tu veux bien m'excuser, il faut que je parle un instant à Ellery en privé.

Son sourire est condescendant et si je n'étais pas aussi perturbée, je pourrais trouver plus amusante la façon dont Joshua est renvoyé dans ses buts si facilement.

Avec un air gêné que je suis pratiquement sûre de n'avoir jamais vu chez lui, mon frère retire sa main et la fourre dans sa poche comme si de rien n'était.

Alors que ni Joshua ni Gregory ne font mine de s'éloigner parce qu'ils sont bien trop occupés à essayer de trouver un moyen de corriger leur attitude pour plaire à Ford, celui-ci pose sa main dans mon dos et dit :

– On sort un instant ?

– D'accord, je murmure, mais il m'entraîne déjà à l'extérieur alors que j'essaie encore d'intégrer le fait qu'il est là.

Qu'il a fait monter les enchères. Que c'est bien sa main qui me chauffe le dos en ce moment et qui envoie des ondes de choc dans mon organisme.

En silence, nous traversons la foule qui stationne à l'extérieur pour aller nous asseoir sur un banc à l'ombre d'un chêne. Ford s'assied de façon à me faire face, penché en avant, les avant-bras sur les genoux et son visage près du mien.

– C'est fou de se retrouver ici, dit-il, le regard aimable mais curieux. Prudent.

– Ça, on peut dire que c'est une surprise, dis-je pour me donner le temps de trouver les mots et les idées qui aient l'air cohérents, parce que pour l'instant tout s'embrouille dans ma tête.

– Oui, en effet. (Il fait un petit signe de tête.) Qu'est-ce qui vous a pris de faire ça ? demande-t-il.

Aussitôt je me redresse parce que, d'une part, ce n'était pas ce que je croyais qu'il allait dire. Et d'autre part, on croirait entendre mes frères. Comme s'il ne me croyait pas, lui non plus, capable de gérer un projet comme celui-ci. J'ai instantanément un goût amer dans la bouche.

Ne gâche pas l'idée que je me faisais de toi, Ford. S'il te plaît, non.

Je redresse le buste, prête à me défendre.

– D'après vous ? Il me semble que j'ai fait exactement la même chose que vous. Enchérir pour un projet qui offre beaucoup de possibilités. Beaucoup de potentiel.

– Vous avez fait monter les enchères contre moi.

– J'étais déterminée à l'acheter. Donc, bien sûr que j'allais surenchérir, contre vous et contre n'importe qui dans cette salle. Comment aurais-je pu savoir que Fordham Sharpe de chez Sharpe International Network allait débouler et essayer de rafler la mise ? je demande, non sans sarcasme. Ce n'est pas comme si je connaissais votre nom de famille lorsque nous nous sommes rencontrés.

– Une conversation dans un bar ne vous donne pas le droit de tout savoir à mon sujet. Pour info, je vous ai déjà dit beaucoup plus de choses que je ne le fais généralement avec quiconque alors... ça va comme ça.

Et c'est là que le mauvais caractère réapparaît.

Mais il n'a pas tort. Il n'a pas de comptes à me rendre, et moi non plus.

Je lui tends la main.

– Ellery Sinclair. De chez Haywood Rénovation.

– J'avais deviné pour le côté Haywood, si ces types sont vos frères. Je ne connaissais pas le côté Sinclair.

Il s'appuie au dossier du banc et se passe la main dans les cheveux. Il dégage un parfum de cèdre, d'air marin et de tout ce qui est désirable.

– Bon Dieu. Le monde est petit, putain.

– Vous connaissez mes frères ?

– Joshua. Je l'ai connu à Wharton. Je ne suis pas un de ses fans, à vrai dire.

– Moi non plus, comme vous le savez déjà, dis-je en l'observant.

– Alors pourquoi vous les avez laissés vous pousser à continuer ? (Il lève les mains en l'air.) Pourquoi avez-vous surenchéri ? Pourquoi avez-vous fait monter les enchères ?

– Moi ? je m'écrie d'une voix aiguë. C'est vous qui avez refusé de vous incliner. Et mes frères n'ont rien à voir là-dedans. Je suis seule sur ce coup. Je voulais ce projet. Et je viens de débourser une somme astronomique pour l'obtenir. Alors, s'il y a quelqu'un qui devrait être furax, c'est moi parce que vous êtes arrivé ici comme en terrain conquis pour gonfler le prix et doubler tout le monde. *C'est-à-dire moi, en l'occurrence.*

– Vous doubler ? Vous devriez peut-être en parler avec vos frères ? Ce sont eux qui espèrent vous voir plonger afin de se précipiter et rafler la...

– Vous croyez que je ne le sais pas ? dis-je en riant. C'est bien pour ça que j'ai engagé mon propre argent pour enchérir. Mon capital personnel. C'est mon nom qui figure sur l'emprunt.

Une note d'hystérie perce dans ma voix alors que la réalité m'apparaît en pleine lumière. Je possède à présent deux hectares plus un hôtel que j'avais les moyens d'acquérir, certes, mais dont le prix a été poussé hors de ma zone de confort par l'homme qui m'interroge maintenant. Est-ce que j'ai encore assez d'argent pour faire les améliorations nécessaires ? Oui, mais avec l'augmentation du prix qui a résulté de notre guéguerre des enchères, j'en ai moins que ce que j'avais prévu.

Et ça, c'est sans tenir compte des impondérables et des dépassements qu'on rencontre toujours dans un projet comme ça.

Je cligne des paupières pour refouler les larmes qui me montent aux yeux parce que je refuse de lui concéder un iota de la vulnérabilité qui soudainement me submerge.

– Dans ce cas, pourquoi avoir continué à faire monter les enchères ? demande-t-il sur un ton radouci, comme s'il avait perçu la panique dans ma voix.

– Mais parce que je le voulais. Parce qu'il me le fallait, je marmonne en relevant mes cheveux que je noue au-dessus de ma tête. Apparemment, vous aussi.

Je lève les yeux et soutiens son regard, j'ai besoin tout à coup d'avoir la réponse à une question qui me vient à l'esprit.

– Pourquoi avez-vous arrêté ?

Il désigne du menton la porte de la salle des ventes devant laquelle se tiennent mes frères qui font mine de ne pas nous observer.

– À cause d'eux. De l'échange que j'ai surpris entre eux. Et de ce que vous m'avez dit.

J'ouvre des yeux ronds.

– Et donc, vous avez laissé tomber à cause de moi ?

Son hochement de tête est lent et mesuré, et il pince les lèvres un instant, semblant réfléchir à sa réponse.

– Je pense que vous en avez plus besoin que moi.

L'attention me coupe le souffle comme un coup à l'estomac et ranime mon sentiment de panique.

– Merci. Merci.

Je me lève brusquement et me mets à faire les cent pas devant lui.

Qu'est-ce que j'ai fait ? Comment ai-je pu croire que je pourrais gérer ce projet toute seule ? J'ai une vision très claire de la restructuration que je souhaite faire. J'ai les plans et les projections, et les budgets entièrement dans la tête. Mais ça, ce n'est rien à côté de tout ce que ça implique.

Et c'est ce tout qui me frappe maintenant. Et qui me submerge.

– Il est à vous. Je vous le laisse.

– Ça va pas ? Qu'est-ce que vous racontez ?

– Désolée. Oubliez ça.

Je rigole nerveusement et me pince l'arête du nez.

– Pardonnez cette mini-crise d'angoisse, mais c'est une chose de rêver d'une chose que l'on veut et c'en est une autre d'agir en sorte de l'obtenir et que l'occasion se présente. Et maintenant, je prends conscience. Que ça y est, l'occasion est là. Que c'est à moi. Tout d'un coup. *Oh mon Dieu.*

– D'accord.

Il étire le mot en me scrutant du regard.

– Je pense que la panique est une réaction tout à fait normale. Comme le serait aussi l'euphorie. La fierté. L'excitation. L'impatience.

Je recommence à marcher de long en large devant lui, mes mains recommencent à trembler sous l'effet de l'adrénaline.

– Est-ce que c'était insensé de ma part de me croire capable de réussir ? De me laisser prendre par les enchères et de dépasser la somme que je m'étais fixée pour l'obtenir ? Qu'est-ce que vous en pensez ? J'ai été...

Ford se précipite sur moi, prend mes mains dans les siennes et baisse la tête de façon que nos regards soient au même niveau.

– Vous n'êtes pas stupide. Il faut vous enlever cette idée de la tête, Ellery. Vous savez que vous êtes capable de gérer ça. Vous connaissez vos capacités. *Moi, je sais que vous en êtes capable.* Vous savez que c'est *exactement* ce que vous voulez et que vous y avez droit.

Je secoue la tête comme si cela allait m'empêcher d'entendre ce qu'il dit.

– Avoir des capacités, c'est une chose. Mener à bien un projet de cette ampleur, c'est...

Les projets immobiliers dépassent toujours le budget initial. Augmentation des salaires et des matériaux de construction. Pénurie de travailleurs. Ma tête tourne en proie à ces choses que j'ai déjà évaluées, mais qui me paniquent quand même en ce moment.

On parle de mon argent, là.

Pas de celui de Haywood Rénovation.

Le mien.

Je connaissais les risques. J'étais tout à fait prête à les assumer. Je suis consciente qu'on doit dépenser de l'argent pour en gagner. On peut être la personne la plus audacieuse du monde et quand même se sentir dépassée quand on prend des risques personnellement.

– Ellery.

– Accordez-moi un instant.

Je lève les mains et me force à cesser d'aller et venir et à ralentir ma respiration.

Je peux le faire.

Je sais que je peux le faire.

– Ellery, regardez-moi, dit Ford sur le ton inflexible qui est le sien.

– Quoi ?

– Avez-vous déjà rempli les documents ?

Sa question me laisse bouche bée.

– *Les documents ?*

– Pour l'acquisition. Les enchères.

Je le regarde en clignant des yeux. Je ne vois pas où il veut en venir.

– Non. Je veux dire, j'allais le faire, mais j'avais besoin de prendre l'air. Et puis vous êtes arrivé... et, non, je ne l'ai pas encore fait.

– Très bien. Allons ensemble remplir nos documents.

Je tourne la tête brusquement.

– Qu'est-ce que vous voulez dire par *nos* documents ?

– Les nôtres. Les vôtres et les miens. Copropriétaires, cinquante-cinquante. C'est ce que je vous propose.

– *Pardon ?*

– Vous m'avez entendu. Les nôtres.

– Vous ne pouvez pas juste...

– Si, je peux, dit-il négligemment, comme quelqu'un qui a l'habitude que les autres soient d'accord avec tout ce qu'il dit.

C'est un Sharpe après tout, et ils ont la réputation d'obtenir toujours exactement ce qu'ils veulent.

– On ferait une bonne équipe, vous et moi, poursuit-il. Vous stressez à cause du capital, et je dispose d'un capital que j'étais prêt à dépenser de toute façon. Vous vous inquiétez des risques, alors que ma spécialité, c'est le marketing et l'évaluation de ce dont la propriété a besoin pour être concurrentielle. La partie restructuration vous revient puisque c'est votre domaine. Et ensuite, quand vous aurez fini, j'aurai les relations pour faire la promotion et vendre son caractère unique à la clientèle que j'ai en vue. En plus, le fait d'être associés à cinquante-cinquante diminue notre risque financier.

– Mais cela divise aussi les bénéfices, je rétorque, surtout pour avoir l'air raisonnable.

– Nécessité fait loi, dit-il pour me faire marcher, et je le regarde, ébahie.

Voilà un homme que j'ai rencontré en tout et pour tout deux fois, qui me propose de s'associer avec moi, qui me dit que nous formerions une bonne équipe, et moi, toujours aussi pragmatique et précautionneuse, qui fais la fine bouche.

Qu'est-ce qui cloche chez moi ?

– Et si nous avons des vues divergentes sur l'avenir de ce bien ?

– Nous ferons des compromis.

Je ricane.

– Un Sharpe, faire des compromis ?

– Vous portez un jugement sur moi, Ellery ? demande-t-il avec ce sourire amusé qui a déjà retenu mon attention.

– Non. Oui. Je veux dire, vous avez probablement l'habitude de...

– D'avoir des associés et de devoir faire des compromis ? Oui, en effet. Qu'est-ce que vous allez me reprocher d'autre ?

– Mais comment allons-nous nous répartir les tâches ? Je vivrai sur place. Si je suis là-bas à temps plein pendant que vous serez en ville, alors ce ne sera pas un partage cinquante-cinquante. Je pense que nous devrions ramener votre proposition à un partage quarante-soixante.

– Ohh, elle se la joue déjà intraitable en affaires. Cela veut dire que vous allez bien négocier avec les prestataires. Je suis impressionné. *Et ça me plaît.*

Il balance la tête tout en réfléchissant à mes remarques. Puis il reprend.

– Bon. Si vous êtes sur place, j'y serai aussi.

– Pardon ?

– Vous m'avez bien entendu. Le changement de décor me fera du bien. Je peux travailler de n'importe où, et si on me réclame dans les bureaux, je pourrai toujours demander qu'on m'envoie l'hélico.

La famille Sinclair-Haywood est prospère aux yeux de pratiquement tout le monde. Si nous décidions de ne plus jamais travailler de notre vie, ce ne serait pas un problème. Mais ça n'a rien à voir avec les Sharpe. On ne joue pas dans la même cour.

Et que Ford évoque leur hélicoptère privé est un rappel cinglant de la disparité de nos niveaux de vie, même si je n'ai vraiment pas à me plaindre.

– Vous avez perdu l'esprit, vous en êtes conscient ?

– N'empêche, ça vous semble envisageable, je me trompe ?

Il me décoche un sourire si frais et juvénile que je ne peux qu'en faire autant.

Il n'a pas tort.

– Juste comme ça ? Je veux dire... vous ne me connaissez même pas.

– Mais si, je vous connais.

Je croise les bras sur ma poitrine.

– Ah bon ? Et qu'est-ce que vous savez de moi ?

– Je sais que vous détestez les bretzels dans le mélange apéritif, que vous n'avez pas peur des microbes et que vous préférez le vin rouge – un bon cabernet pour être exact – au whisky. Quoi d'autre ? Hum. Que vous ne recevez pas tout le crédit que vous méritez de la part de vos crétins de beaux-frères. Que vous frottez vos pieds l'un contre l'autre comme une sauterelle dans votre sommeil. (Il hausse les épaules en rigolant.) Oh, et aussi que vous avez un vagin.

Une femme qui passe devant nous s'étrangle en entendant ça et j'éclate de rire.

– Seigneur, dis-je en m'étouffant.

– C'est vous qui en avez parlé en premier, pas moi.

Je fais un pas vers lui.

– Vous êtes sérieux, en fait ?

– Je pensais que nous avions déjà établi ce fait.

– Vous n'avez pas besoin de consulter vos frères ou je ne sais quoi ? Je veux dire... votre dispute ce soir-là. Les choses se sont arrangées ? Vous n'avez pas besoin de leur autorisation ? Je veux dire...

– C'est le statu quo. Ce n'est plus pareil, mais rien n'a changé. Eh non. Je n'ai pas besoin de leur approbation. C'est ma décision. Mon choix.

– Ford...

Je regarde autour de moi les personnes qui déambulent dans la cour comme si elles allaient m'apporter la réponse que je suis à peu près sûre de connaître déjà.

– Je ne peux pas vous laisser faire ça. Je ne comprends même pas pourquoi vous voudriez...

– Donnez-moi une bonne raison pour laquelle vous ne pourriez pas.

Parce que c'est absurde.

Parce que je vous connais à peine et que nous pourrions finir par nous détester.

Parce que c'est censé être mon affaire.

– Toutes les raisons que je vois défiler dans vos yeux ne tiennent pas la route. Mais d'accord. Vous avez gagné, plaisante-t-il en levant les mains en signe de reddition. On fait cinquante-cinquante, on habite sur place tous les deux, et je m'arrange pour que vous ayez une réserve inépuisable de mélange apéritif sans bretzels.

– Hum, je ne suis pas sûre que ce soit suffisant pour moi, dis-je, mais mon sourire lui montre que ce ne sont que des mots.

Rien que des mots.

– D'accord. On partage cinquante-cinquante. On habite sur place tous les deux *et* c'est vous qui choisissez en premier où vous voulez dormir. C'est une proposition ferme et définitive.

– Une proposition définitive ? (Je pousse un long sifflement.) Vous êtes dur en affaires, Ford. Ça doit être pour ça que vous dirigez le monde, vous les Sharpe.

Comment suis-je passée du sentiment que tout le poids du monde reposait sur mes épaules au sortir des enchères à cette soudaine impression que ce n'est pas irréalisable ?

– Allez, Ellery le Céleri. Pariez sur moi. Pariez sur nous.

Il me tend la main – celle-là même qu'il a refusée à mon frère – et ajoute :

– On est d'accord, *partenaire ?*

– Je n'arrive pas à croire que je consens à ça, je gémis alors qu'un frisson d'excitation me secoue de la tête aux pieds.

– Ça veut dire oui ?

Je le regarde dans les yeux, je vois son sourire et je tends la main pour serrer la sienne. *Dans quoi je m'embarque, bon sang ?*

– Oui.

11

Ford

ELLE N'AVAIT PAS DE BAGUE AU DOIGT.

Je viens d'apposer ma signature sur l'acte d'achat d'un bien, en copropriété avec une femme que je ne connais pas particulièrement, et en me glissant sur le siège arrière de ma voiture dont le chauffeur me ramène au bureau, c'est la seule pensée qui agite mon esprit. La bague de fiançailles ornée de ce gros diamant brillant de mille feux avait disparu.

Et croyez-moi, j'ai bien regardé.

Mon téléphone sonne et je sais qui m'appelle avant même d'avoir consulté l'écran.

– Il t'en a fallu du temps, dis-je en guise de salutations.

– Mon pote, je te raconte pas l'enfer que je viens de traverser. Un appel en zoom qui n'en finissait pas. À essayer de se comprendre entre un anglais approximatif et mon portugais proche de zéro. Je mérite une médaille, tu peux me croire, dit Callahan.

– Oh, pauvre chou ! Tu as vraiment été obligé de bosser quelques heures aujourd'hui sans pouvoir foutre le camp entre deux appels ?

– Dit le mec qui essaie d'acheter… des cottages ? Un motel ? C'est quoi ce bordel, Ford ?

– Ah donc, tu m'appelles pour me faire la morale parce que je n'ai pas écouté celle de Ledger, tout à l'heure ?

– Nan.

Je laisse s'installer le silence en attendant le *mais* qui va arriver. Mais rien ne se passe.

– Qu'est-ce que tu veux dire, *nan* ?

– Tu as un master. Je suis à peu près sûr que tu connais le sens de ce mot.

– Va te faire foutre !

– Avec plaisir. (Il rigole.) Non, franchement, je pense que c'est une idée intéressante et qui ne manque pas de potentiel.

– Attends ? Tu es sérieux ?

Callahan d'accord avec moi ? On aura tout vu !

– Tout à fait. Et Sutton aussi pense que c'est une bonne idée, dit-il en parlant de sa femme.

– Eh ben, si je m'attendais à ça !

– Tu vois ? Je ne suis pas toujours un connard.

– Non, seulement la plupart du temps.

– C'est ça. Alors tu as vraiment acheté une *auberge* ?

– On peut dire ça.

– Tu n'as pas fini de m'étonner.

– À ton service, dis-je alors que mon chauffeur klaxonne lorsqu'un cycliste lui coupe la route.

– Et donc, on fait comme d'habitude ? On met Hillary sur l'équipe de transition ? Stanley sur les hors-sites ? demande-t-il en faisant référence à nos chefs de projet.

– Non. C'est moi qui pilote cette fois.

Le rire de Callahan se répand sur la ligne.

– Très drôle.

– Je suis tout à fait sérieux.

Si l'incrédulité avait un son, ce serait ce silence qui s'étire entre nous. Dans notre façon de fonctionner chez S.I.N., je suis celui qui a la vue d'ensemble. Je regarde nos biens, les historiques et ceux récemment acquis, j'évalue leurs besoins, quel courant nous devrions suivre pour faire en sorte que notre marque n'ait aucun point faible. Callahan, lui, c'est celui qui intervient sur le terrain. Lorsque les hôtels font les changements que je suggère, c'est lui qui supervise la transition. Et puis, il y a Ledger qui, lui, supervise la totalité de l'entreprise, tout en étant la personne de référence pour toutes les acquisitions.

Alors quand je dis à Callahan que je vais être sur le terrain, que je vais faire ce qu'il fait généralement, évidemment, ça le fait rire.

– Alors tu vas habiter là-bas ? Sur place ? Les pieds dans la boue ?

– Oui. Je vais habiter là-bas pendant un temps. Je travaillerai à distance. Je prendrai l'avion pour venir au bureau quand ce sera nécessaire.

Il rigole, incrédule.

– C'est qui la femme ?

Je sursaute.

– Qu'est-ce que tu veux dire, *c'est qui la femme ?*

Comment est-il au courant pour Ellery ?

– Je veux dire, ça ne te ressemble pas, et quand un mec commence à changer de façon aussi radicale, c'est généralement qu'il y a une chatte quelque part.

– Bon Dieu, Callahan.

– Ose dire que je me trompe.

– Tu te trompes.

– Tu ne me feras pas croire ça. C'est qui ? Est-ce qu'elle vit à proximité de l'hôtel ? Rien de tel que pouvoir combiner les affaires et le plaisir, non ?

– Ouais, bien sûr. C'est ça. J'ai seulement foutu des millions en l'air pour pouvoir me rapprocher d'une femme. Ça, c'est le genre de choses que tu ferais. Pas moi. (Je rigole.) Il ne t'est jamais venu à l'esprit que j'avais peut-être besoin de changer un peu de rythme, et que cette opportunité s'est présentée à moi, donc je l'ai saisie.

– Mmm.

– Crois-moi ou pas. Je n'en ai rien à foutre.

– Quelle susceptibilité ! Bon Dieu. C'est vrai que tu as besoin d'un changement de décor.

– Je vais passer au bureau bientôt. Il faut que je vous voie, Ledge et toi, pour en parler. On veut lancer le projet le plus tôt possible.

– *On ?*

– Ouais. On. (Je ne sais pas pourquoi, mais cette pensée me fait sourire.). Pour te la faire courte, je me suis associé avec quelqu'un pour cette acquisition, et nous sommes à cinquante-cinquante sur le projet.

– Associé ? Je croyais que c'était nous tes associés ?

– Bien sûr. C'est juste... C'est comme ça. Tout va bien se passer.

– Tout va bien se passer ? Bon Dieu. Le seul fait que tu dises ça me fait flipper. Et donc, si je peux me permettre, c'est qui l'associé ? C'est quoi son nom ?

– Elle s'appelle Ellery Sinclair.

Le rire de Callaghan résonne dans mon oreille.

– J'avais bien dit qu'il y avait une femme là-dessous. Et bien sûr, tu vas me dire qu'elle est affreuse.

– Horrible. Des dents qui se chevauchent. Une haleine fétide. Des verrues partout, dis-je pour plaisanter alors que ce que je vois en pensée, c'est tout le contraire.

Des cheveux blonds. Des yeux bleus. Un sourire ravageur. Et un corps de déesse avec des courbes que je n'avais pas remarquées le soir de notre première rencontre parce qu'elles étaient dissimulées sous des vêtements informes.

– Donc on n'a pas à s'inquiéter, puisqu'elle est repoussante, tu ne vas pas coucher avec elle et foutre en l'air votre association, c'est ça ?

– Ça ne m'est même pas venu à l'esprit. Excuse-moi, j'ai un appel que je dois prendre.

Et juste quand je m'apprête à appuyer sur le bouton pour prendre le deuxième appel, je l'entends marmonner :

– Changement de décor, mon cul !

12

Ellery

– TU AS FAIT QUOI ?

Joshua me regarde les yeux écarquillés, l'air horrifié.

Mais je n'ai d'yeux que pour mon beau-père, Garland Haywood. Il est assis devant moi, sa tignasse grisonnante ébouriffée comme toujours, les yeux rivés sur les miens. Il hausse imperceptiblement un sourcil en pinçant les lèvres.

– Pour commencer quand ? demande-t-il de sa voix profonde et rocailleuse qui me faisait si peur lorsque j'étais adolescente.

Aujourd'hui, je la trouve pitoyable.

– D'ici quelques semaines. Nous sommes en train de finaliser les détails et le planning. J'en saurai plus dans le courant de la semaine.

Il hoche la tête, les mâchoires serrées.

– Et tu as pris sur ton temps de travail pour le faire ? Les rencontrer et planifier tout ça ?

– Non. Absolument pas.

Bien sûr, je mens. C'est incroyable. La plupart du temps, ils ne veulent pas de moi « dans leurs pattes », mais si je m'avise de faire autre chose que d'aller chercher du café, répondre au téléphone ou classer des papiers, tout à coup, ce que je fais et où je suis devient important.

– C'était sur mon temps libre, le soir.

– Et tu n'as pas employé les fonds de la société pour l'achat de ce machin ?

– Pas du tout.

Comme si j'avais pu prendre des millions dans les caisses de la société sans qu'il le sache. Ça me fait bien rigoler.

– C'est gonflé, murmure-t-il sans rien ajouter.

Je me redresse fièrement à cette remarque. Garland Haywood n'a pas pour habitude de faire des compliments. *Gonflé* est le maximum de ce que j'ai reçu depuis des années. Je ne vais pas le refuser.

Je reste debout, refusant de m'asseoir et de me mettre au même niveau qu'eux. J'ai répété ce scénario dans ma tête encore et encore. Ce que je dirais. Comment je le dirais. Ce qu'on pourrait me dire. Et les atouts que je sais devoir jouer à un moment donné pour assurer ma position chez Haywood tout en étant ailleurs à mener ma propre barque au White Sands Inn.

Je suis juste curieuse de voir combien de temps cela va prendre avant que je doive dévoiler mes cartes.

– Elle n'a pas le droit de faire ça, dit Joshua. Partir pendant des mois pour aller monter un projet qui n'a rien à voir avec Haywood. C'est de l'abandon de poste, papa. Cela justifierait qu'elle renonce à sa participation dans...

Ça n'a pas mis longtemps.

– Mendier, emprunter ou voler pour figurer sur la liste préférentielle des prestataires de Sharpe ? Comment Haywood serait définitivement assuré d'avoir du travail ? Ce sont tes propres mots, non, Joshua ?

Il blêmit, visiblement encore furieux d'avoir été snobé par Ford. Je poursuis :

– Ou bien est-ce que ça ne serait valable que si c'était *toi* qui assurais les contrats avec S.I.N. ? Parce que, de mon point de vue, si je m'associe avec eux, tout le monde y gagnera.

J'abats mes cartes et je retiens mon souffle alors que Joshua reste assis là, en roulant des yeux de merlan frit, entre Garland et moi.

Je savais d'avance que ma demande de congé allait poser problème. Je savais que Joshua ou Gregory allaient essayer de prendre cela comme prétexte pour justifier mon éviction de la société Haywood. Moi partie, et avec Garland qui ne tarderait pas à prendre sa retraite, cela leur permettrait d'avoir une participation à égalité dans l'entreprise plutôt qu'il y en ait un qui en possède la majorité.

Je les croyais même capables de se tirer dans les pattes l'un l'autre.

Alors que je me demandais comment jouer ma partie, les paroles de Joshua me revenaient sans cesse à l'esprit. Son désir de figurer sur la liste exclusive et recherchée d'entrepreneurs. Je n'ai absolument aucune intention de proposer à Ford ou à ses frères de donner du travail à Haywood Rénovation. Pas la moindre. Mais ça ne veut pas dire que je ne vais pas employer cette suggestion à mon avantage.

Pour pouvoir partir rénover l'hôtel tout en conservant mon poste ici, chez Haywood.

Je me ménage une porte de sortie au cas où je me planterais sur ce projet, toute femme d'affaires digne de ce nom aime s'assurer un plan B.

– C'est bien ce que tu as dit, non ? je répète. En quoi ce serait gênant de me laisser montrer aux Sharpe le genre de travail que nous faisons ? De faire de la publicité auprès d'eux pour Haywood en même temps que je le fais ? Papa ?

Je me tourne vers lui. C'est à lui que revient la décision finale, nous le savons tous.

– Ça ne me plaît pas trop, Ellery. On t'apprécie, ici.

Pour faire quoi ? Aller chercher le café ? Me voir déposséder de mes idées par tes fils ? Mais je n'exprime pas mes pensées tout haut sans pour autant me soustraire à son regard perçant.

– Je me fie à votre jugement à ce sujet, Ellery, dit Ford en montrant du doigt la proposition que je lui ai soumise

avec les plans qui me semblent les mieux adaptés à l'hôtel. Une ambiance totalement différente de celle qu'il préfère. Si vous pensez que c'est ce qu'il faut faire, alors c'est ce qu'on va faire.

– Juste comme ça ?

Je regarde autour de moi, m'attendant à voir quelqu'un d'autre dans la salle de réunion, pour qui il fait un numéro. Généralement, je dois me battre pour que mon opinion soit prise en compte. Mais en le regardant de nouveau, je ne vois aucun signe d'hésitation dans son expression.

– Oui. Juste comme ça. Débarrassez-vous de ce sentiment que vous devez me prouver quelque chose. (Son sourire est désarmant.) Je veux dire, vous avez affirmé que le mélange apéritif était meilleur sans bretzels. Vous savez quoi ? J'ai essayé et vous avez raison. C'est vrai.

– Et vous vous basez là-dessus pour me faire confiance ? dis-je en riant. Les bretzels ?

– C'était un bon début. (Il tape du doigt sur mes plans.) Mais c'est pour ça que je vous fais confiance. Vous avez l'œil pour voir ce qui va marcher. Vous avez une connaissance sous-estimée de la raison pour laquelle ça va marcher. Pourquoi vous mettrais-je en doute alors qu'à l'évidence vous savez ce que vous faites ?

Je reste plantée là, les mains sur les hanches en secouant la tête, peu habituée à ce qu'on me fasse confiance de façon aussi catégorique.

– Mais cette confiance marche dans les deux sens, Sinclair. (Il me fait un clin d'œil.) Quand il va s'agir des aspects dont je suis spécialiste, vous devrez me faire confiance, vous aussi.

– Comme quoi ?

– Comme quelle pizza on commande pour notre dîner de travail, parce que je meurs de faim.

Je suis appréciée chez Haywood ? C'est bien la dernière chose que je ressens. Et cet échange avec Ford hier soir m'a montré à quoi ressemblait une véritable confiance professionnelle.

Ce n'était pas grand-chose pour Ford, mais cela comptait tellement pour moi.

Et entendre Garland dire que je suis appréciée dans l'entreprise sans m'avoir jamais montré une once du respect que Ford a témoigné pour moi hier soir ne fait que renforcer la nécessité pour moi d'avoir ma liberté et son accord pour prendre un congé pour réaliser ce projet.

– Je suis contente de savoir que tu apprécies ma contribution ici, je mens, et le sourire crispé sur mes lèvres le confirme, mais...

– Mais je pense que tu n'as peut-être pas tort.

Il marque une pause et note quelque chose sur le bloc devant lui tandis que je relâche lentement le souffle que je retenais.

– Je peux déplacer un des garçons sur ton dossier Revlon pour t'en décharger.

Alors ça, c'est typique.

– Tu l'as déjà fait. Après que j'ai fait toutes les démarches et le planning, tu m'as dit que ce serait mieux que ce soit Gregory qui s'en charge, dis-je avec un sourire sans joie. Tu t'en souviens ?

– Ah, oui. (Il hoche la tête et balance la main.) Ce n'est plus d'actualité maintenant, si ? Puisque tu t'en vas de toute façon.

– Donc, c'est oui ?

– Oui.

Je réprime mon envie de lever le poing en sortant de la salle de conférences, mais ça ne veut pas dire que je ne le fais pas en pensée.

13

Ellery

Dix-sept ans plus tôt

– QU'EST-CE QUE TU FAIS, MA CHÉRIE ?

Le regard de ma mère croise le mien dans le miroir.

– Je réfléchis.

– À quoi ?

Elle se retourne vers moi, son cou long et élégant exposé lorsqu'elle repousse ses cheveux sur une épaule en continuant à les brosser. J'observe le mouvement continu de sa main, hypnotisée par tout ce qui définit ma mère. Sa peau délicate. Ses grands yeux bleus et brillants auxquels les miens ressemblent tant. Son parfum signature, rose et lierre. La touche d'accent du Sud dans sa voix.

– Des choses. Des trucs. Tu sais.

Je hausse les épaules depuis le lit sur lequel je suis allongée, visage dans les mains, pieds qui battent la mesure au-dessus de mes fesses.

Mon regard s'éloigne de la brosse pour s'arrêter sur une photo posée sur sa coiffeuse. Elle est toute petite et les couleurs sont passées, mais je la connais par cœur et je sais ce qu'elle représente même si je suis de l'autre côté de la pièce.

C'est ma mère, mon père et moi. Nous étions à la plage. Mon père me porte sur un bras et tient ma mère de l'autre. Elle le regarde avec adoration et lui me regarde de la même façon.

C'est cette expression sur son visage que je vois chaque fois que je pense à lui.

Je ne me souviens pas de ce moment parce que j'étais trop petite, mais j'adore cette photo et le sentiment qu'elle fait naître en moi.

– Qu'est-ce qui ne va pas, Elle ? Tu fais une drôle de tête.

Elle incline la tête pour m'observer.

– Est-ce que ça l'embête que tu gardes cette photo ?

– Quoi ?

Elle la regarde par-dessus son épaule et tout son corps se détend.

– C'est celle que je préfère.

– Moi aussi.

Son expression se radoucit.

– Il t'aimait de tout son cœur, tu le sais, hein ?

Je hoche la tête, cette sensation étrange de vide revient dans ma poitrine comme chaque fois que je pense à lui et qu'il me manque.

– Pourquoi est-ce qu'il... non, rien.

Pourquoi est-ce qu'il ne s'aimait pas assez lui-même alors ? Pourquoi a-t-il fait ça ? Pourquoi m'a-t-il privée d'une vie avec lui ?

Ces questions. Elles sont toujours là. Elles me hantent.

Parce que je sais que moi, je l'aimais assez pour combler le manque d'amour qu'il avait pour lui-même. N'était-ce pas suffisant ? N'étions-*nous* pas suffisantes ?

– Papa a eu un accident, Elle.

Je ne comprends pas pourquoi les larmes ruissellent sur le visage de maman. Pourquoi ses sanglots l'empêchent de respirer normalement.

– Il a cassé la nouvelle voiture ?

Mes yeux s'arrondissent. On venait de l'avoir, et il aimait beaucoup cette voiture. Oh, il va être furieux en rentrant.

– Non, ce n'est pas ce genre d'accident.

Pourquoi est-ce qu'elle n'arrête pas de secouer la tête comme si elle ne croyait pas elle-même ce qu'elle dit ?

– Ben quoi alors ? Est-ce qu'il s'est coupé avec ce couteau super pointu qui est dans la cuisine, comme moi ?

Oh là là, je m'étais fait tellement disputer parce que j'avais essayé de m'en servir pour couper une pomme, le mois dernier.

– Mon bébé, il faut que tu m'écoutes.

Ma mère s'agenouille devant moi et prend mon visage dans ses mains. Sa bouche s'ouvre et se referme en même temps qu'elle cligne des yeux pour retenir ses larmes. On dirait qu'elle a déjà tellement pleuré qu'elle n'a probablement plus de larmes à verser.

– D'accord.

– Papa est parti et... il ne reviendra plus.

J'ai du mal à avaler tellement ma gorge se serre.

– Pourquoi ? C'est mon papa. Il m'aime. Il ne me quitterait pas.

Elle fait un bruit horrible en m'attirant contre elle et elle me serre. Sa poitrine se soulève contre la mienne et ses doigts s'enfoncent dans mes épaules.

C'est là que je comprends.

C'est là que je sais.

Papa est parti pour toujours.

Mon monde parfait à l'intérieur de ma chambre parfaitement rose avec mon parfait dessus-de-lit en dentelle et mes parents parfaitement parfaits ne sera plus jamais pareil.

Et mon papa ne sera plus jamais capable de revenir.

– Parfois les gens ont l'esprit malade. Et ils ne peuvent rien y faire. Je l'aimais et tu l'aimais...

Je hoche la tête de nouveau parce que c'est plus facile que de parler. Nous observons toutes les deux la photo. Une image d'amour... jusqu'au moment où elle ne l'était plus.

– Tu as son sourire et son rire, et cette capacité instinctive de mettre à l'aise les gens nerveux.

Cela fait du bien d'entendre ça, de savoir que je tiens de lui d'une certaine façon... mais cela n'efface pas la blessure de son absence.

– Est-ce que tu l'aimes encore, maman ?

Les larmes lui montent aux yeux, comme à moi.

– Oui. Je l'aimerai toujours.

– Moi aussi.

– Bien sûr. Tu es une partie de lui.

– Mais pourtant tu as épousé Garland, dis-je en parlant de mon beau-père.

– Oui, c'est vrai.

Elle fait un petit signe de tête.

– Donc, tu l'aimes aussi ?

Elle a un sourire hésitant.

– C'est un homme bien.

Ses yeux se tournent vers la porte comme pour s'assurer qu'il n'y a personne, puis reviennent vers moi.

– Mais notre mariage... c'est différent de ce que c'était avec ton père.

– En quoi ? Est-ce que être mariés, ce n'est pas toujours la même chose ?

Elle pousse un soupir mal assuré en venant vers le lit pour s'asseoir à côté de moi.

– Garland est gentil. Il s'occupe bien de nous. Il nous assure une vie confortable. Je veux dire, pense à l'entreprise et à tout ce que cela nous a permis de faire et d'avoir. Qui aurait pu penser que cela nous arriverait ? Que je pourrais bâtir ça avec lui.

Elle me caresse les cheveux et se penche pour m'embrasser sur le front.

– Mais papa, il n'était pas gentil et il ne s'occupait pas bien de nous ?

– Mais si, grande sotte. Il était tout ça et même plus. Ce qu'il y a entre Garland et moi c'est juste... comment je pourrais t'expliquer ? Parfois deux personnes se rencontrent et décident qu'ils veulent une sorte d'association. Je veux dire que nous voulons les mêmes choses dans la vie, pour nos enfants, et dans beaucoup de domaines, en fait.

Son sourire est crispé, un peu comme si elle essayait de se convaincre elle-même de ce qu'elle dit, et je suis trop jeune pour comprendre pourquoi.

Mais ce que je sais, c'est que lorsque je regarde ma mère, lorsque je la vois parler de mon père et ensuite de Garland, son regard animé devient terne.

Et je suis assez grande pour comprendre que c'est ce que moi aussi je ressens depuis que mon père n'est plus là.

L'amour, ça ne suffit pas.

Je suis bien payée pour le savoir. L'amour, c'est magique, mais c'est fugace. Cela fait mal. Cela va vous couper en deux et vous saigner à blanc avant de vous vider totalement.

Je n'ai aimé que deux personnes dans ma vie. Qui étaient tout pour moi. Une n'est plus là. Et je ne sais pas encore que seulement quelques années après avoir perdu mon père, je les aurai perdues toutes les deux.

Il semble bien que le chagrin qui accompagne le véritable amour n'en vaut pas la peine.

14

Ford

DEBOUT, UNE MAIN POSÉE SUR LA HANCHE, et les lèvres pincées, elle étudie les documents étalés sur la table de la salle de conférences devant nous. Les plans de structure pour les modifications que nous envisageons d'apporter à l'intérieur – combiner des chambres pour faire une suite à chaque étage avec sortie et entrée indépendantes pour des raisons de confidentialité. Puis il y a les projections en 3D qui montrent à quoi va ressembler le nouvel extérieur. Puis les planches des propositions des designers pour l'aménagement intérieur – les couleurs, les moquettes, les tissus, les carrelages. Élégance et luxe combinés avec confort et plaisir.

Cela fait cinq semaines que nous nous sommes associés et que nous avons signé les documents. Cinq semaines à attendre le déblocage des fonds pendant lesquelles nous avons préparé chaque aspect de la transformation. Nous espérons l'achever en un temps record parce que le temps perdu, c'est de l'argent perdu. Cinq semaines où nous avons été constamment entourés de personnes qui nous aident à planifier à organiser, et tout ça, en conférence ou en zoom pour nous concerter et réfléchir depuis nos bureaux personnels de part et d'autre de la ville tout en nous préparant à emménager sur place.

Cinq semaines, et c'est la première fois que nous nous retrouvons totalement et intégralement seuls. Les membres de mon équipe sont rentrés chez eux. Son assistante est partie. Il n'y a plus qu'elle, moi et le ciel étoilé que l'on voit par les fenêtres de ce gratte-ciel.

Les pensées qui traversent mon esprit en ce moment, alors que je l'observe se concentrer sur un détail sans importance sur la table devant elle, sont inappropriées. Mais je ne les repousse pas. Bien au contraire. Je fantasme sur ce que j'éprouverais en écrasant ses hanches sous mes doigts. Sur le goût de ses lèvres quand je les écarterais de ma langue. Sur la sensation que me procurerait sa chatte lorsqu'elle palpiterait autour de mon sexe.

Le nombre de fois où j'ai pensé à tout ça. Où j'ai pensé à elle.

Beaucoup trop, bon Dieu.

Je vois trouble à force de déchiffrer des plans et je suis mentalement épuisé, mais cela ne m'empêche pas de laisser vagabonder mon imagination et mes désirs, pour ensuite me dire que je n'ai pas le droit. Je n'ai pas le droit de la désirer.

Elle est intouchable.

La meilleure façon de foutre une association en l'air, c'est de baiser avec son associée.

Point final.

Mais un nouveau regard sur ses lèvres plissées donne à ma période d'abstinence des relents de traversée du désert. La grande question, cependant, c'est pourquoi y a-t-il toujours une ligne blanche à l'endroit où se trouvait sa bague de fiançailles ? Cinq semaines, c'est assez long pour que le hâle disparaisse, et pourtant elle est toujours là. Rappel évident de son appartenance à quelqu'un d'autre.

Donc, est-ce qu'elle l'enlève seulement en ma présence ? Est-ce qu'elle est tombée dans la bonde du lavabo ? Est-ce qu'elle l'a jetée à la tête de son fiancé en lui disant que c'était moi qu'elle voulait à la place ? Et si c'est à cause de moi qu'elle ne le porte pas... qu'est-ce que ça veut dire, bon sang ?

– Quoi ?

Tiré brutalement de mes pensées, je me rends compte que je fixe Ellery avec les yeux plissés.

– Excuse-moi. Qu'est-ce que tu disais ?

Je m'efforce de chasser de mon esprit cette dernière image où je me vois la culbutant sur la table de la salle de conférences.

Ouais, c'est à ce point. Et j'ai beau me répéter que si j'ai ces idées maintenant, les quelques mois à venir où je vais vivre sur place avec elle vont être longs et douloureux. Un vrai supplice. Je n'arrive pas à les effacer de mon esprit.

– Je te demandais pourquoi tu me regardais de façon aussi intense. Quelque chose m'a échappé ?

Elle jette un coup d'œil vers la table, puis vers moi.

– Si c'est le cas, dis-le. Ce serait embêtant que nous ne soyons pas raccord sur tout.

– Mais si cela arrive, nous y remédierons.

– On voit bien que tu es habitué à prendre des décisions aussi importantes.

Elle soupire comme si elle ne se faisait pas confiance. Ce en quoi elle a tort. Elle est brillante.

Et devant son talent, la pertinence de ses interventions et sa capacité à saisir les détails, je me demande pourquoi nous n'avons jamais travaillé avec Haywood Rénovation jusqu'ici. Ah oui, j'oubliais. Joshua Haywood. Le roi des connards.

– Je croyais que c'était toi qui voulais sortir de l'ombre de tes frères et prouver que tu étais capable de gérer le genre de projets qu'ils dirigent. Qu'être la fille qui va chercher le café ne te suffisait pas. (Je pose une fesse sur la table et la regarde.) Tu ne vas pas te défiler maintenant, Elle ?

– Bien sûr que non. C'est juste...

– C'est juste que c'est beaucoup d'argent et beaucoup de pression, et qu'est-ce qui va se passer si ça ne marche pas, ou si tu ne sais pas ce que tu fais, si tu te trompes, et, et... c'est ça ?

– Oui, c'est idiot. Excuse-moi.

Elle pousse un petit rire nerveux et commence à agiter les mains.

– Tu dois te demander ce qui t'a pris d'accepter ce projet. Je suis une débutante. Toi, tu es un professionnel expérimenté. Je veux dire...

– Arrête.

Je m'avance et pose les mains sur les siennes. Je perçois qu'à ce contact sa respiration marque un temps d'arrêt. De mon côté, mon corps réagit viscéralement lorsque je la touche. Pour quelqu'un d'aussi doué, elle manque étonnamment de confiance en elle par moments. C'est très probablement dû à des années de manque de considération de la part de ses frères. Mais c'est fini. Ça n'arrivera pas avec moi.

– Arrête de stresser. Au cas où tu ne l'aurais pas encore compris, je ne suis pas trop compliqué. Si un problème se présente, nous le résoudrons. Si nous ne sommes pas d'accord, nous... je ne sais pas, nous nous hurlerons dessus et tu me diras que je me conduis comme un crétin et je te dirai que tu es bornée, puis on se serrera la main et on passera à autre chose.

– Pourquoi tout est-il si simple pour toi ? demande-t-elle, incrédule. Tu ne doutes jamais de toi ? Tu ne te poses jamais de questions ?

Ses mots me frappent comme un crochet au plexus solaire. N'est-ce pas la raison pour laquelle je me suis engagé dans ce projet ? Parce que je doute de l'homme que je suis ? Parce que je me demande si aux yeux des autres je suis plus que l'homme assis entre ses deux frères célèbres ? Parce que je veux savoir comment mon père me voyait ?

– Si, tout le temps, je murmure, sans donner plus d'explications.

Elle a oublié cette nuit dans le bar ? À quel point j'étais perturbé ? Je lui souris.

– Ce projet. Notre association. On va s'en sortir.

Elle prend une inspiration hésitante et hoche la tête avec détermination en s'écartant d'un pas et en rompant notre connexion. Au bout d'un moment, elle se retourne avec un sourire ragaillardi.

– OK. Je m'excuse encore une fois. D'habitude ce n'est pas mon genre d'avoir besoin de paroles d'encouragement, alors pardonne-moi si je t'ai semblé si... faible.

– Pas faible. Bien au contraire. Forte. Déterminée. Admirable. (Je hausse les épaules alors qu'elle rit nerveusement.) Il faut du courage pour prendre des risques. Je te promets que ça va marcher.

– Merci.

Il y a dans sa voix une douceur qui rappelle celle que je vois dans ses yeux. Les deux me donnent à réfléchir. Puis elle se retourne vers la table avec un sourire plus convaincant

– Dans ce cas, il semblerait que nous soyons prêts à lancer l'opération.

– En effet.

Je me retourne pour regarder les plans, puis me rapproche d'elle.

– Tu iras sur place demain pour faire la dernière visite préparatoire. Moi, j'arriverai mercredi une fois que j'aurai bouclé mes réunions.

– Ça marche.

Elle tente sans succès de réprimer un bâillement.

– Désolée. Ces deux dernières semaines ont été fatigantes.

– Mais exaltantes, je murmure en me penchant en avant pour feuilleter les plans en 3D. Et il y en aura d'autres, encore plus exaltantes.

– Je sais.

Nous nous apprêtons tous les deux à partir, mais comme dans un ballet chorégraphié, nous nous retournons en même temps et nous nous percutons. Elle vacille sur ses talons et je l'attrape par le bras pour la retenir.

Nous sommes face à face, poitrine contre poitrine, et je me rappelle le parfum de ses cheveux lorsqu'elle dormait, la tête sur ma poitrine, cette nuit-là. Le mouvement de ses lèvres charnues alors qu'elle murmurait dans son sommeil. La chaleur de son corps contre le mien.

Notre respiration s'accélère lorsque nos regards se croisent. Nous devrions nous écarter l'un de l'autre. Nous devrions passer à autre chose.

Mais les secondes s'écoulent.

Nos souffles vont et viennent.

Sa peau se couvre de chair de poule sous mes mains.

Tous mes sens sont exacerbés par sa présence. Par la totalité de sa personne. Mes yeux se posent sur ses lèvres, sur la veine qui bat dans son cou, puis de nouveau sur ses yeux, alors que mon corps mène un combat contre ma raison. Contre mon désir.

La sonnerie de son téléphone nous fait sursauter et nous nous écartons l'un de l'autre comme si nous étions pris en faute.

Ou prêts à en commettre une, peut-être.

Je tourne le dos et m'éloigne tout en passant la main dans mes cheveux pour me ressaisir.

– Chandler ?

Elle parle à voix basse comme si elle ne voulait pas que j'entende. Chandler. Le même qui était au téléphone lors de notre première rencontre. Apparemment, il fait toujours partie du décor, ce qui explique la persistance de la marque blanche sur son doigt.

– Je t'ai dit que je viendrais. (Elle pousse un soupir agacé.) Tu sais bien que je ne vais pas te laisser tomber.

Elle fait quelques pas en direction de la fenêtre et plonge son regard dans l'obscurité en murmurant quelque chose que je n'entends pas.

Je commence à ramasser les plans et les documents pour ne pas avoir l'air de faire ce que je fais, écouter aux portes.

– Je comprends. Oui. J'ai des réunions qui s'enchaînent toute la journée avec… des clients. Je te retrouverai là-bas.

Sa voix est douce, rassurante même, et ma curiosité est piquée.

– Entendu. D'accord.

Mais pas de *Je t'aime*. Pas de *À tout à l'heure*.

– Tout va bien ? je demande négligemment en roulant une série de plans que je maintiens en place avec un morceau de ruban adhésif.

– Oui, oui.

– Tu n'as pas l'air très convaincue.

Je rigole et lorsque je lui lance un regard en douce, j'ai l'impression que quelque chose la tracasse.

– C'est une longue histoire.

Elle fait un petit geste de la main comme pour dire qu'elle ne tient pas à en parler.

– Attends, je vais t'aider.

– Non, c'est bon. Tu peux y aller, si tu veux.

– T'es sûr ?

– Oui. Je vais demander à Phillip de te raccompagner chez toi.

Phillip est mon chauffeur et ce n'est pas la première fois qu'il la raccompagne.

– Je ne voudrais pas abuser. Je suis certaine que tu as besoin de lui pour...

– J'en ai encore pour une heure ou deux ici. Ce n'est pas un problème. J'insiste.

Elle me fait un petit sourire mitigé et hoche la tête.

– Bon, ben merci, alors.

Elle passe sur son épaule son tote bag griffé, alourdi par le poids de son ordinateur portable, et jette un coup d'œil circulaire pour vérifier qu'elle n'oublie rien. Son regard croise le mien une dernière fois.

– Merci pour les paroles d'encouragement, Fordham. C'est sympa.

Je la regarde sortir de la salle de conférences, ses talons claquant sur le sol carrelé. On entend la sonnerie de l'ascenseur. La porte se referme. Je m'assieds et m'enfonce dans mon fauteuil, les mains derrière la tête, les pieds posés sur la table, et je pousse un profond soupir.

Je sais qu'ils sont déjà arrivés.

Je sais qu'ils ont attendu qu'elle parte pour faire un commentaire.

– Est-ce que vous ne devriez pas être avec vos familles respectives tous les deux ?

J'entrouvre un œil et je vois Callahan, appuyé au montant de la porte.

– Dents-de-Travers était particulièrement affreuse ce soir, s'esclaffe Callahan en haussant les sourcils.

Ledger pousse un sifflement appréciatif.

– Et tu vas vivre sur place avec elle pendant combien de temps ?

Je leur fais un doigt d'honneur et referme les yeux en faisant mine de les ignorer.

– Avec des lits partout, dit Callahan.

– De longues nuits, seuls. Rien que toi. Rien qu'elle. Rien que des draps dans lesquels s'emmêler, ajoute Ledger.

– En regardant d'un peu plus près, vous auriez vu la marque d'une bague à son doigt.

– Oui, mais pas de bague.

Ledger hausse les sourcils et jette un coup d'œil à Callahan.

– Donc... elle vient de rompre ? Elle a besoin d'une bonne baise de consolation ?

– Ha. Moi aussi, je pensais ça et regarde où ça m'a mené. Marié et père de famille.

Callahan plaisante, mais je sais qu'il ne changerait sa vie pour rien au monde.

– Une relation de consolation, ça peut être super. Super sexe. Pas de demande d'engagement.

– Hé, Ledge je pense qu'on devrait lui resservir le discours que vous m'avez sorti quand je suis parti à Ocean's Edge pour travailler avec Sutton, dit Callahan en parlant d'une conversation que nous avions eue la semaine précédant son départ pour les îles Vierges avec sa consultante de l'époque qui est devenue sa femme.

– Je ne vois pas de quelle conversation tu parles, je marmonne, sachant parfaitement ce qui va suivre, et j'aimerais bien avoir une bière pour m'occuper pendant le harcèlement qui m'attend.

– L'amnésie sélective. C'est bien pratique, ironise Ledger.

– Laisse-moi te rafraîchir la mémoire. Un truc du genre, ne couche pas avec elle. Sois professionnel. Le nom de cette société, c'est le nôtre aussi, pas seulement le tien.

Callahan m'adresse un sourire narquois.

– Tu veux que je continue ?

– Et tu les as parfaitement respectées, ces règles.

Je hausse les sourcils et le foudroie du regard. Il hausse les épaules.

– Ouais, mais moi, c'est normal, on sait bien que j'enfreins toujours les règles.

– Et moi, qu'attend-on de moi, exactement ?

Et n'est-ce pas justement la question du jour ?

15

Ellery

LE CIEL SE PARE DE COULEURS ALLANT DU ROSE À L'ORANGE et toute la gamme entre les deux. Il s'est écoulé près de cinq longues semaines d'attente entre le moment où j'ai signé en bas de la page et celui ou je me tiens ici avec le coucher de soleil en toile de fond, le fracas des vagues en bande-son, et que j'enfonce mes orteils dans le sable en contemplant, fascinée, ce qui est maintenant à moi.

Techniquement, *à nous*, mais on ne va pas jouer sur les mots.

J'ai déjà éprouvé de la fierté. J'ai connu le sentiment de propriété. Et la peur ne m'est pas inconnue. Mais j'ignorais quelle impression de puissance la combinaison des trois pourrait me procurer au moment de regarder ce qui s'appelait auparavant le White Sands Inn, l'Auberge des Sables Blancs.

C'est le jour J. En réalité, ce sera demain, et donc je vais m'enivrer de silence et de solitude en profitant des derniers instants de paix avant que ne démarre le chaos. Nous attendons une armée d'entrepreneurs prêts à prendre la place d'assaut.

Le sable est frais sous mes pieds nus alors que je visualise nos projets prenant forme. Le café de plage que nous allons ajouter sur la gauche proposera une cuisine élaborée par un chef de renom que l'équipe de Ford est en train de démarcher. La véranda sur la gauche, qui était une salle de réunion vide, sera transformée en lounge. Et les chambres vont devenir des suites avec des équipements haut de gamme.

Des chimères.

N'est-ce pas ce que Chandler m'a dit hier soir après que tout le faste de sa soirée en grande pompe avait touché à sa fin et que nous nous étions retrouvés dans ce silence gêné qui ne faisait que prouver que notre couple n'aurait jamais fonctionné ?

– Il ne s'est associé avec toi que parce que tu avais remporté l'enchère.

Je relève vivement les yeux pour regarder Chandler.

– Ford ?

Il hoche la tête.

– Qui d'autre ? Réfléchis. Pourquoi un homme de son importance achèterait-il un obscur machin sur une plage avec une personne qu'il connaît à peine ?

Parce que nous avons la même vision. Parce que nous avons tous les deux besoin de ce répit dans notre quotidien. Parce que nous voulons quelque chose qui nous appartienne en propre.

– J'ai l'impression que tu te voulais insultant en disant ça. La jalousie ne te va pas bien, Chan.

– Je ne suis pas jaloux. Pas du tout. Mais il ne faudra pas t'étonner si, une fois là-bas, il t'écarte et te passe devant pour prendre toute la place. Les Sharpe ne se laissent jamais reléguer à la deuxième place.

– Plaise à Dieu qu'un homme puisse penser que je suis compétente, capable et digne d'être prise comme associée !

– Bien évidemment tu l'es. C'est pour ça que je trouve que c'est bizarre, toute cette histoire.

C'est inutile d'essayer d'avoir raison avec lui, alors je me contente de sourire en hochant la tête.

– Tu te fais des idées.

– Quand ça tournera au vinaigre, ne viens pas dire que je ne t'ai pas prévenue.

– Très bien. Génial. Merci pour la confiance.

Le sarcasme est perceptible dans ma voix.

– Écoute, Elle. Je comprends ton désir d'aller au bout de ta chimère. Peut-être que ça marchera. Peut-être que Sharpe ne t'écartera pas pour prendre les commandes. Et s'il ne le fait pas et que tu atteins ton but, peut-être que tu seras satisfaite et prête à te poser. Prête à m'épouser.

Jamais jusqu'à aujourd'hui je n'avais regardé Chandler Holcomb en me disant que je ne l'aimais pas. C'est pour ça que la bague de fiançailles qu'il a refusé de reprendre est planquée dans mon appartement de Tribeca, bien au chaud jusqu'à ce que ce projet soit mené à bien.

N'est-ce pas étrange d'avoir d'un côté un homme qui, fondamentalement, ne me prend pas au sérieux et, de l'autre, un homme qui me soutient inconditionnellement ? Ford me connaît à peine et il croit en moi alors que Chandler, qui par ailleurs est plutôt un type bien, pense clairement que ce qui me manque, c'est un hobby pour me faire entendre raison.

Mais le plus bizarre dans tout ça, c'est que, franchement, ce que pense Chandler n'a plus d'importance pour moi. C'est terminé les hommes qui me rabaissent, parce que j'ai plus d'ambition que ça.

Et dire que j'étais prête à l'épouser. Seigneur ! Je trouvais déjà pénible de n'être que la fille qui apporte le café chez Haywood, je n'imagine même pas ce que ça aurait été d'être mariée à un type qui attend la même chose à la maison.

Non merci, punaise !

Je devrais être en colère.

Je devrais être dégoûtée.

Mais ce que je ressens au fond, c'est du soulagement. Du soulagement pur et simple d'avoir échappé à ce sort auquel je m'étais volontairement soumise.

Chandler, le misogyne qui s'ignore, dont je suis bien contente d'être débarrassée.

Et Ford... *oh là là.* Ford, l'homme qui sait comment plaire à une femme sans même essayer. Il apparaît dans mes rêves sous un jour totalement incompatible avec le travail. Je pense à lui constamment à cause du projet et de toutes les choses que je dois lui dire ou que je veux discuter avec lui.

Et maintenant, nous allons vivre sous le même toit. Dans un espace restreint. Jour après jour, une vraie torture.

Il y a incontestablement une alchimie qui s'opère entre nous. Bon sang, c'était évident dès le premier soir. Mais nous sommes associés. Ce n'est jamais une bonne idée de coucher avec son alter ego. Parce qu'on mélange des choses comme les sentiments et les émotions et, à la fin, on n'est plus aussi égaux que ça.

Mais encore une fois, c'est de moi qu'on parle, là. La femme qui ne croit qu'aux relations physiques. Qui n'aime que le plaisir charnel et qui refuse tout ce qui de près ou de loin s'apparente à de l'amour.

Les sentiments, c'est hors sujet. Toujours.

Concentre-toi, Elle. Sur le projet. Sur sa réussite.

Et donc, c'est ce que je fais. Je laisse le sable derrière moi pour rejoindre la brique usée du patio à l'arrière de l'hôtel. La terrasse et les balcons vont offrir des vues époustouflantes lorsqu'ils auront été modernisés.

Lorsque je pénètre dans l'hôtel par la porte du fond, je suis de nouveau frappée par le calme qui y règne, comme je l'ai été quand on m'en a remis les clés il y a une heure et que tout le monde s'en est allé.

J'ai trouvé une forme de consolation dans ce silence à ce moment-là, et maintenant aussi. Ce que je n'avais pas prévu, c'est la sensation soudaine d'étrangeté que je ressens en me retrouvant seule dans un hôtel totalement vide, qui n'est pas flippant comme dans *Shining,* mais plutôt désolé avec des bruits incessants de craquement dans sa structure.

C'est peut-être pour cela que j'allume toutes les lampes en traversant le vieux bâtiment. C'est peut-être aussi pour cela que je mets la musique à fond dans mes écouteurs quand je parcours les sols usés par le temps, en sautillant sur le tempo. Ce que je n'entends pas ne peut pas me faire flipper.

Je passe les doigts sur la rampe de chêne, démodée, qui sera bientôt remplacée par un garde-corps en câble plus moderne, et je me demande quels rires et quels secrets se sont partagés dans ces couloirs. Et quels autres leur succéderont après notre passage.

Je prends des notes sur un bloc et j'ajoute des choses sur ma liste qu'il faut que je communique soit à Ford soit aux entrepreneurs. Des modifications que nous allons peut-être devoir apporter, ou des détails auxquels nous n'avions pas pensé parce qu'il est difficile de prévoir une transformation quand on n'a pas eu un accès complet au bien. Des phares de voitures éclairent la route. Certaines entrent sur le parking et font demi-tour pour repartir d'où elles sont venues, et je me demande comment nous allons pouvoir faire de cet endroit un refuge exclusif pour l'élite quand une route en accès public passe juste devant.

Une nouvelle question à ajouter à ma liste.

Et cela peut paraître dingue, mais chaque item que j'ajoute me rend heureuse. Je savoure l'excitation de cette nouvelle aventure.

C'est parti, Sinclair.

16

Ellery

EN REGARDANT MA MONTRE, je suis sidérée de voir que des heures ont passé. J'imagine que mon excitation à l'idée de lancer la machine l'a emporté sur mon intention raisonnable de passer une dernière soirée tranquille avant que le vrai travail ne commence. Oubliés mon installation dans la chambre que j'ai choisie, le sandwich que j'avais acheté en venant ici, le verre de vin que je voulais boire en finissant les derniers chapitres du roman sentimental que je lis avant de m'endormir pour une bonne nuit de sommeil.

La lecture est encore envisageable. En même temps, je garde sur le front un léger bleu qui date de la semaine dernière lorsque je me suis endormie et que j'ai lâché ma liseuse.

Je vais lire sur le ventre cette fois. Au moins, cela évitera de nouveaux risques de chute.

Ayant décidé que j'allais d'abord prendre une douche, remettant à après le repas la lecture et la partie de sommeil qui me reste à prendre, je redescends dans la chambre que j'ai choisie pour ma résidence temporaire.

Une chambre avec une porte dont je me suis demandé si je devrais la fermer à clé quand je vais me coucher ou s'il était mieux de la laisser ouverte afin de savoir ce qui se passe dans le reste de l'hôtel ? C'est-à-dire en principe, rien.

Je vérifie les portes d'entrée du rez-de-chaussée pour m'assurer qu'elles sont fermées à clé au moment où l'une de mes chansons préférées démarre dans mes oreilles. Sans honte, je me mets à danser dans le couloir. À chaque déhanchement et ondulation, je me défais d'un vêtement avant de refermer la porte derrière moi et de laisser tomber mes vêtements sur le lit sans cérémonie. La chambre est plongée dans la pénombre, éclairée uniquement par une petite lampe de bureau tamisée et par la lumière provenant de la salle de bains que j'ai laissée allumée tout à l'heure.

Je fais une dernière petite ondulation, donne un vigoureux mouvement de hanches avant de tourner sur moi-même et de foncer tête baissée dans... quelque chose.

Ou plutôt quelqu'un.

Un quelqu'un totalement nu et mouillé.

Je recule d'un bond en poussant un cri strident – mes écouteurs tombent de mes oreilles et mon téléphone claque sur le sol. J'ai un bref aperçu de l'homme qui se tient devant moi. Sculpté et bronzé et parfait et... une bite. Oh mon Dieu. Je viens de voir la bite impressionnante de Fordham Sharpe.

Cette pensée s'installe dans mon esprit au moment même où je glisse sur une flaque d'eau et où mes pieds se dérobent sous moi.

Je tombe à la renverse dans la gloire de ma nudité, les nichons qui ballottent, les bras qui battent l'air et les fesses qui se trémoussent. Gracieux n'est pas exactement le terme que j'emploierais pour me décrire. Instinctivement, je tends la main vers Ford qui essaie de me rattraper.

Mais à ce moment-là, il glisse dans la même flaque d'eau que moi.

Son juron résonne sur les murs carrelés, suivi du bruit de ma chute sur la chaise longue derrière moi, une fraction de seconde avant que Ford n'atterrisse pile sur moi.

J'aimerais croire que ma première pensée est : Dieu merci, ces vieilles salles de bains immenses sont agrémentées d'une chaise longue rembourrée sur laquelle je peux tomber plutôt que sur le bord de la baignoire. Cela devrait être ce qui est le plus important dans mon esprit. Ma sécurité.

Mais c'est assez difficile de penser rationnellement quand la seule chose qui soit dure fait environ un mètre quatre-vingt-dix et recouvre la totalité de mon corps en ce moment précis.

Et dont les mains clouent mes poignets de chaque côté de ma tête et dont la bouche n'est qu'à quelques centimètres de la mienne.

Jamais je n'ai à ce point pris conscience de la moindre des terminaisons nerveuses dans mon corps.

Nous nous regardons fixement un instant. Je ne suis pas certaine que nos esprits prennent totalement la mesure de ce qui vient d'arriver à nos corps, mais nos yeux restent rivés et nos corps se tendent.

Ce qui, bien sûr, a pour effet de faire presser cette queue plutôt impressionnante contre mes cuisses.

– Pardon, disons-nous en chœur.

Embrasse-moi.

Ce n'est pas la première fois que je le pense.

Et probablement pas la dernière.

Comment une femme normalement constituée pourrait-elle ne pas penser quelque chose comme ça lorsqu'elle se retrouve peau à peau, corps à corps, avec un homme aussi attirant que Ford ?

J'entrouvre les lèvres pour dire quelque chose, n'importe quoi, tandis que les secondes s'écoulent, pesantes et gênantes.

– Tu es dans ma salle de bains. Qu'est-ce que tu fais là ? Qu'est-ce qu'on fait maintenant, bon sang ?

Il rigole.

– C'est toi qui es dans ma salle de bains. Je t'ai envoyé un texto pour te dire que j'arrivais.

Il hausse un sourcil, son sourire s'élargit, et il poursuit en baissant la voix :

– Quant à ce que nous faisons, maintenant...

Ses yeux se déplacent vers la droite juste avant que je saisisse une drôle d'expression dans son regard. Un avertissement ? De la peur ? Je ne sais pas exactement, mais brusquement il s'écarte de moi. Avant que j'aie le temps de comprendre ce qui se passe encore une fois, Ford me lance un drap de bain et s'en va sans me donner plus d'explications que la vue de son postérieur nu.

Que je mate.

Bien sûr que je mate tout en me démenant pour me draper dans la serviette et me relever de ma position embarrassante sur la chaise longue – c'est difficile de faire autrement.

– Mais qu'est-ce que tu fais là, bon sang ? Pourquoi ? je demande, alors que tout en continuant de me tourner le dos, il en attrape brutalement une autre posée sur le porte-serviette près de la porte de la douche.

– Je prends une douche, ça ne se voit pas ?

Une note d'agacement transparaît dans sa voix alors que, quelques instants plus tôt, il était couché sur moi et souriait.

– Mais il y avait mes bagages dans la chambre. J'étais là en premier. Tu n'étais pas censé arriver avant demain, dis-je en bafouillant.

– Et moi, je t'ai envoyé un texto disant que j'arriverais plus tôt. J'ai appelé en arrivant depuis la porte d'entrée. Ce n'est pas de ma faute si tu avais tes écouteurs et si tu n'as pas regardé tes messages, dit-il.

Je suis déconcertée par ce ton soudain si glacial.

Lorsqu'il se retourne vers moi, il tient la serviette devant son entrejambe, si bien que tout le reste de son corps magnifique est exposé aux regards. Les hanches étroites. Le V pubien. Les cuisses puissantes. Les abdos sculptés.

Seigneur Dieu, ayez pitié de moi.

Je fais un effort surhumain pour regarder ses yeux, mais à ce moment-là son expression ne reflète que de l'indifférence, voire de l'irritation, ce qui rappelle le ton de sa voix. Je n'en reviens pas.

Il a le chic pour attiser les complexes d'une femme qui se trouve dans une position vulnérable.

Il est dans ma douche. Dans ma salle de bains. Alors que je suis censée être seule. *Et c'est lui qui est fâché contre moi ?*

– Tu n'as rien à faire ici.

« Mais il ne faudra pas t'étonner si, une fois là-bas, il t'écarte et te passe devant pour prendre toute la place. Les Sharpe ne se laissent jamais reléguer à la deuxième place. »

Les paroles de Chandler me reviennent et sèment le doute dans mon esprit.

– *Pardon ? Tu peux répéter ça ?*

Il baisse la tête un instant.

– Ce n'est pas ce que je voulais dire.

– Alors qu'est-ce que tu voulais dire exactement, parce que pour autant que je sache, je possède la moitié de ce bâtiment, moi aussi.

– En effet. Nous en sommes *tous les deux* propriétaires. À cinquante-cinquante.

Il rigole et lève une main devant lui, et le sourire qui commence à m'être familier réapparaît à travers l'expression chagrinée de son visage.

Malgré tout, je suis sur la défensive. Prête à une dispute qui était destinée à Chandler et que Ford ne mérite pas.

Alors, pourquoi tu joues les abrutis ? Tu étais dans *ma* chambre. Dans *ma* douche. Utilisant *ma* serviette, que j'ai apportée *moi-même.*

Je désigne du doigt celle avec laquelle il cache son sexe.

– C'est bon. La voilà ta serviette, dit-il en me la lançant sans broncher.

Mon regard croise le sien, le soutient, et même si je suis tentée de regarder, je refuse de céder à la provocation qui brille dans ses yeux. Je lui rends son regard sans sourciller et dans un mouvement irréfléchi de fanfaronnade, pour ne pas céder le pas devant lui – mon associé –, je lâche ma propre serviette.

Il émet un petit sifflement contraint, un sourire jouant à la commissure de ses lèvres, tandis que ses yeux s'arrondissent.

– *Quoi ?* je demande, l'air innocent.

Je dois faire un gros effort pour rester plantée là. Je ne suis pas spécialement pudique, mais rester debout volontairement devant un homme aussi bien fait que lui est un exploit en soi. Ça donne des complexes.

– Il n'y a pas de raison. Puisque, à partir de maintenant, nous partageons tout à égalité.

– On est quittes.

D'ébauche, son sourire se transforme en un sourire véritable.

C'est à qui cédera le premier. Qui baissera les yeux ? La curiosité de qui l'emportera ? Lequel de nous deux fera le premier écart ?

– Très bien. (Je lui renvoie son sourire provocateur.) Maintenant que c'est réglé, je ne te retiens pas. Je vais prendre ma douche.

– N'oublie pas tes serviettes de bain. Je ne voudrais pas que tu n'aies rien pour te sécher, dit-il en reculant d'un pas et en baissant brièvement les yeux.

Il a perdu.

Aussitôt je fais comme lui. Ouais. Il est toujours magnifique. Toujours la définition incarnée de la perfection.

Nos regards se croisent de nouveau. *Seigneur.* La froideur dont il témoignait juste avant ? Totalement disparue. Cet homme sait regarder une femme et lui donner l'impression qu'elle est exceptionnelle.

Son regard est si intense. Il exprime un désir inapproprié, mais que je ressens également.

Il est zone interdite.

Intégralement. Des pieds à la tête.

– Merci de t'inquiéter pour moi, mais je suis assez grande pour me débrouiller.

– Je le note, mais je le savais déjà. (Il recule d'un pas, plongeant le regard encore une fois, ce qui fait palpiter ses narines.) Bonne nuit, Ellery.

– Tu es nu, je crie derrière lui pour le prévenir lorsqu'il ouvre la porte.

Je réalise aussitôt ma bêtise. L'hôtel est vide. Il n'y a personne derrière la porte. Il ne va pas sortir dans un couloir bondé de gens.

Lorsqu'il se retourne, je ne vois que son sourire moqueur et son regard amusé.

– Comme toi.

17

Ford

TOUT S'EST PASSÉ EN UNE POIGNÉE DE SECONDES. Bousculer Ellery. Me retrouver couché sur elle. Avoir la preuve vivante que nos corps s'accordent à la perfection.

Je gémis.

Cela n'a peut-être duré que quelques secondes, mais cela a suffi pour gratter l'allumette qui a mis le feu aux poudres.

Et putain, tout s'est embrasé.

Le désir. Le besoin. L'envie. La convoitise. Dans cette fraction de seconde, tout bataillait en moi. Et merde pour les politesses. Au diable notre association. Les choses qui me traversaient l'esprit n'avaient rien de compatible avec une association.

Je ne sais pas ce que j'aurais donné pour me pencher sur elle et l'embrasser. Pour emmêler mes doigts dans ses cheveux et lui écarter les jambes du genou pour la savourer là, tout de suite.

Et je parie que cette dégustation serait aussi addictive que la sensation de plonger en elle. D'entendre ses soupirs en le faisant. Aussi délectable dans sa chaleur humide alors que nous nous accompagnerions mutuellement jusqu'au bord du gouffre.

Ellery nue.

Bon Dieu. Je suis incapable de chasser cette image de mon esprit. Sa peau de pêche à la couleur laiteuse faisait ressortir le rose de ses tétons et les rondeurs magnifiques de ses hanches.

Les rondeurs sont ma perte et, bon sang, elle n'en manque pas.

Je me retourne de nouveau, mes draps tombent, dévoilant ma queue qui durcit alors que mes pensées s'emballent.

Je n'arrive pas à penser à autre chose.

Juste une cloison entre nous.

À un lit de distance.

Une porte fermée qui nous sépare.

Et j'étais tenté. Bon Dieu, quelle tentation avec son corps sous le mien – doux et chaud et accueillant – jusqu'à ce que je regarde son poignet que ma main immobilisait et que je sois brusquement ramené à la réalité.

À cette ligne blanche sur son doigt.

À l'article du *Daily Transcript* que j'ai lu ce matin et à la photo qui l'accompagnait, montrant Chandler Holcomb avec sa fiancée Ellery Sinclair à la cérémonie de remise de son prix d'Architecte de l'année.

Et ce rappel a eu l'effet d'une douche froide malgré la chaleur qui montait entre nous.

18

Ford

Douze ans plus tôt

JE SAIS QU'IL EST LÀ. Même sans le bruit de la serrure de la porte d'entrée ou de sa respiration régulière, je saurais qu'il est là. Mon père dégage une présence qui emplit n'importe quelle pièce dans laquelle il pénètre.

Même mon appartement.

– Qui t'a ouvert ?

Je gémis en roulant sur le dos sur le canapé et je me couvre les yeux de mon avant-bras.

– Cet immeuble m'appartient. Il ne manquerait plus que je doive demander la permission à quelqu'un pour y avoir accès.

Cette idée ne m'a jamais dérangé jusqu'à présent. Mais maintenant, la seule chose que je veux, c'est me vautrer dans mon chagrin et boire pour oublier sans qu'il vienne s'imposer.

– L'ingérence dans ma vie privée ne fait pas partie de tes devoirs de propriétaire.

– Si tu répondais au téléphone, je ne me sentirais pas obligé de venir.

J'entends le bruit des stores électriques qu'on relève et je le déteste de faire ça. En plus de la gueule de bois ininterrompue dans laquelle je me complais, je ne crois pas avoir vu la lumière du soleil depuis quelques jours.

– Pas la peine de me faire la morale. Je sais déjà ce que tu vas dire. *Lève-toi. Ne laisse pas une femme te rabaisser. Qu'elle aille se faire voir si elle ne reconnaît pas ta valeur.*

Bla.

Bla.

Bla.

– Je ne suis pas venu te faire la morale, fils.

– Tu parles. C'est marrant. *Faire la morale,* c'est pas une seconde nature chez toi ?

– Tu n'es pas juste, là. (Je l'entends se déplacer dans la pièce. Je sens les coussins du canapé s'affaisser sous son poids.) J'ai la faiblesse de croire que je donne plus que ça.

Euh... Il y a un ton inhabituel dans sa voix. Est-ce que j'aurais réussi à atteindre Maxton Sharpe avec ma critique ?

Son soupir plane dans l'air lourd de mon appart.

– Personne n'y échappe, tu sais.

– À quoi ?

– Aux chagrins d'amour.

– Merci pour cette observation sagace. Est-ce qu'on pourrait passer directement au bon moment, c'est-à-dire celui où tu t'en vas ?

– Un peu de respect, s'il te plaît.

– On n'entre pas chez quelqu'un sans s'être annoncé.

– Ford. Je suis désolé pour Jennifer.

– Ouais, ben, tu viens de dire que personne n'y échappait, donc...

– Fils. (Il laisse passer un instant.) Tu es doué d'une capacité exceptionnelle de te jeter à l'eau. D'être totalement toi-même sans te soucier de ce que les autres pensent. C'est admirable.

Quel rapport avec mon chagrin d'amour ? Est-ce que, comme d'habitude, encore une fois, il s'écoute parler ?

– Je ne vois pas en quoi c'est admirable, dis-je en enfonçant l'oreiller sur ma tête.

Je me sens tout sauf admirable. Plus que tout, je suis blessé. Puis l'incrédulité prend le dessus, suivie de la colère avant de revenir à la tristesse.

Il garde le silence.

– Elle m'a trompé. Trompé. Au bout de deux ans que nous étions ensemble...

Les images sont gravées dans mon esprit. Le moment où j'ouvre la porte et que j'entends les gémissements caractéristiques. Où je suis ces bruits pour découvrir Jennifer à califourchon sur un de mes copains de promo. *Putain.*

– Oui, tes frères me l'ont dit.

– Avec un type de ma promo en plus.

– Et quel effet ça te fait ?

Je hausse un sourcil en le regardant. *D'après lui, qu'est-ce que ça me fait ?* Je ne pense pas avoir jamais entendu ces mots venant de lui. Depuis quand il est psy ?

– Je t'ai posé une question, Ford. J'aimerais bien que tu me répondes.

– Vexé. Furieux. Prêt à baiser la première fille venue pour me venger.

Mais, en fait, j'en serais incapable. Même après ce qu'elle m'a fait. *Je ne suis pas ce genre de type.* Je suis beaucoup trop loyal pour avoir une histoire de cul dans le seul but de me venger. Elle n'avait qu'à me dire qu'elle voulait rompre, bon Dieu. Est-ce que c'était si difficile ?

En même temps, elle est infidèle, donc elle est probablement trop lâche pour rompre avant de passer à autre chose.

Il pince les lèvres et hoche la tête.

– Ben, vas-y, fais-le. Mais ce n'est pas ça qui va t'aider à te sentir mieux.

– Ben, alors quoi ? Parce que ça fait des jours maintenant et cela fait toujours aussi mal qu'au moment où je l'ai vue de mes propres yeux.

– Tu es trop bien pour elle. Elle ne te mérite pas.

– Et ça, c'est censé m'aider ?

– Non, mais c'est un fait.

– Encore un aphorisme brillant venant de celui qui détient la sagesse. (Je me redresse en gémissant, le cœur battant et en clignant des yeux.) Dis-moi une chose, Oh grand manitou. Qu'est-ce que tu en sais toi ?

– Premièrement, c'est la première et la dernière fois que je tolère que tu me montres si peu de respect sans encourir de conséquences. Triste et le cœur brisé, ou pas. Je ne t'ai pas élevé comme ça, alors ne pousse pas le bouchon trop loin, Fordham.

Alors fous-moi la paix, bon sang ! Je serre les poings en réprimant mon envie de me montrer encore plus con et de reporter ma frustration sur lui.

– Deuxièmement, elle n'était pas faite pour toi. J'aurais pu te le dire depuis le début.

Je souffle d'un air méprisant.

– Dis-moi tout, papa. Qu'est-ce qui te fait dire ça ?

– Parce que votre couple était une union de convenance. Elle te voyait comme un homme qui pouvait l'entretenir, et toi tu la voyais comme une femme qui répondait aux critères du rôle.

– C'est des conneries.

Je dis ça avec plus de conviction que je n'en éprouve effectivement.

– Vraiment ? En tout cas, je ne l'ai jamais vue comme celle pour qui tu marcherais dans le feu afin de la voir ne serait-ce qu'une minute.

Je manque éclater de rire lorsque je le regarde, ses yeux ambrés qui ressemblent aux miens me regardent avec une intensité sans pareille.

– Maman te manque ? je lui demande, tout penaud tout à coup de ne pas l'avoir regardé plus attentivement.

Un petit sourire passe sur ses lèvres.

– Ta mère me manquera toujours. C'est comme ça. Mais non, il n'est pas question de ta mère. Il est question de toi.

– Tu aurais traversé le feu pour elle ? je demande d'une voix à peine plus audible qu'un murmure.

– Oui.

Sa voix se brise sur cette syllabe unique.

Avec le temps, le souvenir de ma mère s'estompe peu à peu malgré mes efforts pour le garder vivant. Le son de son rire. La fragrance de son parfum. Sa façon de nous serrer dans ses bras comme si sa vie en dépendait. L'amour qu'elle nous donnait. *Seigneur, elle savait vraiment comment vous faire vous sentir aimé.*

– Oui, je l'aurais fait. (Je me demande si c'était une exception, l'amour qu'ils partageaient et qu'apparemment il ressent toujours.) À l'époque et encore maintenant. J'irais en enfer et j'en reviendrais pour elle. Parfois, j'ai l'impression de l'avoir fait après avoir vécu tout ce temps sans elle. Avoir pu apprécier de vous voir grandir en sachant qu'elle manquait tout cela.

– Je suis désolé pour ce que tu as manqué.

– Non, ne le sois pas. Au moins j'ai eu la chance d'avoir connu ce genre d'amour. (Il se racle la gorge pour me faire comprendre que la session d'épanchements est terminée.) Et c'est ça que je veux pour toi. Pour toi et pour tes frères.

– Tu crois vraiment que Callahan finira par s'installer un jour ? dis-je avec mépris.

– Il trouvera quelqu'un pour contenir ce feu qui l'anime, alors que toi, tu as besoin que quelqu'un qui t'aide à attiser le tien.

– Qu'est-ce que tu veux dire par là ?

Son petit sourire ne m'en dit pas beaucoup plus.

– Tu le sauras quand tu la trouveras.

Bon, là, il me sort son baratin pour jouer au bon père, mais en fait il est complètement dépassé.

– Je saurai quoi ? Si tu connais la réponse, je te prie de m'en faire part.

– Fiston, quand le mauvais caractère d'une femme te la fait aimer encore davantage, quand ses provocations te donnent envie de relever le défi et quand son sourire te pousse à ce que tous les autres te soient destinés, alors là, tu sauras qu'elle vaut le coup.

Ses mots me mettent mal à l'aise parce que, une chose est sûre, je n'ai jamais ressenti ça pour Jennifer.

– D'accord.

– Le moment venu, tu comprendras. Et quand ça arrivera, j'espère bien être là pour le voir.

– Ouais, c'est ça.

Je lui fais un petit geste évasif. Il ne pourrait pas juste s'en aller et me laisser à mon apitoiement sur moi-même ?

– Message compris. Je m'en vais.

C'est pas trop tôt.

Mais lorsqu'il arrive à la porte il se retourne pour me regarder.

– Promets-moi une chose, Ford.

– Quoi ?

– Ne t'abaisse jamais à ce niveau. Un homme qui vole la femme d'un autre montre ce qu'il est réellement... ou plutôt ce qu'il n'est pas. Et toute femme qui est prête à faire la même chose ne mérite pas qu'on s'y attarde, en tout cas.

19

Ellery

TOUTE LA PROPRIÉTÉ EST EN EFFERVESCENCE.

Il y a des artisans et des ouvriers partout. Dans les halls. Dans les chambres. Dehors. *Partout.*

Le bruit infernal de la démolition des murs intérieurs, les signaux de recul des camions qui emportent les gravats et les marteaux piqueurs qui attaquent le béton pour faire de la place pour la cafétéria.

C'est le chaos total, et cela me ravit.

Surtout parce que, grâce à ça, Ford et moi sommes occupés à différents endroits du site pratiquement tout le temps.

Chaque fois que j'entre dans une pièce, on dirait qu'il en sort.

Et c'est probablement mieux comme ça, vu que chaque fois que je l'entrevois, je suis ramenée quelques nuits plus tôt. À cette vision de lui, nu, à l'arrogance de son sourire, à cette lueur de défi dans ses yeux.

Les associés sont zone interdite.

Est-ce que ce n'est pas le mot d'ordre que je me suis donné hier soir quand, allongée dans mon lit, je fantasmais à propos de la beauté incroyable de mon *associé* ?

Alors, pourquoi est-ce que j'ai tellement envie de fourrer ce mot d'ordre aux oubliettes ?

Mais, là maintenant, il faut vraiment que je lui parle et il est introuvable. Je parcours des couloirs d'où on sort la moquette et les meubles anciens qui vont être revendus.

– Vous n'avez pas vu Ford ? je demande à plusieurs personnes sur mon chemin, et je n'obtiens que des gestes vagues en direction de l'endroit où va se trouver le rooftop.

– Ah, te voilà, dis-je en le voyant.

Il a de la poussière dans les cheveux, son tee-shirt a une auréole de transpiration autour du cou et son jean est déchiré au genou.

Et mes ovaires, qui étaient au repos, sont prêts à exploser.

Ford en costume cravate est séduisant.

En sweat-shirt de Wharton sur la peau dégoulinante de pluie, il est tentant.

Eh oui, Ford nu est plus qu'appétissant.

Mais Ford en tenue de travail, comme monsieur Tout-le-monde, c'est un tout autre niveau de délices.

Associés, zone interdite.

– Je t'ai cherché partout. (Je lui montre ma tablette et la liste qui s'allonge sans cesse.) Il faut que je te demande quelque...

– Non.

Il me sourit en baissant les yeux.

– Décide toi-même, Sinclair. J'ai entièrement confiance dans toutes les décisions que tu prends. (Il jette un regard autour de lui comme s'il cherchait quelqu'un.) Maintenant si tu veux bien m'excuser, on m'attend en bas.

– Attends. (Je l'attrape par le bras alors qu'il s'éloigne.) Qu'est-ce qui se passe ? C'est le premier jour des travaux et tu m'évites déjà. Je pensais qu'on avait une bonne semaine ou deux avant que tu en aies marre de moi.

Je n'obtiens pas le rire que j'espérais. À la place, il dégage son bras d'un mouvement sec tandis qu'un muscle sur sa mâchoire palpite quand il serre et desserre les dents. Et je n'aime pas qu'il détourne le regard.

– J'essaie plutôt de faire ce qu'il faut.

– Qu'est-ce que tu veux dire ?

Cette fois, il me regarde droit dans les yeux et j'aimerais bien savoir ce que l'expression de son regard révèle. De la confusion ? De la gêne ? Pourquoi devrait-il ressentir l'une ou l'autre ?

– Écoute, on a beaucoup de travail et j'ai plein de choses à penser. Et je te fais vraiment confiance pour prendre les décisions qui doivent être prises.

– Alors, pourquoi est-ce que j'ai l'impression que tu m'évites et que tu me mets sur la touche ?

Il baisse la tête en soupirant, puis me regarde de nouveau dans les yeux.

– Tu te souviens que tu avais des *trucs ?* Eh bien moi aussi, j'ai mes *trucs,* et plutôt que de reporter ma frustration sur toi, c'est mieux pour toi que je t'évite pour le moment.

Il me fait un sourire qui ne gagne pas tout à fait ses yeux.

– Eh oui, Ford Le Ronchon est de retour, ajoute-t-il.

Je fronce les sourcils, j'ai envie de poser d'autres questions, j'ai besoin de comprendre, mais je me force à les retenir. Dans mes trente ans de vie, je peux compter sur les doigts d'une main le nombre de fois où un homme a exprimé verbalement qu'il avait besoin d'espace. En général, ils sont plutôt adeptes des insultes et d'une conduite irrationnelle pour me repousser.

Alors c'est la mort dans l'âme, et tout en me demandant si je suis à l'origine de ce qui le tracasse, que je me contente de hocher la tête.

– D'accord.

Je le regarde s'éloigner en me posant des questions, mais mon bon sens me dit que c'est arrogant de ma part de présumer que son problème est lié à moi et non à ses *trucs* à lui.

Donc, nous travaillons en équipe, mais chacun de son côté, chacun s'occupant de différents aspects du premier jour. Ford s'occupe de la coordination et du flux tandis que je fais ce que je connais le mieux, je me charge des différents corps de métier, en tête à tête.

Mais même en ayant accéléré le planning et s'étant mis d'accord pour les heures supplémentaires, à un moment ou à un autre, le bruit commence à diminuer. Les équipes commencent à ranger leur matériel. Le grondement des moteurs se fait entendre sur le parking quand ils démarrent leurs voitures pour rentrer chez eux.

Et nous nous retrouvons dans un hôtel éventré et un silence écrasant.

Je traverse le rez-de-chaussée et le salon dans lequel Ford et moi nous sommes rencontrés il y a deux mois. C'est la seule pièce qui n'a pas encore été touchée par un marteau piqueur ou une scie sauteuse. Ses fauteuils de velours bordeaux sont empilés dans un coin en attendant de partir au dépôt-vente demain, et le bar est toujours en partie garni de bouteilles à moitié vides, alignées sur les étagères de bois foncé.

Exactement comme la nuit de la tempête.

Épuisée, mais encore tendue par l'excitation de la journée, j'ouvre la porte de la terrasse, je détache un fauteuil et l'emporte maladroitement vers ce qui reste de l'ancien patio. La nuit est tombée, le clair de lune fait briller le blanc du sable et se reflète sur la mer à l'horizon.

Quand je me laisse tomber sur le siège, je me demande si j'arriverai à en sortir, tellement je suis fourbue. Je me laisse bercer par le va-et-vient des vagues sur la grève.

– Tiens.

La voix de Ford me fait sursauter. Je devais être tellement perdue dans mes pensées et ma fatigue que je ne l'ai pas entendu arriver.

Quand je me retourne, je vois qu'il me tend un verre de vin rouge, de l'autre main, il tient un autre verre pour lui.

– Merci.

Je lui prends le verre des mains sans trop savoir où nous en sommes.

Il disparaît momentanément et revient avec un autre fauteuil qu'il installe à côté du mien. Son gémissement me rappelle exactement ce que j'ai ressenti en m'asseyant quelques instants plus tôt.

J'attends qu'il engage la conversation et, à mesure que le temps passe, je me demande si nous allons simplement rester assis en silence sous un ciel étoilé. Personnellement, ça me va aussi.

Il lève son verre et le fait tourner avant de boire une gorgée.

– C'est agréable cette sensation, non ?

Je n'ai pas besoin de lui demander de quoi il parle, parce que je l'ai savourée toute la journée.

Le sentiment de propriété. Posséder quelque chose à moi. Avoir la possibilité d'en faire ce que je veux.

– Oui. Je n'avais jamais eu quelque chose à moi et où je peux intervenir du début à la fin.

Il lève son verre et trinque avec le mien.

– Aux nouveaux départs, dit-il.

– Aux nouveaux départs.

Je rigole, la tête bourdonnant de tout ce qui a changé dans ma vie en deux mois.

J'ai acheté cet hôtel, pris une disponibilité dans mon boulot, rompu des fiançailles, acquis un associé, sécurisé mon poste à Haywood et passé des heures interminables à planifier la transformation du bâtiment qui se trouve derrière nous.

Ça a été une tornade, c'est le moins qu'on puisse dire.

Et il y a encore tellement de choses à faire.

– C'était quoi, ça ? demande-t-il.

– Quoi ? Mon rire ?

Du coin de l'œil, je le vois hocher la tête et mes pensées dérivent vers l'endroit où j'étais censée être aujourd'hui plutôt qu'ici, assise à côté de lui.

– Aujourd'hui, j'étais censée effectuer le dernier essayage de ma robe de mariée.

Il se racle la gorge.

– Je ne suis pas tout à fait certain de la façon dont je suis censé réagir à ça.

– Pas besoin de réagir à quoi que ce soit.

– Et donc, tu as déplacé le rendez-vous pour pouvoir être présente le jour de la démolition ? C'est extrêmement généreux de ta part.

– Non, je ne l'ai pas déplacé.

– Non ?

– Nan.

Comment lui expliquer que j'allais me marier pour me marier ? Cela ne me montre pas vraiment sous un très bon jour.

– Je peux te demander si tu as envie d'en parler, si ce sont les « trucs » auxquels tu réfléchissais ce soir-là... mais ce n'est pas à moi de le faire, donc je vais rester assis là, savourer ce verre avec toi et me détendre.

– Merci.

Je m'enfonce dans mon fauteuil en appuyant ma tête en arrière sur le dossier, les yeux sur les étoiles au-dessus de nous.

Le besoin de parler est là, pour expliquer afin qu'il comprenne, mais je ne suis pas sûre moi-même de comprendre ce qu'il y a derrière mon comportement avec Chandler.

– Je t'entends penser d'ici, Elle.

Je souris.

– Je vais essayer de faire moins de bruit.

– Soit dit en passant, tu ne me dois aucune explication.

– Je sais.

Tout comme lui, qui ne m'en a pas donné tout à l'heure.

– Tu crois qu'il reste du mélange apéro derrière le bar ?

Je ris. Je ne sais pas pourquoi sa remarque me semble si drôle et, pourtant, je ris.

– Il est probablement rassis.

– Et plein de bretzels.

– L'horreur !

Je fais semblant de frissonner.

– Il y a ce sourire que tu fais, dit-il, ce qui me pousse à le regarder en face pour la première fois depuis qu'il est venu s'asseoir. Il serait temps de le montrer.

Nos regards restent rivés l'un à l'autre et mon cœur s'accélère. Je suis contente d'avoir un verre pour m'occuper les mains, parce que l'aveu que je viens de lui faire m'a coûté d'une façon que je ne suis pas sûre de bien comprendre.

– Je suis fatiguée, c'est tout.

– Épuisé. (Il gémit en se passant une main dans les cheveux.) Et ils vont démarrer à sept heures demain matin.

– Dans dix heures.

Mes épaules s'affaissent.

– C'est toi qui as voulu qu'on accélère le planning.

– *Nous*. C'est *nous* qui l'avons voulu.

– Je crois qu'on ne s'est pas rendu compte à quel point ça allait être épuisant.

Son gémissement se transforme en rire.

– Pas de repos pour les braves, Sharpe. Même si c'est nous, les braves.

20

Ford

– ET ÇA SE PASSE BIEN AVEC DENTS EN BIAIS ? demande Ledger.

– Oui. Ça va. On prend nos marques l'un avec l'autre.

– Est-ce que ça veut dire qu'il y a de l'eau dans le gaz ?

– Non. Pas du tout.

– Tu n'es guère convaincant.

– Je n'ai pas à convaincre qui que ce soit de quoi que ce soit.

– Si tu le dis.

– Qu'est-ce que ça veut dire, bon sang, Ledge ? Je suis fatigué et je ne suis pas d'humeur à supporter tes conneries.

Son rire résonne dans le téléphone.

– Il y a un bail que tu ne t'es pas retrouvé sur le terrain. C'est beaucoup de boulot.

– En effet. C'est pour ça que tu m'appelles ? Pour me gonfler ou bien il y a autre chose ?

– Tu n'as toujours pas répondu à l'invitation.

– Et comment tu sais ça ?

– L'éditeur m'a appelé. Ils veulent que nous soyons tous les trois présents.

– Il se pourrait que je sois retenu ici. Je n'en sais rien encore parce que nous venons tout juste de commencer.

Je sais déjà la tête que fait mon frère là, tout de suite, je l'imagine se mordiller l'intérieur de la joue tout en réfléchissant à la façon de contrôler une situation qui lui échappe. Ça doit le mettre en rogne.

– Tu vas vraiment manquer ça ?

Je hausse les épaules bien qu'il ne me voie pas. J'ai tout sauf envie d'assister à la soirée de lancement de la biographie. C'est déjà impossible d'échapper à sa médiatisation. C'est partout. Demandes de renseignements ou d'interviews, de commentaires à utiliser comme fil rouge pour un article.

Pourquoi ont-ils besoin de nous pour faire la promotion ? Est-ce que mon père et son succès, ça ne leur suffit pas comme intrigue ? *Je veux dire, il y a ce truc des triplés incroyablement beaux et célèbres, c'est un plus pour nous, bien sûr. On ne va pas laisser passer, ça.*

Mais non.

C'est parce que les gens sont fascinés par l'argent. Rien de tel pour attirer le public qu'une dynastie familiale et toutes les intrigues que cela suppose.

Or je refuse de contribuer à l'image familiale telle que je crains qu'ils veuillent la dépeindre.

– Je t'ai dit que je n'en savais rien. Si ça ne te suffit pas, je me demande ce qu'il te faut.

– Arrête de jouer les abrutis.

– C'est toi qui le dis.

Je rigole.

– Écoute, je sais que le *C'est juste Ford* continue de te tracasser. Je n'y peux rien. Je ne voulais pas te le dire avant d'en être certain, mais je viens de contacter le biographe pour lui demander s'il serait possible d'avoir des copies de tous les enregistrements des entretiens avec papa.

– Pour quoi faire ?

– Il y a plus de cinquante heures d'enregistrement. J'ai pensé que ce serait sympa d'entendre des choses nouvelles concernant papa, dites de sa propre voix. Des anecdotes que peut-être nous ne connaissons pas. Pour avoir un souvenir, pour aider à le garder vivant pour nos enfants un jour.

Comme je ne dis rien, il poursuit.

– Il ne nous reste pas grand-chose de maman, alors je me suis dit que ça ne coûtait rien de demander.

– Pas faux.

J'ai la sensation que ma gorge se serre. Est-ce que des cassettes ne vont pas seulement entériner le fait que je n'étais qu'un figurant dans cette famille, aux yeux de mon père ?

– Bon, je dois te laisser.

– Et donc, la soirée de lancement ?

– Repose-moi la question la semaine prochaine.

Lorsque je raccroche, je suis nerveux. Agité. Peu habitué à l'exiguïté de cette petite chambre d'hôtel, j'ai besoin de prendre l'air.

Mais n'ai-je pas éprouvé cette sensation tout au long de la journée, même lorsque j'étais à l'extérieur ?

Ellery.

N'est-ce pas elle qui provoque mon agitation ? Cette... impatience ?

Il doit y avoir une explication simple au fait qu'elle ait annulé l'essayage de sa robe. Le fait qu'elle ne me l'ait pas donnée n'a fait que brouiller encore plus les pistes.

Le désir, c'est une vraie vacherie quand on ne peut pas le satisfaire.

Aller courir. Faire de l'exercice.

C'est ça qu'il me faut pour m'éclaircir les idées. L'océan. Le clair de lune. Un peu de fatigue. M'éloigner d'elle et de ce parfum dont je perçois régulièrement des effluves.

Cela fait moins d'une semaine que je suis là et j'ai déjà l'impression de devenir fou. Je savais que j'avais envie d'elle. Je savais que la tentation serait forte avec elle si près. Ce que je ne savais pas, c'est que ça allait être un tel chamboulement dans mon système chaque fois qu'elle s'approcherait de moi.

Tu parles d'un supplice.

J'ouvre brusquement la porte de ma chambre et je sors dans le couloir. Je vais jusqu'au coin et je m'arrête net quand je tombe face à face avec Ellery.

Elle se tient là, le visage fraîchement démaquillé et les cheveux empilés sur le sommet de son crâne. Elle porte un sweat-shirt trop large qui tombe sur une épaule et un short minuscule qui dévoile ses jambes d'enfer.

Oui, il n'y a pas à dire, le désir c'est une vraie vacherie.

– Salut, dit-elle, avec un petit sourire coupable en croquant dans un esquimau.

– Salut.

Qui aurait pu penser que la vue d'une épaule puisse être si érotique ?

– Je mange un esquimau en cachette. Tu m'as prise en flagrant délit.

– Pourquoi tu as besoin de le faire en cachette ?

– Parce que c'est ce que font les femmes. Si nous les mangeons quand personne ne nous voit, alors les calories ne comptent pas.

– Donc, c'est seulement si on vous voit qu'elles comptent ?

Elle hoche la tête, faisant danser son chignon.

– Mais maintenant, tu m'évites d'avoir à me prendre la tête pour dissimuler l'emballage dans la poubelle.

– Ça s'entoure de tout un rituel, on dirait ?

Le chignon danse une fois de plus et elle me détaille de la tête aux pieds.

– Tu vas où ?

– Je vais courir.

Elle souffle d'un air agacé.

– Ah ben, ça ne va pas arranger mes affaires. C'est pour ça que tu as des muscles bien dessinés alors que moi j'ai des rondeurs flasques.

– Il n'y a rien de flasque dans tes rondeurs, Ellery.

J'ai sorti ça sans réfléchir. Le rouge lui monte aux joues, mais elle ne baisse pas les yeux.

Elle hoche la tête.

– Dans ce cas, je vais peut-être manger un deuxième esquimau pendant que tu fais ton jogging. Étant donné que ces calories ne comptent plus maintenant et que les autres ne compteront pas puisque tu ne les verras pas. Et puis, quelques milligrammes de calcium en plus, ça ne peut pas faire de mal.

– Je pense que tu devrais, en effet.

– Ne jamais encourager ouvertement une femme à manger plus de glace. Cela va provoquer un attachement compulsif et irrationnel à la personne qui a prodigué les encouragements.

Elle me décoche un sourire qui me rappelle le premier soir, quand je me suis dit qu'elle était adorable, avant de la trouver sexy.

Là tout de suite, j'essaie de me raccrocher à cette image de la fille adorable, parce que cette femme me fait des choses qui devraient être interdites.

– Je vais essayer de m'en souvenir.

– Il le faut. Cela te sauvera un jour.

– Je t'en serai éternellement reconnaissant.

Je pose une main sur mon cœur et fais une fausse révérence.

– Allez, va courir, avant que je devienne franchement irrationnelle, dit-elle alors que je me contente de la regarder en secouant la tête. Quoi ? Pourquoi tu me regardes comme ça ?

Parce que plus je te connais, plus tu me surprends... et c'est plutôt bien.

– Pour rien.

Je passe devant elle juste au moment où elle s'écarte pour me laisser passer. Et bien sûr, nous allons dans le même sens. Nous entrons en collision, l'esquimau entre nous. Je sens le froid de la glace sur ma peau, en même temps qu'elle pousse un petit cri et recule d'un bond. Nous baissons les yeux tous les deux sur l'impact de glace à la vanille au beau milieu de mon torse nu.

– Oh, mon Dieu. Je suis désolée. Je vais...

Elle tend le bras pour réparer les dégâts, mais au moment où sa main entre en contact avec ma peau, elle se rend compte que ça ne va rien arranger.

Des images de sa langue sur ma peau en train de lécher la glace envahissent mes pensées. S'en emparent. La chaleur, la sensation. *Bon Dieu.*

Je déglutis avec difficulté tandis que sa main s'immobilise et qu'elle lève un regard hésitant.

Le temps s'arrête une fraction de seconde pendant laquelle je prends conscience de ma main sur son poignet et de son visage à quelques centimètres du mien.

Elle est zone interdite, Ford.

Putain de zone interdite !

Je reprends péniblement mon souffle. Nos lèvres s'entrouvrent, mais aucun mot n'est prononcé alors que la tension est pratiquement à son comble entre nous.

A-t-elle la moindre idée de l'intensité de mon désir ? Depuis cette première soirée où nous nous sommes retrouvés coincés ici. Depuis que je l'ai revue à la vente aux enchères. Chaque minute de chaque jour, je pense à elle d'une façon ou d'une autre... et l'idée de sa langue sur mon torse ne fait rien pour arranger les choses.

– Oups, dit-elle finalement alors que son sourire s'élargit, mais en gardant les yeux fixés sur les miens.

– Ce n'est rien, je murmure en faisant un effort pour écarter mes doigts de son poignet et en reculant d'un pas. La prochaine fois, je partirai dans l'autre sens. (Elle hoche la tête en regardant ma poitrine puis de nouveau mes yeux.) Et maintenant, il t'en faut vraiment un deuxième puisque celui-ci est fichu.

– Oui. Bien sûr. D'accord, dit-elle sur un rythme saccadé.

Il faut que je sorte d'ici avant de faire quelque chose que je vais regretter. Comme de la clouer au mur et de l'embrasser jusqu'à ce que cet esquimau ne soit plus qu'une flaque sur le sol.

Je fais un autre pas en arrière, un sourire crispé sur les lèvres.

– Je vais y aller. Courir.

Elle hoche la tête et passe la langue sur son pouce où la glace a coulé. Je serre les dents.

– Je vais aller chercher un autre esquimau.

– Tu peux m'en mettre un de côté, s'il te plaît ?

Elle prend une bouchée de ce qui reste de sa glace, ses lèvres se referment innocemment sur le chocolat tandis que j'essuie la glace sur mon torse avec le tee-shirt que je tiens à la main, mais mon imagination s'est déjà enflammée.

– Donc tu fais partie de *ces gens-là* ?

– Je n'ai pas l'impression que ce jugement soit très positif.

– La plupart des gens qui vont courir ne mangent pas de glace après. (Son regard se balade sur mon torse.) Est-ce que tes abdos apparaissent comme par miracle pendant ton sommeil ? Et un abdo. Oups, et un autre. Je veux dire, comment fais-tu pour dormir avec tous ces abdos qui surgissent l'un après l'autre ?

Je rejette la tête en arrière et me mets à rire, reconnaissant de cette légèreté qui vient interrompre mes pensées.

– C'est une tâche ardue...

– Mais il faut bien que quelqu'un s'y colle, murmure-t-elle.

Je la regarde une dernière fois avant de me retourner et d'ouvrir la porte.

Courir.

M'éloigner.

Il faut que je m'éloigne d'elle pour ne pas tout faire foirer.

Comme si ça allait m'aider de passer mes soirées et mes nuits à courir pendant que je suis ici. Et puis j'imagine que je serai le mec le plus en forme de la planète. Avec *des abdos qui se développent tout seuls apparemment.* Je dois dire que ça ne me déplaît pas qu'elle les ait remarqués.

Ce n'est que justice, étant donné que je reluque son corps sexy dès que j'en ai l'occasion. Des rondeurs flasques, mon œil !

21

Ellery

– C'EST UNE BLAGUE ?

– J'aimerais bien, Madame Sinclair...

– Ellery.

C'est au moins la centième fois que je reprends le contremaître de l'équipe de démolition. S'il y a une chose que je sais, quand on est une femme qui travaille dans le bâtiment, c'est de ne jamais laisser personne vous appeler Mademoiselle ou Madame. Et encore moins mon chou ou ma p'tite dame. La moindre occasion que vous laissez à un homme de vous rappeler que vous êtes une femme est un risque de vous voir traiter comme une poupée de porcelaine quand on veut tout bonnement recevoir le même traitement que n'importe quel gars.

– J'aimerais bien, Ellery, reprend-il alors que j'acquiesce.

Je roule des épaules et le regarde fixement alors que j'ai l'impression que ma tête va éclater.

– Donc, si je comprends bien ce que vous me dites, tous les membres de votre équipe ont chopé la gastro en même temps ?

Il hoche la tête, mais évite mon regard. Je me demande pourquoi.

– Oui, M'dame.

– Et vous n'avez personne pour les remplacer ?

Il pousse un profond soupir.

– Non, personne. Vous saviez qu'on vous faisait une fleur en acceptant de nous déplacer au-delà des limites de notre périmètre d'intervention. Ils sont tous logés dans le même hôtel en ville. Ils se sont refilé le virus.

– Quelle poisse !

– Je sais que ça vous met en difficulté. Je peux essayer de passer des coups de fil à certaines entreprises que je connais dans le coin, mais avec la grève déclenchée par le syndicat local, je ne crois pas que je pourrai faire grand-chose.

Je fais la grimace et je pose les mains sur mes hanches lorsque je me retourne et que je contemple les gravats des cloisons recouverts de poussière devant moi.

– Demain, on me livre la plomberie et la charpente pour cette aile, et on n'a aucune marge de manœuvre sur l'horaire.

Je dis cela plus pour moi-même qu'à l'intention de James. C'est le problème avec un planning resserré. Normalement, les artisans arrivent, font leur travail et s'en vont une fois que tout le chantier est terminé. Mais là, ils vont et viennent sans arrêt pour chacune des différentes rénovations dans des endroits différents. Cela nous permet d'avoir une chose faite et terminée en totalité pendant que les autres pièces sont encore à des stades intermédiaires.

C'est parfait, en théorie.

Jusqu'à ce que ça déraille.

Et c'est ce qui se passe, là.

– Oui, je sais bien. Je comprends.

Son soupir est aussi pesant que le stress qui vient de s'abattre sur mes épaules.

– Écoutez, reprend-il. Moi je suis là. De plus j'ai trouvé deux ouvriers journaliers qui peuvent aider pour les tâches les moins techniques. Entre eux et moi... et peut-être une personne supplémentaire dont vous pourriez disposer, on va essayer d'en faire le plus possible.

– Merci. Je vais voir ce que je peux faire.

Je m'éloigne, déjà éreintée alors qu'il n'est que sept heures du matin. Je m'adosse à une charpente brute en soupirant, tout en envoyant un SMS.

Moi : MON ÉQUIPE D'INTERVENTION ?

Joshua : OUI, ET ALORS ?

Moi : UNE ÉQUIPE COMPLÈTE QUI SE FAIT PORTER PÂLE LE MÊME JOUR. UNE ÉQUIPE QUE TU FAIS SOUVENT TRAVAILLER.

Joshua : PEUT-ÊTRE QUE ÇA NE LEUR PLAÎT PAS DE TRAVAILLER POUR TOI.

Moi : DÉCONNE PAS AVEC MOI.

Joshua : J'AI PAS BESOIN, T'ES ASSEZ GRANDE POUR DÉCONNER TOUTE SEULE.

Moi : ENFOIRÉ.

Joshua : JE N'Y SUIS POUR RIEN.

Je fixe l'écran de mon téléphone en faisant la moue. Je me demande si je dois le croire ou pas. Serait-il assez stupide pour essayer de me planter tout en étant persuadé que c'est lui qui bénéficiera de ma réussite au bout du compte ?

Non. J'ai beau ne pas le porter dans mon cœur, je le crois trop intéressé pour mettre en péril un chantier qui pourrait lui rapporter. Et maintenant, je me retrouve avec un squelette d'équipe, un planning que je ne peux guère modifier et quelques heures devant moi pour trouver une solution.

Maintenant, il faut que je parte à la recherche de Ford pour en rajouter une couche après les infos du matin annonçant une tempête tropicale dans les jours à venir. Cela ne devrait pas vraiment gêner la progression à l'intérieur de l'hôtel, mais cela va ralentir les travaux de la cafétéria, de la cuisine et du bar sur le toit.

Bon, notre première semaine a démarré sur les chapeaux de roues. On a bien avancé. On a peaufiné notre planning de travaux et on s'est mis d'accord sur les choix pour la décoration intérieure si bien que le décorateur a pu commander le matériel. On a choisi le mobilier, les plafonniers, les appliques lumineuses, et tout ça. Notre marge d'erreur ou de désaccord est limitée, étant donné que les délais d'exécution pour remettre cet hôtel en état sont très courts.

Eh oui, Ford et moi étions assis face à face ou à côté l'un de l'autre le temps de prendre ces décisions, mais le reste du temps, nous nous sommes tenus à distance respectable. Plus question de se percuter dans le couloir au moment où il va courir et que je mange un esquimau. Plus question de boire un verre sur les planches. Uniquement des échanges de grognements et son manque de disponibilité chaque fois que j'ai besoin de lui parler.

Ford Le Grincheux est revenu en force.

Je ne vois pas d'autre source extérieure de contrariété pour lui que la biographie de son père. Les quelques fois où le livre et sa parution imminente ont été mentionnés à la télévision qui se trouve dans l'ancien bar – et que nous avons conservée pour notre divertissement –, il a immédiatement éteint le poste. Même ses conversations au téléphone avec ses frères – ou du moins celles que j'ai surprises – sont écourtées, apparemment.

Soit c'est ça, soit la lune de miel entre nous est terminée, la nouveauté s'est dissipée, et il s'est rendu compte qu'en fait il ne m'aime pas.

Ce sont des choses qui arrivent.

Mais c'est inquiétant si l'on pense qu'il nous reste encore tellement de choses à faire et que nous sommes liés par un contrat – et par cet établissement.

– Ford ?

Je l'appelle alors qu'il passe près de moi, tête baissée, en train de répondre à un texto.

Il s'arrête et lève les yeux.

– Ouais ?

– Mauvaise nouvelle.

Je lui explique la situation avec l'aide de James.

– Je peux donner un coup de main, dites-moi ce que je dois faire, dit-il quand nous avons terminé. Sans vouloir vous vexer, James, ça ne doit pas être bien sorcier d'abattre une cloison à coups de masse.

– Ça ne me vexe pas, mais vous êtes sûr de vouloir faire ça ? demande James, visiblement surpris qu'un Sharpe soit prêt à se salir les mains.

– Oui, dit Ford avec un sourire. Cela me fera du bien de passer mes nerfs sur quelque chose à démolir.

– Ben, suivez-moi, alors.

La tâche peut paraître facile, mais elle est exténuante. Il n'y a pas que le poids de la masse qui vous fatigue les muscles, mais il faut aussi tirer sur l'outil une fois qu'il est planté dans la cloison. Et puis les vibrations de la scie électrique quand on découpe les murs non porteurs et le choc du marteau quand on frappe sur les poutres pour les déloger.

Et, bien sûr, voyant que tout le monde s'y met, je décide d'aider moi aussi. Il n'y a pas de raison que Ford soit le seul à passer à la vitesse supérieure.

– Pour la centième fois, Ellery, je peux le faire tout seul, gronde Ford quand je grogne en essayant de déloger une poutre de deux sur quatre.

J'ai mal aux bras et les yeux qui piquent malgré les lunettes de sécurité, mais je refuse de le montrer.

– Je sais que tu peux, mais il n'y a pas de raison que tu sois le seul à t'amuser.

– M'amuser ?

Il souffle.

C'est tout sauf amusant. Cependant, j'éprouve le besoin de prouver que je fais ma part, surtout étant donné cette gêne étrange qui règne entre nous. Et si cela peut servir à ça, alors je suis partante.

– Sinclair !

J'agite la main pour éloigner de mon visage la poussière qui flotte dans l'air et je regarde un de nos plombiers qui travaille à l'étage.

– Ouais ?

– Je viens de passer devant la réception. Il y a quelqu'un qui vous cherche.

– Moi ?

– Un mec en costard. Il avait pas l'air d'apprécier la poussière, dit-il en rigolant.

– Merci.

Je pose la masse contre le mur et j'époussette le devant de mon jean dans un geste dérisoire. Lorsque je relève les yeux, Ford est debout de l'autre côté de la pièce et me regarde d'un air interrogateur. Je hausse les épaules et je sors de ce qui sera bientôt une suite de luxe.

Lorsque je tourne le coin du couloir, je m'arrête net en voyant Chandler dans l'entrée de l'hôtel.

Il a l'air coincé et incontestablement hors de son élément,

Du bout des doigts, il brosse quelque chose de l'épaule de son costume sur-mesure et je pense que ses chaussures Bruno Magli doivent ramasser la poussière par le seul fait qu'il se tienne là.

Un poisson hors de son bocal.

– Chandler ? Ben, qu'est-ce que tu fais là ?

Je me dirige vers lui d'un pas rapide. Un peu comme s'il fallait que j'arrive à sa hauteur avant que quelqu'un d'autre le fasse parce qu'il n'a rien à faire ici.

Ce qui est une pensée totalement irrationnelle, mais qui me vient spontanément.

Je ne veux surtout pas que mon passé et mon avenir se croisent ici.

– Surprise !

Il lève les mains sur les côtés.

– Je voulais venir voir comment ça se passe.

– Pourquoi ? La dernière fois que nous nous sommes parlé, tu m'as dit que tu espérais que je me ferais évincer et que je reviendrais vers toi, la queue entre les jambes.

– Oh, arrête. N'exagère pas.

Il me regarde longuement de la tête aux pieds, l'air pincé.

– Ne m'en veux pas si je ne t'embrasse pas, mais tu es dégoûtante.

Depuis quand fait-il tant de manières ?

Je me contente de sourire.

– Je sais.

Il m'observe avec tellement d'intensité et d'incrédulité que c'en est presque comique.

– C'est bientôt fini cette comédie ? Je veux dire – il me désigne d'un grand geste – c'est tellement pas toi, tout ça.

Et pourtant justement si, c'est moi. Et je n'y suis pas pour rien s'il ne le sait pas, parce que j'étais d'accord pour épouser un homme qui n'a jamais pris le temps de le voir.

Je lui souris d'un air apaisant. Condescendant.

– On a beaucoup de travail.

– Tu peux prendre sur ton temps pour moi.

Mon sourire se fige lorsque Roddy, notre contremaître, passe devant nous et nous regarde. Je sens déjà son jugement sans qu'il ait besoin de dire un mot. Il y a trois mois, je m'en serais fichue d'être vue à côté de Chandler, mais je me sens déjà tellement différente de celle qui avait accepté de l'épouser. C'est fou ce que la perspective peut vous changer.

– Apparemment ça avance bien, dit Chandler pour meubler le silence qui devient gênant.

– Hum.

– Sharpe a eu raison de modifier la hauteur de la façade. Le bâtiment aura des lignes plus claires et une esthétique plus intemporelle. Il connaît vraiment son...

– C'était mon idée.

Le regard de Chandler revient vivement sur moi, son rire condescendant me dit qu'il ne me croit pas. Soit il ne me croit pas capable de prendre des décisions aussi pertinentes, soit il ne croit pas que Fordham Sharpe puisse laisser une femme prendre des décisions à sa place.

Dans un cas comme dans l'autre, il ne pourrait être aussi éloigné de la vérité.

Et dans les deux cas, ça me rend furax.

– Comme je disais, on a du boulot par-dessus la tête. Toute une équipe est tombée malade aujourd'hui et on a des délais à tenir. Merci d'être passé, mais...

– Oh, ça va, Ellery. (Il tend la main et essaie d'emmêler ses doigts avec les miens. Je me contracte, tout ce je ressens c'est de la répulsion.) J'ai fait l'effort de venir jusqu'ici, le moins que tu puisses faire, c'est de me faire visiter.

22

Ford

QUEL SOMBRE CONNARD !

Je flanque un coup de masse dans la cloison.

Fiancée, mon cul.

Le bruit sourd de la masse frappant le Placoplatre ne réussit pas à tempérer la jalousie qui m'a transpercé lorsqu'il a posé sa main dans son dos.

Chandler Holcomb avec son sourire prétentieux et son ton condescendant. Il s'entraîne probablement tous les matins, devant son miroir, à sourire de cet air supérieur. S'il savait à quel point ça lui donne l'air con !

Qu'est-ce qu'elle lui trouve ?

Comment peut-elle vouloir d'un homme qui la regarde *de haut* au lieu de la considérer comme son égale ?

Parce que c'est vraiment ce qu'il fait. C'était évident dans les questions idiotes qu'il lui a posées. Dans les remarques paternalistes qui la remettaient visiblement en question, elle et ses capacités. Dans la façon dont il faisait comprendre à tous ceux à qui il s'adressait qu'elle lui appartenait.

Ça m'a fait bouillir.

Et le fait qu'elle soit avec lui, alors qu'elle avait l'air si mal à l'aise d'être à côté de lui, c'était encore pire.

Elle mérite tellement mieux.

Elle mérite... *moi.*

Je grogne en levant la masse encore une fois, en essayant de faire passer dans l'action la colère que sa vue a fait naître en moi. *Pourquoi l'a-t-elle fait venir ici ?*

Le tonnerre gronde à l'extérieur, la tempête se rapproche. En phase avec mon humeur. Ça me donne un prétexte pour continuer alors que tout le monde a déjà déserté le chantier.

Soulever. Frapper. Démolir.

Je crée un rythme de destruction. Une bande-son pour accompagner mes pensées en ébullition.

L'idée, c'est de faire ça jusqu'à ce que je m'écroule d'épuisement. Jusqu'à ce que je n'arrive plus à penser. Jusqu'à l'extinction de mon désir.

En théorie, en tout cas.

Je trouve dans le travail physique une satisfaction que je n'avais pas imaginée. Dans le fait de démolir quelque chose pour le reconstruire. De me salir les mains et de mouiller ma chemise.

Je perçois immédiatement sa présence.

Je sens vaguement son parfum, malgré la poussière qui rend l'atmosphère irrespirable, avant d'entendre ses pas.

Mais je ne me retourne pas. Je ne regarde pas. Je continue à travailler.

Soulever. Frapper. Démolir.

Tout est contenu – mon désir, ma rage, ma confusion, mon besoin – et c'est mieux comme ça.

– Tu es là pour regarder ou tu vas dire quelque chose ? dis-je d'un ton sec.

Soulever.

– On a un problème.

Frapper.

– Bien sûr qu'on a un problème. *Il a pour nom Chandler Holcomb.*

Démolir.

– Les ouvriers journaliers qui nous ont aidés aujourd'hui ?

– Oui, et alors ?

Je ne m'arrête même pas pour la regarder.

– Ils ont, euh... ils ont défoncé le mur de ta chambre.

– Ah ben, super ! Manquait plus que ça ! Je peux aller dormir sur la plage, après tout.

– C'est ça, t'as qu'à faire ça.

– Ce sera toujours mieux que d'être ici avec toi, je marmonne.

– Putain, c'est quoi ton problème, Sharpe ? demande-t-elle en se rapprochant de moi.

Ne la regarde pas, Ford.

– Mon problème ? (Ne. Regarde. Pas.) J'ai aucun problème.

– Ah bon, j'aurais bien cru, pourtant.

– Tu goberais n'importe quoi, je grogne en abattant la masse sur le dernier pan de cloison encore intact.

– Tu ne voudrais pas arrêter une seconde ? hurle-t-elle.

– Il faut que je finisse celle-ci. On a un planning à respecter. Il faut que...

Elle saisit mon bras au vol. Je lâche la masse qui tombe avec un bruit sourd et je me tourne vers elle, furieux.

– Non, mais t'es pas folle ?

– Il faut croire que si d'avoir accepté de me lancer dans ce projet avec une espèce de connard lunatique comme toi.

– Si t'avais l'intention de m'offenser, c'est raté.

– Je m'en fiche.

Elle pose les poings sur ses hanches en soufflant.

– Tu parles, c'est même pas vrai.

Elle vient jusqu'à moi et, ponctuant chaque mot en frappant de son doigt sur ma poitrine, elle rétorque :

– Si. C'est. Vrai.

Je la regarde en faisant non de la tête. Elle poursuit :

– Tu es la personne la plus butée et énervante que j'aie jamais rencontrée.

– Moi ? (Je cogne dans un morceau de bois.) Tout doit toujours aller dans ton sens, putain. Suivant ton horaire. Et Dieu sait que je respecte tes opinions et tes idées...

– Qu'est-ce que tu...

– Je n'accepte d'ordres de personne, Sinclair, et surtout pas de toi.

– Dommage pour toi. Tu es coincé avec moi.

C'est bien ça le problème.

– Dommage ? je rétorque.

– Tu m'as bien entendue. Toutes tes conneries du genre « Je suis un Sharpe et je dirige le monde », tu peux les prendre et te les mettre où je pense.

J'éclate de rire. La tête rejetée en arrière, le corps secoué de rire. Elle est comme une boule de feu dans un corps de fée, et Dieu sait que j'ai envie de ce corps.

Donc, pourquoi est-elle comme ça avec moi et pas avec son connard de fiancé ?

– T'es vraiment un personnage, Elle.

Son sourire est sarcastique, tout comme ses paroles, lorsqu'elle me répond.

– Ouais. C'est sûr. Et j'aimerais bien que ce personnage puisse se mettre au travail *sérieusement* au lieu de perdre son temps à tout faire pour t'éviter, comme tu le fais avec moi.

– Parfait. Ne te gêne pas. Mais pour ça, il faudrait que tu bouges de là... alors dégage.

– Pardon ?

– Tu m'as bien entendu.

– Tu sais quoi ? Laisse tomber. Je vais rester ici, rien que pour te faire chier. Puisque tu ne m'aimes pas...

– Moi, je ne t'aime pas ? je beugle en me passant la main dans les cheveux, et je recule de quelques pas. *Je ne t'aime pas ?* Bon Dieu, Ellery, je n'ai qu'une chose en tête, tous les jours, à longueur de temps, c'est à quel point tu me plais. (Je me retourne pour la regarder dans les yeux.) *À quel point, j'ai envie de toi, putain.* Mais je m'efforce de te respecter. De respecter notre partenariat. Et le fait que tu es fiancée à ce connard prétentieux qui était là tout à l'heure. Alors, excuse-moi de garder mes distances avec toi, de t'éviter, mais bon Dieu, il y a des limites à ce qu'un homme peut supporter.

Elle reste là devant moi, un vrai désastre. Les cheveux qui s'échappent de sa queue-de-cheval, de la poussière de plâtre sur les joues, une griffe avec du sang séché sur le bras, et elle me regarde en clignant des yeux comme si j'étais complètement dingue.

En tout cas, c'est ce qu'il me semble.

– Qu'est-ce que tu viens de dire ? murmure-t-elle.

– Tu m'as bien entendu, je dis d'une voix beaucoup plus forte.

– Non, en fait.

– J'ai dit que ton fiancé était un connard prétentieux qui est venu marquer son territoire pour que tout le monde le voie, tout en se baladant ici comme s'il était chez lui, alors qu'en fait, c'est chez toi. Chez moi. C'est tout ce que j'ai dit, putain.

– Ce n'est pas mon fiancé.

J'éclate de rire d'un air moqueur.

– Ouais, c'est ça. En tout cas, ce n'est pas ce que dit l'article de journal consacré à la cérémonie de remise du prix du Connard-Architecte de l'Année qui a eu lieu la semaine dernière.

Ellery me regarde avec une sincérité que je n'avais pas encore vue à ce point.

– Ce n'est pas mon fiancé. Je l'ai accompagné pour sauver les apparences.

Sauver les apparences ? *Une excuse aussi prétentieuse que pitoyable pour un mec.* Elle fait quelques pas vers moi.

– Mais je ne parlais pas de ça. Qu'est-ce que tu as dit ? Répète-le.

– Quoi ? Que c'est un connard prétentieux ?

– Non, espèce d'idiot borné ! L'autre partie.

Elle est près de moi. Trop près. Je tends le bras pour retirer un morceau de Placo de ses cheveux tout en me creusant la cervelle pour me rappeler le torrent de mots que je viens d'éructer.

Je ferme les yeux, je sais très bien ce que j'ai dit. Je meurs d'envie de le répéter, mais ça me terrifie en même temps.

– Tu veux dire la partie disant à quel point j'ai envie de toi ?

Elle fait oui de la tête en déglutissant avec difficulté. Ses yeux se posent sur mes lèvres.

– On est associés, Ford.

– J'en suis conscient.

– Ce serait une bêtise de...

Sa voix se brise et je hoche la tête.

– C'est sûr. Mais ce serait se mentir de ne pas...

Elle passe la main sur mon torse.

– Ah bon, tu crois ?

– Mmm, je murmure en prenant son visage dans ma main.

Elle se penche vers moi, la chaleur de son souffle frôle mes lèvres lorsqu'elle murmure :

– Mais je préférerai toujours les bêtises aux mensonges.

– Ah, merci, putain.

Le gémissement que j'émets en l'attirant contre moi est ponctué par un roulement de tonnerre, dehors. Mon corps se love contre le sien tandis que mes lèvres trouvent les siennes. Ma bouche prend, ma langue fouille et je suis une boule de désir.

Seigneur, *j'avais raison.*

Cette femme. Ce goût. Incroyablement addictif.

Et je ne m'en lasse pas.

La poussière de Placoplatre tombe partout autour de nous alors que sa main empoigne mes cheveux et que nos bouches se trouvent encore et encore dans ce qui ressemble à une mêlée générale dans laquelle nous nous perdons. Et dans laquelle ni elle ni moi ne voulons plus nous retrouver.

Nous reculons tandis que nos mains réclament et que nos lèvres exigent.

Tout.

Tout de suite.

Je veux plus.

D'elle.

De ça.

De ce moment.

Simplement la baiser.

– Ford, gémit-elle alors que je parcours de mes lèvres entrouvertes la ligne exposée de son cou, je voudrais ne pas céder à mon désir, mais je suis tellement fatiguée d'essayer de m'en empêcher.

J'empoigne ses cheveux et je tire sa tête en arrière pour la regarder dans les yeux.

– Alors, arrête d'essayer.

Et ses lèvres sont tellement tentantes. Elles m'obsèdent. Elles me disent de rassembler toute ma retenue tout en la mettant en pièces.

Alors, arrête d'essayer.

Je me plie à mon propre conseil et reprends l'action de ma langue, de mes lèvres et de mes mains alors qu'elle soulève mon tee-shirt par-dessus ma tête et que je m'attaque maladroitement à l'agrafe de son soutien-gorge sous le sien.

Nous passons d'une pièce à l'autre en chancelant, tout en descendant nos pantalons, et nous trébuchons sur nos chaussures en essayant de les retirer du bout du pied.

Je cherche des yeux un endroit où l'allonger. Un emplacement qui ne serait pas recouvert de poussière et qui ne présente aucun danger, parce que le temps est important et que je n'ai tout simplement pas la volonté d'attendre plus longtemps.

J'ai déjà l'impression d'avoir attendu toute ma vie.

– Là, murmure-t-elle, alors que sa main se glisse entre mon boxer et ma queue.

Mon gémissement est guttural, mais n'exprime pas l'ampleur des sensations qui me submergent à cet instant.

La saveur de son baiser.

L'odeur de sa peau.

L'exigence de ses caresses.

Le son de ses suppliques.

Putain, cette femme va me rendre fou si je ne la prends pas immédiatement.

– Ellery, dis-je, alors que nous nous cognons dans la porte qu'elle ouvre et que nous entrons dans sa chambre.

Nous formons un chaos de mains tâtonnantes et de bouches agissantes, nous nous débarrassons de nos pantalons sans interrompre nos baisers, pas même pour reprendre notre souffle.

Une urgence qui m'était inconnue jusque-là s'empare de moi, me dévore, me consume.

– Attends, murmure-t-elle en s'écartant pour se diriger vers la salle de bains, me donnant une chouette vue de ses fesses alors qu'elle balance les hanches.

Je profite de cet instant, aussi bref soit-il, pour secouer la poussière de mes cheveux du mieux que je peux, et puis je caresse ma queue en attendant qu'elle revienne.

Je lève les yeux en entendant le bruit de ses pas et je vois Ellery Sinclair, Miss Toujours-Prête, qui tient un préservatif du bout des doigts avec un sourire aguicheur sur les lèvres.

– Tu as pensé aux préservatifs ? je demande en le lui prenant des mains.

J'en déchire l'emballage avec les dents.

– Ce moment était inévitable. Je le savais. Je m'y étais préparée.

Elle entoure ma bite de sa main et la presse entre ses doigts.

– Bon Dieu, j'en ai tellement envie, ajoute-t-elle.

Si je n'avais pas été déjà excité, cette remarque et son assurance auraient suffi à me mettre au garde-à-vous.

Elle m'observe pendant que j'enfile le préservatif et j'ai à peine terminé que ses mains sont sur mes fesses et qu'elle m'attire vers le lit tout en me disant ce qu'elle veut.

– Je veux que tu me baises, Ford. Longtemps. Profondément. Fort, murmure-t-elle contre mes lèvres alors que je prends ses seins dans mes mains.

Elle retient son souffle.

– On prendra du temps pour les préliminaires une autre fois, mais là maintenant... tout de suite j'ai envie de toi. J'ai envie de ça.

Elle fait glisser sa main sur ma queue recouverte, et toute retenue est oubliée.

– Sur le lit, dis-je avec autorité.

Elle s'assied, le buste incliné vers l'arrière, les genoux écartés, la chatte exposée.

Putain.

Ce corps que j'ai découvert la semaine dernière – celui dont j'ai rêvé, sur lequel j'ai fantasmé – est encore plus beau que je pensais quand elle s'allonge devant moi, nue et désirante.

Et j'ai bien l'intention d'en déguster la moindre parcelle. La ligne de sa cuisse. La courbe de ses hanches. Le creux de ses reins. La pointe dressée de son sein rose. La saveur incomparable de sa langue.

– Tu es... sublime, je murmure en rampant sur le lit. (J'embrasse le creux d'un de ses genoux en passant le bout des doigts sur l'autre.) Magnifique.

Un autre baiser sur son mont de Vénus. Je la respire. L'excitation et Ellery sont une combinaison addictive. Sexy. Un baiser sur son ventre avant de passer la langue autour de son téton, puis de le sucer. Son dos s'arc-boute et un soupir s'échappe de ses lèvres, tellement érotique.

– Incroyable, dis-je sur ses lèvres avant d'y insérer ma langue pour un long baiser langoureux qui met toutes mes terminaisons nerveuses en alerte.

Elle fait courir ses ongles sur mon torse, et ma queue tressaute d'impatience, avant de les planter dans mes cuisses en me suppliant de la prendre.

Elle n'a pas besoin de le demander deux fois.

Je m'accroupis devant elle et, en m'aidant de ma main, je fais glisser le bout de ma queue de haut en bas sur sa fente. Sa moiteur brille dans la lumière tamisée quand je fraye mon chemin entre ses lèvres roses. Je la pénètre lentement, sans avoir besoin de plus d'encouragement que ses gémissements d'approbation. Et quand je suis totalement installé en elle, après que son souffle a marqué une pause et que son cou s'est tendu le temps qu'elle s'adapte, elle relève la tête et me regarde droit dans les yeux comme pour me défier de la conduire à l'extase.

Sa chaleur.

Son étroitesse.

Sa moiteur.

Oui, putain, oui, je vais le faire.

Je commence à bouger par douces et lentes poussées de façon à pouvoir prendre en considération chacune de ses terminaisons nerveuses. J'agrippe ses hanches à pleines mains tout en appréciant alternativement le masque de plaisir qui recouvre son visage et l'excitation incroyable que me procure le fait de me regarder la pénétrer puis ressortir de toute ma longueur.

Cette sensation... extraordinaire. Je voudrais aller vite, mais je fais un gros effort pour ralentir et faire durer le plaisir. Pour l'amener à la jouissance en même temps que moi.

– Ford. Oui, murmure-t-elle en agrippant les draps, ce qui me pousse à augmenter un peu le rythme.

À amener mon pouce sur le haut de sa fente pour ajouter un frottement à son clitoris. Son cri étranglé et sa respiration haletante suffisent à me faire savoir que je lui donne ce qu'elle attend tout en prenant ce que je veux.

Je la baise plus brusquement et je serre ses hanches plus fort quand l'urgence du désir prend le dessus. La pièce s'emplit des sons de nos corps qui s'étreignent. De mes allers et retours en elle. De nos respirations hachées.

Encore et encore.

Va et vient.

Oui. Maintenant. Plus fort. Oui, c'est ça. *Oh mon Dieu.*

Je serre les paupières pour me retenir, pour attendre mon tour, mais c'est une lutte acharnée alors que je malaxe son clito plus vite, plus fort.

Ses jambes se raidissent et son dos s'arque quelques secondes avant que son cri résonne sur les murs de la chambre.

Sa chatte se resserre comme un étau autour de moi et, putain, je pars. Je décolle, complètement.

– Elle, dis-je, mais rien qu'en la regardant, les yeux clos, la bouche entrouverte, les tétons dressés, je sais qu'elle ne m'entend pas. Elle est immergée dans sa propre extase.

– Elle.

J'étire son nom alors que la totalité de mon être au supplice s'embrase magnifiquement depuis mon bas-ventre vers ma queue et vers mes burnes.

Je balance mes hanches, ma conscience s'évanouit et j'accueille les vagues successives d'une félicité absolue qui me traverse comme un flot brûlant de plomb en fusion.

Encore et encore.

Tout comme la palpitation de ses muscles qui m'enserrent.

Je passe une main entre ses seins, le long de sa poitrine, et la chair de poule qui court sur sa peau.

Bon Dieu. *Cette femme.*

Je savais qu'elle serait exceptionnelle, que le sexe avec elle serait exceptionnel. Ce que je ne savais pas, c'était qu'à l'instant où je la posséderais, je désirerais la posséder de nouveau.

Et ça pourrait bien être un problème.

Mais, rien à foutre, je suis prêt à faire face à ce problème en la baisant encore et encore.

23

Ellery

C'ÉTAIT QUOI, ÇA ?

Je veux dire, je sais très bien *ce* qui s'est passé, mais... bon sang, *et maintenant ?*

Un sourire vient lentement effleurer mes lèvres quand je regarde l'esquimau dans ma main, car je sais très bien que la satisfaction que j'ai éprouvée est aussitôt remplacée par un nouveau besoin. Un nouveau désir que je tiens à satisfaire dans le noir et garder pour moi.

Je ferme les yeux et je souris, désireuse de revivre chaque moment délicieux que nous venons de partager. Et on ne va pas se mentir, c'était exceptionnel à tous les sens du terme.

Mais, maintenant, qu'est-ce qu'on fait ?

Comment est-ce qu'on continue, en tant qu'associés, alors qu'on vient d'ajouter un paramètre que nous n'avions pas prévu ?

Je m'agite sur mon siège dans la petite pièce que nous avons désignée comme notre cuisine. Elle n'a rien de spécial – une table, quelques chaises, un frigo –, mais elle a une vue incomparable sur la plage, même en ce moment où je suis assise dans le noir.

– On regrette, déjà ?

Sa voix de basse, profonde, résonne dans la pièce, suivie d'un parfum de savon qui témoigne de son passage dans la douche.

Je ne dis rien. En fait, je ne sais pas quoi dire, alors je continue de regarder par la fenêtre en mangeant ma glace.

– Bon, ben d'accord, murmure-t-il lorsque le silence se prolonge, avant de venir à côté de moi, de retourner une chaise sur laquelle il s'assied à califourchon. J'imagine que nous allons rester ici jusqu'à ce que tu trouves ce que tu veux dire.

Pourquoi faut-il qu'il soit aussi charmant ?

C'est un énorme problème parce que cela le rend irrésistible.

Il est censé être mon associé. Il est censé être éduqué et instruit, *pas* exceptionnellement doué pour le sexe. Il n'est pas censé être charmant et attentif, et compréhensif lorsque je ne trouve pas mes mots.

Sans demander, il s'empare de mon esquimau, croque dedans, puis me le rend comme si c'était tout naturel.

Apparemment, il n'a pas de problèmes pour partager... sauf avec Chandler.

Chandler.

Est-ce lui qui a déclenché tout ça ? Lui que je dois remercier pour une des meilleures expériences sexuelles de ma vie ? Je veux dire, le sexe pour la première fois avec quelqu'un est généralement un peu maladroit et embarrassé, et pas toujours aussi agréable. Bien sûr, les deux partenaires savent comment ça s'enchaîne, mais généralement, le rythme n'y est pas. La coordination et la connaissance des désirs de l'autre sont absentes.

Mais on peut compter sur Fordham Sharpe pour faire voler cette notion en éclats.

Mes cuisses se contractent au simple fait d'y repenser.

– Je n'ose imaginer ce que tu penses de moi, dis-je finalement.

– C'est-à-dire ?

– C'est-à-dire que Chandler était là à un moment donné, et que juste après, nous avons… *tu sais.*

– Fait l'amour, Elle. Nous avons fait l'amour. De façon assez extraordinaire, je dois dire. Est-ce que je devrais m'inquiéter que tu penses à Chandler là, maintenant, au lieu de penser à moi ?

– Ce n'est pas à lui que je pense. (Je soupire.) C'est à toi. À ce que tu penses probablement de…

– Premièrement, je pense que tu devrais arrêter de penser, dit-il en rigolant. Et deuxièmement, je commence à douter de moi et de mes talents si tu es si déprimée.

J'éclate de rire.

– Je ne suis pas déprimée. C'est juste que…

– Tu te demandes si on a fait une connerie, c'est ça ?

Il pose une main sur mes reins. Une décharge électrique me traverse à ce contact.

– Eh bien, on ne peut pas dire que ce soit ce qu'on a fait de plus intelligent.

– Tu regrettes déjà ? Seigneur ! Laisse au moins le temps à la langueur post-coïtale de s'estomper avant de commencer à regretter que j'existe, se moque-t-il. Tu parles d'un coup pour mon ego masculin ! Si le souvenir de l'extase n'est pas plus fort que la culpabilité, c'est que vraiment, je ne sais pas m'y prendre.

Je le regarde en coin et je ne peux empêcher un sourire de passer sur mes lèvres.

– Je ne regrette pas. Non. Et ton ego n'a pas de souci à se faire. Je n'ai absolument aucun motif de plainte.

– Alors, pourquoi es-tu assise dans le noir comme si tu te complaisais dans des états d'âme essentiellement féminins que je renonce à essayer de comprendre ?

– Parce que nous savons, toi et moi, que nous venons de faire une énorme bêtise.

– Peut-être. Ou peut-être pas. Seul l'avenir le dira, murmure-t-il.

Je me retourne pour lui faire face. Ses cheveux ondulés sont mouillés. Il n'est pas rasé, son regard est pur. Comment est-il possible pour un être humain d'être aussi beau ?

– Ford, je pousse un soupir hésitant. Comment allons-nous faire pour travailler ensemble après nous être vus nus, l'un et l'autre ?

Il me sourit d'un air moqueur.

– Tu as l'air d'oublier que ce n'était pas la première fois et qu'apparemment, ça ne nous a pas empêchés de travailler ensemble.

– Ce n'est pas ce que je veux dire, et tu le sais très bien.

– Ah bon ? dit-il d'un air faussement naïf.

– Non.

Il change de position sur son siège et son genou heurte le mien.

– Alors, tu veux dire comment allons-nous faire pour nous regarder, pour travailler côte à côte sans que je me rappelle l'effet que ça me fait quand je suis en toi ? Ou ton goût sur ma langue ? (Il soutient mon regard, et chaque partie de mon corps est *déjà* mise au supplice par le désir de me rappeler et de vivre tout cela de nouveau.) *Alors ça* ? Ça pourrait bien poser un peu plus de problèmes, mais j'ai le sentiment qu'on va très bien s'en sortir.

Ah, on peut dire que cet homme est un beau parleur. Malheureusement pour moi, je sais qu'il peut étayer ses paroles par des actes, aussi.

– Tu n'es pas inquiet pour la suite ?

– Tu veux dire au moment où nous allons terminer cette glace et où nous devrons aller nous coucher ? Ah oui, c'est vrai, je n'ai plus de chambre puisque le mur a été démoli, alors bien sûr, je suis inquiet à ce sujet. Je n'ai plus d'endroit où dormir.

– Tu n'es pas drôle.

Il rigole.

– Si, je le suis. Tu le sais bien. (Il pose la main sur ma cuisse, donne une petite pression et ne la retire pas.) Je ne sais pas ce que tu veux que je dise, Ellery. Il n'y a personne pour nous regarder l'un ou l'autre demander pardon publiquement. Franchement, c'est inutile, parce que, je ne sais pas pour toi, mais moi je n'ai pas honte de ce que nous avons fait. (Il me décoche un sourire enfantin qui devrait être interdit par la loi.) En plus, je n'ai plus de lettre écarlate[1] à épingler sur ta poitrine, donc, à moins que tu n'en aies apporté dans ta valise, personne n'en saura rien.

– Pourquoi tout est-il si facile pour toi ?

– Sans doute pour la même raison que c'est si difficile pour toi.

– C'est-à-dire ?

– C'est-à-dire que j'ai eu envie de toi dès le premier soir. Enfin pas exactement tout de suite. Au début, j'étais furieux contre mes frères et je voulais qu'on me fiche la paix. En tout cas, je n'étais surtout pas disposé à bavarder avec la première femme venue. Et c'est alors que tu... (il rigole) que, quelque part, tu as fait d'une situation merdique un moment agréable.

Et voilà, encore une fois, il est d'une franchise déroutante alors que la plupart des mecs se contenteraient de grogner.

J'ouvre la bouche et je la referme. Qu'est-ce que je peux dire ?

– Est-ce que ce serait plus facile pour toi si je disais, oui, c'était une bêtise ? Que ça nous démangeait, qu'on a gratté et que, maintenant, nous sommes assouvis ? Que c'était un coup d'une fois, que notre curiosité est satisfaite et que, maintenant, on peut continuer comme s'il ne s'était rien passé ?

Il dit toutes ces choses que j'ai prononcées dans ma tête, mais lorsqu'il les dit à voix haute, elles paraissent ridicules.

– En effet, oui, dis-je d'une voix de fausset.

Son sourire narquois me dit qu'il n'en croit pas un mot. Et moi non plus.

– Très bien. Bon, alors on va la jouer comme ça. C'était une bêtise. Une erreur scandaleuse, immorale, *gratifiante.*

Il se penche vers moi et, pendant une fraction de seconde, je retiens mon souffle, anticipant un de ses baisers

1. Référence au roman de N. Hawthorne. Dans la Nouvelle-Angleterre puritaine du XVIIe siècle, une femme convaincue d'adultère était condamnée à porter une lettre A rouge épinglée sur sa poitrine. (NdT)

enivrants. Je me raconte que je ne le veux pas, mais je suis terriblement déçue lorsque ses lèvres s'approchent de mon oreille, son souffle chaud venant chatouiller ma peau.

– Ford...

– Ce qu'il y a de bien avec les bêtises, c'est que parfois, il faut les faire plusieurs fois pour savoir si ce sont de bonnes ou de mauvaises bêtises. Je ne suis pas difficile, Elle. Les deux me vont, si c'est avec toi. (Il se penche en arrière et hoche la tête.) Maintenant, si tu veux bien m'excuser, je dois me trouver un endroit où dormir cette nuit. (Je relâche ma respiration lentement alors qu'il s'éloigne, sans me quitter des yeux.) Bonne nuit, Ellery.

Je le regarde s'éloigner. J'ai l'impression que ma tête, mon corps et ma raison sont pris dans un tourbillon infernal si bien que je ne trouve pas mes repères.

– Ford, dis-je lorsqu'il atteint la porte.

Je me lève, alors qu'il se retourne vers moi.

– Hum ?

– J'ai rompu avec Chandler il y a des semaines. (Je me balance d'un pied sur l'autre, en me tordant les mains.) Je ne sais pas très bien pourquoi j'éprouve le besoin de te le dire. Mais, en tout cas, c'est comme ça. C'est moi qui ai mis un terme à notre relation.

– Pourquoi ?

Ce n'est qu'un mot de deux syllabes et, pourtant, j'ai le sentiment que tant de choses dépendent de ma réponse. Je suis trop loin pour déchiffrer l'expression de son regard, et ça m'arrange.

– Justement. C'est à ça que je ne sais pas répondre. *Pourquoi ?*

Il baisse la tête un instant, puis me regarde de nouveau. La légèreté joyeuse qui s'y trouvait quelque temps auparavant a disparu.

– Je gardais mes distances parce que tu appartenais à quelqu'un d'autre, et je n'aime pas les situations fausses. C'est peut-être à toi de te poser la question du *pourquoi.*

Nos regards se croisent de nouveau au moment où des éclairs crépitent.

Lorsqu'il tourne les talons pour s'en aller, je dois faire un effort énorme pour ne pas lui courir après. Pour m'expliquer. Me justifier.

Mais je sais pourquoi je ne le fais pas.

Je sais que si je prononce les mots à voix haute, je n'aurai plus d'autre choix que de regarder la vérité en face.

Et je ne suis pas encore prête à le faire, parce que ça me flanque une trouille bleue.

24

Ellory

Douze ans plus tôt

– ELLERY ?

– Quoi ?

Après des heures passées devant mon ordinateur, j'ai les yeux qui larmoient et l'impression d'avoir un kilo de sable sous chaque paupière. Mes derniers partiels sont horribles cette année. Mais n'est-ce pas toujours le cas ? Or, dans la famille Sinclair-Haywood, seule l'excellence est admise. Même si ce sont les derniers examens de ma vie de lycéenne. Entacher le nom de la famille Haywood par un résultat médiocre est absolument inacceptable, comme on me l'a déjà dit sans ambages.

– Qu'est-ce qu'il y a ? dis-je d'un ton tranchant.

Je sais que je vais être réprimandée. Garland Haywood exige toujours le respect. Répondre ou se montrer insolente n'est pas considéré comme *respectueux,* même s'il est deux heures du matin, purée.

– Elle ?

Sa réaction est totalement opposée à celle que j'anticipais. Calme alors que je m'attendais à des cris. Soumise quand je m'attendais à de l'énervement.

Je lève les yeux et, immédiatement, je sais que quelque chose ne va pas.

Mes doigts s'arrêtent sur mon clavier.

Mon corps se raidit.

Et avant même qu'il prononce le moindre mot, je sais. J'ai déjà éprouvé cette sensation.

– Maman ?

J'ai dit son nom d'une voix rauque et le monde s'écroule tout à coup sous mes pieds.

– Ellery...

– Arrête de répéter mon nom, dis-je d'une voix forte.

Je voudrais ne plus jamais l'entendre de ma vie. Jamais. Il se met à parler, mais je me bouche les oreilles comme une petite fille. Comme je l'ai fait quand ma mère m'a dit que mon père avait disparu.

Il entre dans ma chambre, les yeux rivés sur moi, et chez un homme généralement dépourvu d'émotions, la larme unique qui coule sur la joue vient confirmer ce que je sais déjà.

Non.

Non.

Non !

Ça ne peut pas être vrai.

Pourquoi faut-il que ça arrive ?

Une deuxième fois.

S'il te plaît, pas deux fois.

Tu ne peux pas me faire ça, maman.

Tu ne peux pas me quitter toi aussi, putain.

Je me lève de mon bureau. À chaque pas qu'il fait vers moi, je recule en secouant la tête, en répétant le mot non, en boucle.

– Je suis désolé, Elle. Il y a eu un accident. Un chauffard alcoolisé a traversé la ligne médiane... je suis tellement désolé.

Je martèle son torse de mes poings alors qu'il essaie de me prendre dans ses bras.

Je ne veux pas de lui.

Je ne veux pas de ses paroles de consolation.

Je veux ma maman.

Maman, comment peux-tu me laisser ici, toi aussi ?

Je ne peux pas. Je ne peux pas revivre ça. Cette douleur constante qui ne s'arrête jamais.

Pourquoi m'as-tu quittée ?

Je suis déjà passée par là. Je connais le processus. Les étapes à franchir. Les mots à dire pour faire comme si j'allais bien. La douleur qui frappe lorsque la porte se referme... et que tout le monde est parti. La chaleur des larmes qui roulent sur mes joues et sur l'oreiller.

La comédie qu'on joue en disant que *ça va* aller... quand on sait que son univers est irrémédiablement, tragiquement changé.

Je ne revivrai jamais ça.

Je n'ai plus personne à perdre.

À présent, je suis vraiment seule.

Tous ceux que j'ai aimés sont morts.

Inerte.

Il n'y a pas d'autre mot pour décrire ce que je ressens. Je n'ai même pas l'énergie de demander *comment.* Je me sens...

Grise.

Le monde est privé de ses couleurs quand elle n'est plus là pour l'égayer.

Tout le monde part.

M'aimer n'est simplement par une raison suffisante pour rester.

25

Ellery

LES JOURS QUI SUIVENT S'ÉCOULENT dans une frénésie totale.

Ce n'est pas pour rien que les chantiers de construction suivent un planning strict selon lequel les différents corps de métier font ce qu'ils ont à faire. Où leur travail se fait dans un ordre donné. S'ils sont tous sur le chantier en même temps, il y a trop de monde. Des accidents peuvent se produire.

Mais nous ne sommes pas sur un chantier normal.

Nous avons tellement de phases différentes en cours à l'intérieur de notre petit univers. Certaines pièces sont mises à nu alors que d'autres sont en pleine transformation et préparées pour la mise en peinture et la réfection des sols.

Tous les artisans sont au travail, partout en même temps.

J'aime ce chaos. Les appels à dégager le passage. Les interrogations lancées sur la faisabilité de tout ça. La cacophonie qui m'attire ici et là et partout.

Et c'est bien d'être occupée. En ce moment, cela m'arrange de ne pas avoir une seconde à moi pour penser, parce que chaque fois que j'ai un moment de liberté, mon esprit va tout de suite vers lui.

Vers Ford.

Vers cette nuit, quelques jours plus tôt. Vers les sensations qu'il a évoquées et la question sans réponse face à laquelle il m'a laissée. Vers la franchise que cette question a suscitée et les réponses toujours en suspens.

Est-ce pour cela que je l'ai évité ? Que j'ai gardé mes distances ? M'assurant que nous ne nous retrouvions jamais tous les deux seuls pendant plus de quelques secondes, sous contrôle et toujours près des artisans ?

Et est-ce pour cela que nous accordons nos violons à ce sujet ? Du moins, c'est ce que je pense, parce que chaque fois que je vais dans les environs de la cuisine après que tout le monde est parti ou bien que j'allume la télé sans y penser, il a soudain besoin d'être ailleurs.

L'ironie, c'est que, en se faisant rare, il ne fait que renforcer mon envie d'être avec lui.

Et pas seulement pour le sexe, même si je n'aurais rien contre remettre le couvert une fois que j'aurai les idées plus claires.

Mais surtout pour son amitié. Pour nos conversations faciles qui peuvent être profondes ou superficielles, mais qui me font rire et me donnent le sentiment d'être appréciée.

Son absence renforce le fait que je suis souvent seule ici. Que je me sens seule.

Solitaire en un sens.

Chez moi, j'ai des amies. Même si je ne les invite pas souvent et que je ne les laisse pas trop pénétrer dans mon intimité, au moins j'ai quelqu'un avec qui aller prendre un verre après le boulot ou un café le dimanche matin. Je ne m'étais jamais rendu compte à quel point ces relations comptaient avant de ne plus les avoir.

Mais ici, il y a que moi. Il n'y a que Ford. Il y a un hôtel dans un désordre invraisemblable. Il y a très peu de contacts extérieurs à part un aller et retour rapide au supermarché à l'autre bout de la ville ou une conversation convenue avec le livreur de repas.

On est dimanche et, pour la première fois depuis que nous avons démarré les travaux, l'hôtel s'est vidé de ses ouvriers. Du fait de notre planning accéléré, différentes équipes sont sur place du matin au soir. Et même si cette agitation est débordante, elle empêche aussi les moments de creux. Elle m'empêche de prendre conscience de ma solitude dans le silence, un exercice pour lequel je suis douée, apparemment. Surtout depuis que j'ai perdu ma mère.

Je lève les yeux vers le rooftop en travaux. C'est l'endroit que Ford a choisi pour en faire son pseudo-appartement – là qu'il dort et qu'il travaille. Là où il est en ce moment même, occupé à son autre boulot, les affaires de Sharpe International. En vidéoconférence avec des gens à l'autre bout du monde – ou sur Mars pour ce que j'en sais. Ou alors, si ça se trouve, il ne fait rien de plus que rester assis dans la même solitude que moi, mais en l'appréciant.

Fordham Sharpe.

Il était censé être zone interdite. Censé être du genre on regarde mais on ne touche pas. Et maintenant, je ne peux plus m'arrêter de penser à lui et dans les rares moments où les travaux le permettent, bien entendu, il ne trouve rien de mieux que venir me parler.

Mais je suis assez grande pour savoir comment se termine ce genre d'histoire. Et ce n'est pas par un happy end comme dans le livre que je n'ai pas terminé hier soir.

En même temps, les happy ends, ce n'est pas mon truc. Moi, je suis dans l'instant présent. Un peu de bon sexe et profiter du moment qui passe. Je me contente de présumer que le couple dont je lis les aventures restera soudé.

C'est peut-être pour ça que je ne lis jamais les épilogues. Peut-être que je sais que l'amour conduit invariablement au chagrin et à l'abandon, et je veux faire semblant de croire que ce ne sera pas le cas pour mes amis de papier.

Et donc, en sachant cela, en reconnaissant que tout ce que je recherche, c'est l'intimité physique et surtout pas le lien sentimental, comment comprendre que le fait de coucher avec Ford me fasse aussi peur ?

Est-ce parce que, pour la première fois de ma vie, j'ai quelqu'un de mon côté, qui croit en moi ? *Peut-être que j'attache plus d'importance à cela qu'à un orgasme fugitif.*

Mais en même temps, pourquoi ne pourrais-je pas avoir les deux ? Le soutien et le sexe jubilatoire ?

On est au XXIe siècle, après tout.

Je bois une gorgée de vin en contemplant l'océan et son horizon infini. On entend le cri des mouettes. Le bruit des vagues venant se briser sur la plage. Mes pensées défilent et l'idée prend corps.

Je veux recommencer avec Ford.

– Salut, toi.

Avant que j'aie le temps de réagir, Ford est assis à côté de moi, le buste incliné en arrière, les coudes dans le sable et les jambes allongées, croisées aux chevilles.

– Salut.

– Ça fait bizarre, ce silence à l'intérieur, dit-il en tendant la main pour tirer sur ma queue-de-cheval.

– Je sais. C'est en partie pour ça que je suis sortie.

– Est-ce que l'autre partie a quelque chose à voir avec moi ?

Il hausse un sourcil et nous nous regardons dans les yeux. Je hausse les épaules.

– Je comprends.

– Je connais la réponse à la question, *pourquoi*, Ford. Peut-être que je ne veux pas le dire tout haut parce que ça paraît idiot.

– Comme j'ai dit... (Il bouge de façon à s'appuyer sur une main tout en repoussant, de l'autre, une mèche de mes cheveux derrière mon oreille. C'est un geste étrangement intime qu'il a l'air de faire tout naturellement.) *Je comprends.*

L'attraction sexuelle est toujours là. Cette nuit passée ensemble n'a pas suffi à la faire diminuer. En fait, je pense que l'avoir touché, savoir ce qu'il me fait ressentir, n'a fait que la rendre encore plus forte.

Pourquoi est-ce que je ne veux pas qu'il dise *Je comprends* ? Pourquoi est-ce que je voudrais qu'il exige une réponse et me traîne jusqu'en haut et me baise de toutes les façons possibles.

Peut-être ai-je envie d'être entendue.

Je passe le bout des doigts sur la barbe naissante sur ses joues. Ses narines palpitent à ce contact et ses lèvres s'entrouvrent, juste à temps pour que j'effleure sa lèvre inférieure de mon pouce.

– Ellery, murmure-t-il alors que son regard s'assombrit.

Sans préambule, je prends pour nous deux la décision autour de laquelle nous tergiversons. Je me penche et je pose mes lèvres sur les siennes. Notre baiser est doux, tendre, et il me laisse l'initiative. C'est ma langue qui cherche un accès en premier. Ce sont mes doigts qui glissent le long de son épaule et vont s'emmêler dans ses cheveux sur sa nuque.

Contrairement à l'autre soir, il n'y a pas de précipitation, pas d'urgence dans ce baiser. Il y a du plaisir. De la déférence. Nous testons prudemment l'eau dans laquelle nous avons déjà nagé, mais dans laquelle nous avons maintenant peur de nous noyer.

Je me laisse aller. À l'instant. À la possessivité de sa main sur mes reins. Au gémissement qui monte du fond de sa gorge. À la chaleur que son baiser insuffle dans tout mon corps. Au feu du désir qui brûle entre mes cuisses.

Notre baiser prend fin, ses mains encadrent mon visage et nos fronts s'appuient l'un contre l'autre. Nous restons assis comme ça quelques instants, sans échanger une parole, presque comme si nous en étions toujours à nous demander si ce que nous faisons est bien ou mal, ou quelque part entre les deux.

Et juste quand je m'apprête à m'écarter de lui, à rompre la douceur du moment, Ford prend la parole.

– Viens.

Il se lève brusquement et saisit ma main pour m'aider à me relever.

Il entrelace ses doigts dans les miens alors que nous traversons la plage vers l'arrière de l'hôtel.

Curieusement j'ai les nefs en pelote. Je suis à l'aise avec le sexe affamé. L'attirance animale. Le désir incontrôlable.

Mais si le baiser que nous venons d'échanger est une indication du sexe que nous allons avoir, cela me perturbe.

Je m'attends à entrer par la porte arrière de l'hôtel et je suis étonnée lorsque Ford me tire par la main pour continuer à marcher sur la jetée de planches.

– Non. Je t'emmène quelque part, dit-il de façon énigmatique en contournant le coin du bâtiment pour se diriger vers le parking.

Lorsqu'il m'ouvre la portière de la voiture, je le regarde, surprise.

– Cela fait deux semaines que nous vivons, que nous mangeons, que nous respirons dans cet endroit. Il est temps qu'on fasse une pause.

– Où allons-nous ? je demande en m'asseyant sur le siège passager.

Il se place entre mes genoux, debout à l'extérieur de la voiture, et incline la tête en m'observant.

– On va ressentir les choses.

– Qu'est-ce que tu veux dire ?

– Cela veut dire qu'on s'est embrassés. (Il pose une main sur ma cuisse et imprime une petite pression.) On va s'en tenir à ça pendant un petit moment. S'échapper de cette prison. Et une fois qu'on l'aura digéré, nous réfléchirons à ce que nous voulons faire après.

– Comme quoi ?

Son sourire est timide, mais ses yeux brillants de vie.

– Comme, peut-être, un autre baiser. Peut-être. Cela reste à voir.

– Et si je connais déjà la réponse à cette question ?

Il se penche vers moi et pose un baiser sur mon front.

– Alors, fais-moi plaisir, tu veux bien ?

26

Ellery

– MAIS COMMENT TU AS SU que ce truc existait ? je demande alors que la brise me chatouille la joue.

Je somnole, bercée par le clapotis de l'eau sur la coque du canot.

– Ce sont des ouvriers sur le chantier qui en parlaient. J'imagine que c'est une tradition locale. Une façon de faire revivre les premiers temps des pères fondateurs, ou quelque chose comme ça.

Il hausse les épaules et porte sa bouteille de bière à ses lèvres avant de la reposer et de reprendre la barre.

– J'ai pensé que ce serait sympa de faire une sortie en bateau, loin du chantier pendant un moment.

– C'est plus que sympa, en effet.

Je regarde les bateaux en ligne devant et derrière nous. Dans nos voiliers de douze pieds, on ressemble à des canards qui se suivent. Sur certains bateaux il y a quatre personnes, sur d'autres seulement une, et quelques jeunes qui manœuvrent le gouvernail tout seuls.

On entend des échanges de conversations d'un voilier à l'autre, des membres de la communauté qui se connaissent apparemment. Sur la côte à notre droite, les habitants qui n'ont pas de bateau, ou à qui on n'a pas proposé de les emmener, font des barbecues et se préparent pour une soirée de festivités.

Je reporte mon attention sur Ford, qui a l'air tout à fait à son aise avec la drisse dans une main et la barre dans l'autre. Ou du moins je pense que c'est comme ça que ça s'appelle, parce qu'il m'a balancé un tas de termes techniques et je ne me rappelle pas exactement lequel désigne quoi.

Il est beau dans le soleil couchant qui éclaire son visage et la brise du soir qui soulève ses cheveux.

– Tu as de la terre sur le front, dit-il. Attends, je vais te l'enlever.

– Ce n'est pas de la terre.

Je fronce le nez en rougissant et j'agite la main.

– Ne demande pas.

– Tu sais bien que je vais justement te le demander, si tu dis ça.

Il incline la tête.

– C'est quoi ?

– Un bleu.

– D'accord, dit-il en étirant le mot. Qui vient d'où ?

– J'ai lu dans mon lit hier soir, dis-je comme si c'était une explication suffisante, mais il fronce les sourcils d'un air interrogateur.

Donc je continue.

– Je me suis endormie et j'ai lâché ma liseuse qui m'est tombée sur le front.

Il éclate de rire et je suis sûre que les autres navigateurs nous regardent.

– Tu quoi ?

– Tu as bien entendu.

– Je ne me rendais pas compte que la lecture était une activité à haut risque. Et il était bien, ce livre, au moins ?

Je pense aux chapitres que j'ai dévorés. Le héros se battant pour l'héroïne. Les tiraillements. La scène de sexe incroyable qui s'ensuit où, je l'avoue, même si ça me gêne, je me représentais les personnages sous les traits de Ford et moi.

Et soudain, le *toc* suivi de mon glapissement lors de la chute de la liseuse sur mon visage alors que je m'étais endormie.

– Très bien.

– Pourquoi tu rougis, Ellery ?

Il incline la tête et me dévisage, son sourire s'élargissant comme s'il savait déjà.

– Pour rien.

Il rit de plus belle, sans me lâcher des yeux.

– Je devrais peut-être le lire, ce livre.

Le rouge de mes joues s'accentue.

– Je doute que les romans sentimentaux soient ton genre de lecture.

– Qui sait ? Je réserve beaucoup de surprises. C'en est peut-être une.

Il tend la jambe et me donne un petit coup de pied, le sourire fendu jusqu'aux oreilles.

– N'empêche, tu ferais bien de choisir des activités moins dangereuses pour occuper ton temps.

– Comme quoi ?

Pour toute réponse, il se contente de me décocher un sourire radieux et de balader sur moi un long regard langoureux et appréciatif. Ce qui me fait sourire en secouant la tête.

– Il y a deux ou trois choses qui me viennent à l'esprit.

Je l'ai bien cherchée, celle-là.

– Je n'en doute pas.

On entend une corne de brume sur notre gauche et quelqu'un pousse un cri avant de sauter dans l'eau. On dirait que l'alcool coule à flots sur ce bateau, mais apparemment ils s'amusent bien.

– Tu veux essayer ? dit-il en désignant la barre.

– Essayer quoi ? De nous faire chavirer ?

Il rigole, mais me tire par la main.

– Allez, viens, je vais te montrer.

J'avance à genoux vers lui, terrifiée à l'idée de faire tanguer le bateau et de perdre l'équilibre si je me mets debout.

– Où est-ce que je...

– Ici.

Il me dirige pour me faire asseoir entre ses jambes écartées, mon dos appuyé contre sa poitrine. Il nous fait sortir du défilé de navires avant de passer quelques instants à me donner des indications sur ce que je dois faire. Pour cela, il pose ses mains sur les miennes pour me montrer quand diriger la barre et quand border le foc. Au bout d'un moment, il me laisse faire toute seule, mais sans changer de place.

– Et voilà, m'encourage-t-il quand je prends le contrôle du foc pour la première fois et que le voilier vire dans l'eau.

Il pose son menton sur mon épaule.

– Tu seras une pro en un rien de temps. En même temps, il me semble que tu es douée pour tout ce que tu fais, alors ce n'est pas étonnant.

– N'importe quoi !

Je lève les yeux au ciel.

– Non, c'est vrai, je le pense. Et je trouve ça très bien.

– Qui t'a appris à naviguer ? je demande pour changer de sujet tout en me demandant si je ne barre pas trop brusquement. Tu as l'air très à l'aise sur un bateau.

– Mon père. C'était obligatoire pour les garçons Sharpe d'être instruits en toutes choses, dit-il avec un relent de sarcasme dans la voix.

À moins que ce ne soit de la mélancolie ? Je ne saurais vraiment dire.

– Parle-moi de lui.

Son soupir me fait clairement comprendre que ma question le met mal à l'aise, donc je n'insiste pas. Je le laisse poser son menton sur mon épaule et s'installer dans le silence.

– C'était un homme bien. Juste, mais strict. Un homme qui était parti de rien et qui avait réussi de façon exceptionnelle. Mais le seul dont je me souvienne, c'est *Maxton Sharpe le Milliardaire* qui faisait progresser son statut chaque année

– Je voulais dire, parle-moi du père qu'il était.

L'homme d'affaires ne m'intéresse pas parce que, visiblement, il était doué dans son domaine.

– Est-ce qu'il assistait à vos matchs de base-ball ou organisait des barbecues dans le jardin ? Parle-moi de *cet homme-là.*

Je perçois une tension chez Ford, presque comme si la question le prenait au dépourvu.

– Il était aussi présent qu'il pouvait. Ce n'est pas très facile d'être un père solo avec trois ados.

– J'imagine même pas.

– Mais ouais, il participait autant qu'il le pouvait, quand il n'était pas ailleurs à conquérir le monde. En même temps, il essayait de compenser l'absence de notre mère en en faisant toujours trop.

Il rigole comme s'il pensait à un souvenir en particulier, et je ne peux qu'essayer d'imaginer ce que « en faire trop » signifie quand on est milliardaire.

– Raconte, je l'encourage, tout en faisant tanguer le voilier un peu plus.

Mais comme le vent est tombé, il s'arrête plus ou moins.

– Vues de l'extérieur, nos fêtes d'anniversaires étaient extravagantes. Une loge au Yankee Stadium. Un saut en parachute pour nos dix-huit ans. On passait Noël au ski ou à l'étranger. N'importe où sauf à la maison qui nous rappelait notre mère disparue.

– Je suis désolée.

– C'était l'amour de sa vie. Il a eu des aventures après elle, mais jusqu'à sa mort, nous avons toujours su qu'elle seule avait compté pour lui. Nous n'avons jamais eu le moindre doute que nous étions le fruit de cet amour.

– C'est beau, dis-je, la gorge serrée par les larmes parce que je comprends cet amour. J'ai été témoin d'un amour semblable moi aussi. Mais tu ne trouves pas que ça fait peur ?

– Comment ça ?

– D'avoir connu un tel amour pour le perdre ensuite ? Que ce soit si facile de le perdre ?

Ford passe les bras autour de ma taille et me tire en arrière pour que je me détende contre lui. Je peux presque sentir le poids de ma question qui pèse sur lui.

– Mes deux frères ont convolé en justes noces au cours des dernières années, et ils paraissent si anormalement heureux que c'en est écœurant. (Son soupir exprime tout ce qu'il passe sous silence, à savoir à quel point il les aime en dépit des différends qui les agitent.) Je veux dire, le fait d'être mariés ne les empêche pas d'être des connards, mais l'amour qu'ils portent à leur épouse, l'univers familial qu'ils se sont créé avec elles, semble les avoir rendus meilleurs. Alors oui, je crois que certains risques en valent la peine.

– Hum, je fais en guise de réponse, en essayant d'étouffer les souvenirs.

La perte. La solitude qui résulte de la perte de ses parents.

Bien sûr, j'avais Garland, Joshua et Gregory pour me tenir lieu de famille, mais cela n'avait rien à voir. Exactement comme ce que ma mère avait dit ce jour-là, le couple qu'elle formait avec Garland était différent de celui avec mon père. Tout comme l'était la famille recomposée qu'ils avaient créée.

Garland n'a jamais dit un mot plus haut que l'autre, mais je n'ai jamais ressenti avec lui l'amour sans limites que je trouvais, blottie dans les bras de ma mère. C'était une figure paternelle, mais ce n'était pas un père. Il me prenait en charge, mais n'a jamais pensé qu'au-delà des besoins matériels, j'avais des besoins affectifs.

On ne peut pas dire que la maison était froide. On se débrouillait. On vivait côte à côte et on partageait des expériences, mais cela n'avait rien de commun avec l'environnement que j'avais connu dans mon enfance avec mon père.

Et puis, ma mère est morte et je suis devenue une pièce rapportée. Je suis passée au second plan. Et bien que ce n'ait jamais été dit explicitement, c'est par devoir qu'on me gardait comme un membre de la famille. À cause d'une promesse faite à ma mère le jour de leur mariage et pendant les six années où j'avais vécu sous leur toit.

Malheureusement pour moi, c'était tout ce que j'avais, et donc je l'acceptais. J'en avais besoin. Je prenais les restes, la famille de seconde main qu'on m'offrait, je les prenais parce que c'était ça ou rien.

Et les parts dans une entreprise dont je n'avais jamais pensé faire partie un jour devinrent la bouée de sauvetage qui me reliait à une femme qui me manquait atrocement, et la seule façon pour moi de pouvoir me raccrocher à elle, c'était d'occuper ma place dans la seule autre entité à laquelle elle avait donné naissance, à part moi, Haywood Rénovations.

Je tenais mes amis à distance par peur de souffrir ou d'être abandonnée.

J'avais des petits amis que je laissais m'approcher seulement pour les repousser quand ils devenaient trop proches.

Cela devint tellement plus facile d'envisager les relations de couple comme des transactions – une chose mutuellement profitable jusqu'à ce qu'elle ne le soit plus – plutôt que de risquer d'être anéantie encore une fois.

Plutôt que d'essayer de savoir si dans la vie l'épilogue pouvait être vraiment heureux, parce que, dans mon expérience, cette notion n'est qu'une vaste blague.

D'où ma situation avec Chandler et mon acceptation d'un mariage fondé sur un intérêt mutuel et non sur l'amour. Si les choses tournent mal, c'est plus facile de sortir d'un contrat dépourvu de sentiments que d'être anéantie par la fin d'une relation dans laquelle vous avez investi votre cœur.

Mais il y a eu la tempête.

Il y a eu Ford.

Et je ne sais pas très bien comment l'une et l'autre ont pu déclencher en moi des sentiments auxquels j'ai toujours opposé tant de résistance.

– *Hum ?*

Ses lèvres vibrent sur mon crâne, interrompant le fil de pensées qui ne sont pas appropriées en ce moment.

– Qu'est-ce que je dois comprendre par là ? Tu ne crois pas que l'amour – ou la possibilité d'un amour – en vaille la peine ? demande-t-il en posant un baiser sur ma tempe.

Je ne suis pas habituée à recevoir ces marques courantes d'affection. Aux petits baisers posés comme ça, pour rassurer. À une tête inclinée contre la mienne pour me consoler.

Et chaque fois qu'il le fait, cela me laisse interdite. Cela me fait prendre conscience du fait que Ford est tellement différent, tellement authentique.

– Je ne sais pas. J'ai tendance à penser que voir ses parents traverser ce genre d'épreuve, de deuil, te fait hésiter à devenir proche de quelqu'un.

Lorsqu'il hoche la tête, son menton heurte mon épaule.

– Mais ça peut aussi donner de l'espoir. Et toi...

– Et ta mère ? Tu t'en souviens ?

Il émet un petit rire tendre.

– C'était une personnalité hors normes, et ce n'est pas rien en comparaison avec mon père. J'ai de vagues souvenirs d'elle. Son sourire. Son rire. La façon dont elle « essayait » de regarder des films d'action avec nous, seulement pour nous faire remarquer tout ce qu'ils avaient d'irréaliste. Et je me rappelle l'intensité de son amour. C'était comme si elle savait qu'elle mourrait jeune. Elle nous couvrait de baisers, d'embrassades, de mots et de preuves d'amour. Nous savions tous que nous étions aimés.

– C'est beau.

– Oui, ça l'était, et ça l'est toujours. (Il se racle la gorge.) Mon père s'est efforcé de se montrer à la hauteur, mais ce n'était pas pareil. Et pourtant, je l'idolâtrais totalement. Et je ne parle pas de l'homme qui dirigeait Sharpe International. Celui-là, je l'admirais. Celui qui était mon idole, c'était celui que nous voyions dans l'intimité. Le père débordé qui faisait de son mieux et le mari dévoué qu'il est resté jusqu'à la fin.

Il serre les poings et sa voix se brise sous l'effet d'une émotion qui semble dépasser de loin la douleur d'avoir perdu son père.

– Ford... je ne sais que dire.

– Alors confie-toi à moi. Parle-moi de tes parents. De...

Nous sursautons tous les deux lorsqu'une voix sort d'un mégaphone situé sur le voilier à notre droite.

– Il est temps pour tous de retourner sur la plage. La fête va bientôt commencer.

– On ne va pas manquer la fête, quand même, dit Ford en posant ses mains sur les miennes pour m'aider à reprendre le gouvernail.

Malgré moi, je pousse un soupir de soulagement d'avoir ainsi échappé à la nécessité de répondre.

Mais je sais que cela a beaucoup à voir avec le fait que nous avons tous les deux subi la même perte… mais que nos histoires ont fini à différents endroits du spectre.

Et je suis encore en train d'essayer de comprendre à quoi c'est dû. *Et si je serai jamais capable d'avoir le courage de changer.*

27

Ford

– ALLEZ VIENS, ELLERY LE CÉLERI, dis-je en montrant la piste de danse installée pour l'occasion.

Des lampes sont accrochées tout autour de la place en béton du parc, un groupe joue des airs connus sur une scène à notre droite, et il y a un tas de stands de jeux et de restauration.

– Tu veux me faire croire que toi, Forham Sharpe, tu danses ?

Elle ouvre de grands yeux et un sourire illumine son visage.

C'était une bonne idée. De la faire sortir de l'hôtel. De voir la ville et de faire autre chose que travailler ensemble.

Elle se sentait piégée. Cela se voyait sur son visage et dans son irritabilité quand elle échangeait avec les entrepreneurs. Mais il n'y avait pas que ça. Il y a un truc qui la plombe. Ce qui s'est passé avec Chandler ? D'avoir couché avec moi ? Quelque chose avec son beau-père et ses frères ? Je ne sais pas, et elle ne semble pas désireuse d'en parler.

Cette femme est un livre fermé. Il faut juste que je trouve une stratégie pour l'entrouvrir lentement.

Et ce soir, c'est une première étape.

Il y a du feu dans ses yeux, un peu comme le soir de notre première rencontre. Une impertinence qui n'y était plus. Et, bon Dieu, ce que j'ai envie de l'embrasser.

– Je n'ai pas dit que je dansais bien… mais je n'ai pas peur de me ridiculiser. Personne ici ne me connaît. Il y en a peu que je suis amené à revoir, alors qu'est-ce que j'en ai à faire ?

Je l'attrape par la main et l'entraîne sur la piste de danse. Elle rejette la tête en arrière et rit très fort tandis que nous dansons sur je ne sais quelle chanson ringarde.

Nous dansons pendant ce qui me semble être des heures. Nous rions pendant ce qui me semble être une éternité joyeuse. C'est comme si s'être éloignés de la propriété avait enlevé un poids de nos épaules, un poids dont nous n'étions même pas conscients. Comme si les rôles que nous étions *tenus* de jouer étaient abandonnés sur le bas-côté.

Nous prenons part à une fête régionale toute simple, nous ne sommes ni associés ni collègues. Nous sommes des copains… et un peu plus que ça.

Son baiser tout à l'heure m'a pris au dépourvu. Je ne vais pas m'en plaindre parce qu'elle pourrait m'embrasser n'importe où, n'importe quand, et je ne m'en plaindrais pas… mais j'ai été surpris.

Surtout après que nous avions volontairement mis une distance entre nous au cours des derniers jours.

Et douloureusement, en ce qui me concerne.

Chaque effluve de son parfum. Chaque écho de son rire. Chaque soupir de frustration qu'elle poussait ne faisait que cimenter la marque qu'elle a laissée sur moi. Mon espace sur le futur rooftop est aussi éloigné que possible de sa chambre, mais n'est pas encore assez loin.

J'ai envie d'elle. Tout bonnement.

– Café et caramel aux amandes avec des cookies à la crème ? je demande en regardant à travers la vitrine du stand des glaces.

Quand je la regarde, Ellery plisse le nez.

– Beurk, non. Menthe aux pépites de chocolat et beurre de cacahuète.

– C'est un drôle de mélange.

– Pas plus que le tien.

– D'accord. Alors, glace au chocolat et cookies à la crème.

– Vraiment ?

– Vraiment.

– Non. C'est pas marrant. Menthe et pépites de chocolat et cookies à la crème.

– C'est ton dernier mot ? je demande en repoussant une mèche folle de cheveux derrière son oreille.

Son sourire illumine la nuit et je me rappelle comment nous en sommes arrivés là. L'autre proposition ferme et définitive que j'ai faite.

– Oui. Mon dernier mot.

– T'es dure en affaires, Sinclair, tu m'obliges à renoncer à l'un de mes parfums préférés.

– C'est équitable. Chacun de nous garde quelque chose et renonce à quelque chose.

Je hoche la tête.

– C'est vrai. Cinquante-cinquante.

Elle se met à rire en rejetant la tête en arrière pendant que je cherche dans ma poche l'argent pour payer nos glaces.

– Je te l'avais dit que c'était une bonne association, dit Ellery après quelques cuillerées de glace alors que nous déambulons sur le trottoir.

Donc... il y a une chose dont il faut qu'on parle, je murmure en lui faisant signe de s'asseoir sur un banc.

Ce qu'elle fait alors que nous observons un groupe de gamins dont les bâtons lumineux font les plus beaux cercles lorsqu'ils tournent les bras.

Elle pose la tête sur mon bras étendu sur le dossier du banc, en émettant un petit rire.

– Pas question de parler boulot quand je suis pompette. (Elle pointe son index sur ma poitrine.) Ce serait profiter de la situation.

Il y a un tas de trucs dont j'aimerais profiter, là maintenant en ce qui la concerne, et qui n'ont rien à voir avec le boulot.

– C'est toi qui as fait des propositions pour la glace, je me moque en mordant dans la mienne. Il faut qu'on lui trouve un nom.

– À quoi ? demande-t-elle, mais je vois immédiatement qu'elle a compris. Je pensais que tu voulais que ce soit une exclusivité Sharpe Signature ?

– C'est vrai, mais cela n'empêche pas qu'il lui faut un *véritable* nom.

– Tu veux dire que tu vas me laisser donner *mon avis* sur le nom ?

Je la regarde, avec ses yeux bleus magnifiques et ses joues roses, et je me retiens de me pencher pour l'embrasser.

– Bien évidemment. Cinquante-cinquante, non ?

– C'est juste... Je veux dire, le sens des affaires nous dicte de placarder le nom de Sharpe partout dessus, et donc je m'y étais résignée. Je ne m'attendais pas...

Mes lèvres trouvent les siennes en dépit de mes avertissements. Je ne fais que les effleurer, mais cela envoie en moi une telle décharge électrique que je dois faire un effort extrême pour m'écarter et en rester là.

– Cinquante-cinquante, je murmure. Donc, commence à penser à un nom.

Je sens qu'elle retient sa respiration. J'aime savoir que je lui fais cet effet. Que mon baiser lui fait cet effet. C'est incroyablement excitant.

– D'accord.

Elle hoche la tête en plantant ses dents dans sa lèvre inférieure et nous nous regardons en souriant comme des idiots.

– Merci. Pour tout ça, murmure-t-elle.

– Ça nous a fait du bien de sortir un peu.

– C'est vrai.

– Mais il est tard.

Aucun de nous deux ne bouge. Je poursuis :

– Et ça ne va pas être évident de trouver un Uber dans cette ville avec tout le monde qui a bu comme nous ce soir.

– Je sais, mais je n'ai pas envie de rentrer tout de suite. J'ai envie de rester assise ici avec toi sur ce banc, sous les étoiles, avec le bruit des rires dans l'air et le clair de lune sur nos visages.

– Ça alors, Ellery Sinclair, seriez-vous une romantique ?

Cela ne colle pas avec elle. D'abord le roman sentimental et maintenant, ça ? Cette femme est un tissu de contradictions, mais je ne pensais pas que le romantisme en faisait partie, et j'adore les découvrir les unes après les autres.

– Romantique ? Il faut croire à l'amour pour croire aux romances.

– Waouh. Sacrée affirmation !

Elle rit et repousse l'idée d'un haussement d'épaules.

Mais en même temps, qui *n'est pas* cynique juste après avoir mis un terme à une relation amoureuse ?

– Mais tu lis des romans d'amour ?

– Ces autrices sont douées pour écrire des scènes de sexe.

– J'aurais dû m'en douter, dis-je en éclatant de rire. N'empêche, tu les lis.

– Jamais les épilogues, dit-elle en levant le doigt pour renforcer son propos.

– Attends. Quoi ? Pourquoi tu ne lis pas les épilogues ? Qu'est-ce que tu leur reproches ?

Nos regards se croisent quand son sourire éméché s'estompe, et quelque chose passe dans ses yeux. Presque comme si elle avait laissé échapper ça sans faire attention. Cela ne dure qu'une fraction de seconde, mais cela me suffit pour voir qu'elle a baissé la garde. Je sais qu'il y a de la tristesse cachée derrière.

– Elle ?

Le mur est rebâti en un instant et recouvert par un sourire bravache.

– Je rigole. C'est une blague. Je veux dire, qu'est-ce que c'est qu'une romance, en fait ? Des coups d'éclat spectaculaires de façon que le gars remporte le concours de celui qui a la plus grosse quand il se vante auprès de ses potes et qu'elle se vante auprès de ses amies en leur disant à quel point il l'aime ?

Elle agite la main dans ma direction avant de terminer le soda qu'elle tient à la main.

Apparemment, Chandler n'a pas su y faire.

Mais je garde cette pensée pour moi, de même que je ne pousse pas plus loin mes questions sur son commentaire à propos des épilogues. Je me lève et lui tends la main.

– L'amour et la romance ne sont pas mutuellement exclusifs. Et ce ne sont pas toujours des gestes spectaculaires.

Elle lève les yeux au ciel et me pousse la poitrine.

– Présente-moi un homme qui sait faire ça, et je l'épouserai. (Elle se met à rire et se lève d'un bond en me tendant les mains.) Une dernière danse avant qu'on rentre ?

Nous rejoignons la piste de danse et nous mettons à danser sur le tempo.

Son corps contre le mien.

Son rire dans mes oreilles.

Ses paroles dans mon esprit.

Elle ne lit pas les épilogues. Elle ne croit pas aux happy ends.

28

Ellery

COMMENT A-T-IL SU QUE J'AVAIS BESOIN DE ÇA ? Une sortie. Un peu de temps passé à l'extérieur. Un peu de distraction, de malbouffe et de rire. *Tellement de rire.*

Je me laisse aller à cette sensation pendant le trajet de retour. Ma tête est sur son épaule, sa main sur ma cuisse, et notre chauffeur de covoiturage se moque pas mal de notre silence ou de nos rires toutes les deux minutes quand Ford me donne des coups de coude.

Cela fait un temps fou que je ne me suis pas sentie aussi bien. Insouciante. Le cœur léger. Ce n'est pas que je sois toujours sérieuse, mais j'ai beaucoup de mal à être suffisamment à l'aise avec quelqu'un pour me montrer telle que je suis vraiment. Pour baisser la garde et être moi-même.

Et maintenant que nous rentrons à l'hôtel, chez nous, je sais que j'attends plus de cette soirée.

J'ai envie de lui.

– C'est fermé, marmonne Ford en secouant la poignée qui refuse de céder.

Essayons par l'arrière.

– Je n'ai pas de clé pour la porte de derrière. Elle vient d'être changée et on n'a pas encore les clés.

Il me regarde et nous éclatons de rire en chœur.

– Sérieux ? On est enfermés à l'extérieur de notre propre maison, Ford ?

Il recule d'un pas et pose les mains sur ses hanches en se mordillant les lèvres, les sourcils froncés, l'air concentré.

– Je sais.

– Quoi ? Tu vas forcer la porte ?

Il secoue la tête de façon exagérée.

– Non. Mais les fenêtres du deuxième étage ne sont pas verrouillées.

– T'es dingue ?

Il se tourne vers moi avec un grand sourire, les yeux pétillants.

– De toi, c'est tout, dit-il en éclatant de rire avant de partir en courant sur le trottoir qui longe le bâtiment.

– Attends.

Je me précipite à sa suite, pas très assurée sur le sol qui tangue un peu sous mes pieds.

– Tu ne peux pas grimper là-dessus, dis-je en pointant du doigt le mur recouvert d'un treillis que Ford se prépare déjà à escalader.

– Pourquoi pas ? (Il se retourne en souriant.) On connaît les proprios. Il faut vivre dangereusement, Sinclair.

– Je te préviens, je ne te ranimerai pas quand tu tomberas en te brisant le cou.

– C'est la chose la plus romantique que j'aie jamais entendue, dit-il en riant avant de poser un chaste baiser sur mes lèvres.

Sans ajouter un mot, mais en riant beaucoup, Ford réussit à escalader le mur et à pousser l'une des fenêtres nouvellement installées pour l'ouvrir.

– Ah ah ! s'esclaffe-t-il avant de disparaître.

Je retourne en courant vers la porte d'entrée, riant tellement que j'en ai mal au ventre, et j'arrive juste au moment où Ford l'ouvre.

– Voilà, dit-il en se courbant devant moi.

– Tu es entré par effraction dans notre hôtel, dis-je en lui donnant une petite tape.

Il saisit mes poignets et les tient serrés contre son torse.

– C'est tout un art d'être aussi parfait, Elle.

– Oh, ça va. N'en rajoute pas, non plus.

Je lève les yeux au ciel, mais quand nos regards se croisent de nouveau, tout se met à tourner au ralenti. Je sens son souffle sur mes lèvres. Son cœur qui bat sous mes mains. Je vois le désir assombrir son regard.

– Tu sais ce qui me ferait tomber de mon piédestal ?

– Non, quoi ?

– De faire une *bêtise,* murmure-t-il en me dévorant des yeux.

– Ah bon ?

Nos corps se rapprochent l'un de l'autre.

– Oui.

Son regard glisse sur mes lèvres.

– Je trouve que c'est difficile d'être parfait quand on fait des bêtises à répétition.

J'avance mon visage si bien que nos lèvres se touchent presque.

– Dans ce cas, j'imagine que le moment est venu que nous en fassions une autre.

– Vraiment ? demande-t-il alors que je referme la porte derrière moi et que je m'agenouille.

Sa respiration marque un temps d'arrêt lorsque je lève les yeux vers lui, le sourire aux lèvres, et que mes doigts s'affairent sur les boutons de son pantalon.

– Bon Dieu, j'adore faire des bêtises.

Je ris en libérant sa bite que je prends dans ma bouche sans plus attendre. Il empoigne mes cheveux en une réaction automatique quand je le suce en l'aspirant jusqu'au fond de ma gorge.

– Elle.

Son gémissement suffit à attiser le désir de le posséder qui me consume.

– Seigneur, Elle.

Je caresse la base de son pieu tout en en suçant le gland. Je suis récompensée par le goût salé tandis qu'il serre les poings. Je le regarde, sa queue épaisse est lourde dans ma bouche, et cette vision m'excite. Les yeux mi-clos voilés par le désir et les dents plantées dans sa lèvre inférieure. Les tendons raidis dans son cou et les biceps bandés alors qu'il bouge sa main avec la mienne qui fait aller et venir sa queue entre mes lèvres.

– Arrête, sinon je vais jouir.

Ces mots m'aiguillonnent. Je le suce plus fort. Je l'enfonce plus profondément dans ma bouche. Je le sens grossir et durcir alors que je pensais qu'il l'était déjà au maximum. Avec un nouveau gémissement, il m'attrape sous les bras et me soulève pour écraser sa bouche sur la mienne, en étouffant mon cri lorsque sa langue se glisse entre mes lèvres.

Son baiser révèle un mélange d'exigence et d'égarement. De contrôle et de chaos. De désir et de nécessité.

Cet homme contrôle tous mes sens.

Toutes mes terminaisons nerveuses.

Toutes mes pensées.

Il dépose une dentelle de baisers le long de mon cou tout en pressant mon sein de sa main avant de venir en sucer la pointe à travers le tissu de mon tee-shirt.

Je frissonne au contact de la chaleur humide de sa bouche en même temps que je me tortille pour essayer de m'extraire de mon jean. De son autre main, il m'aide à le baisser puis me fait reculer jusqu'au comptoir.

Sans détacher sa bouche de la mienne, il me soulève et pose mes fesses nues sur le bar. Le froid de la surface me tire un petit cri suivi d'un gémissement. Avant même que j'aie réalisé pleinement, Ford a posé mes pieds sur ses épaules et sa langue va et vient le long de ma fente.

– Oh, mon Dieu.

Je prononce ces mots d'une seule traite en me hissant sur mes coudes pour regarder les mouvements de sa langue et ses doigts qui s'enfoncent en moi.

C'est érotique. C'est sexy. C'est une sensation extraordinaire. Son regard croise le mien par-dessus mon mont de Vénus alors qu'il fait des cercles sur mon clito avec sa langue tout en faisant aller et venir ses doigts en moi.

Mon corps se crispe à chaque caresse, chaque mouvement de sa langue, chaque souffle qu'il envoie sur ma chair la plus intime.

Je m'agrippe à ses cheveux et son visage se relève, montrant des traces luisantes sur le menton et la bouche de l'effet qu'il produit sur moi.

– Prends-moi. Tout de suite. S'il te plaît, dis-je d'une voix haletante.

Je supplie. Je demande. J'exige.

Son rire suffit à me faire savoir qu'il est prêt et en demande lui aussi. Je pousse un petit glapissement lorsque sa main entre en contact avec ma chatte hypersensibilisée. Une petite claque inattendue, mais tellement sexy que je manque jouir immédiatement. Là, tout de suite.

Mais avant que je me reprenne, Ford me pénètre comme un homme chargé d'une mission.

Et je ne vais pas m'en plaindre.

Il commence à bouger dès que je me suis ajustée à sa taille. Des poussées lentes et régulières qui me pénètrent profondément lorsqu'il se penche et capture ma bouche dans la sienne. Sa langue bouge en cadence avec ses poussées.

Mes ongles griffent son torse alors que mon corps se soulève de plus en plus. La boule de désir se contracte de plus en plus.

– Vas-y, bébé, murmure-t-il contre mes lèvres avant de se redresser.

Il laisse une main sur mon épaule pour me maintenir en place et commence à me pilonner.

Les sensations débordent.

La félicité monte.

Le désir retentit en une explosion de dévastation délicieuse.

La convulsion se libère en même temps que mon cri résonne dans la pièce vide lorsqu'un tsunami de plaisir me tire par le fond. Je suis totalement submergée par la puissance de mon orgasme.

– Comme ça, c'est bien, chuchote-t-il en allant et venant infiniment lentement et en frottant mon clito de son pouce pour faire durer mon extase jusqu'au bout.

Je me contracte autour de lui. Encore et encore et encore. Mon corps tout entier est épuisé et dynamique en même temps.

Et ce sont toutes ces petites pulsations autour de lui qui le conduisent à l'extase. Son grognement est sauvage lorsqu'il commence à me baiser avec ferveur et urgence.

Ses doigts se plantent dans ma chair. Ses cuisses claquent sur les miennes. Sa queue va et vient en moi jusqu'au moment où il ne peut plus se retenir.

– Ellery, grogne-t-il, faisant pratiquement trembler les murs par la réverbération de l'orgasme qui le traverse de part en part.

Il ressemble à un dieu grec entre mes cuisses. La tête rejetée en arrière. La pomme d'Adam proéminente. Les épaules tendues. Les lèvres entrouvertes.

Je ne pense pas avoir jamais rien vu d'aussi sexy.

Je ne pense pas le revoir un jour.

Il s'écroule sur moi, nos corps sont couverts de sueur, mon tee-shirt que j'ai gardé est trempé lui aussi. Il appuie son front sur ma clavicule et se balance d'avant en arrière.

– Bon Dieu, meuf ! (Il pose un baiser entre mes seins.) Putain de Bon Dieu !

Je passe la main dans ses cheveux, savourant la sensation de nos cœurs battant l'un contre l'autre. De nos poitrines se soulevant à l'unisson.

– Est-ce que je dois prendre ça comme un compliment ? dis-je, moqueuse, en passant une mèche de ses cheveux autour de mon doigt.

– Mm... mmm. Les bêtises. C'est beau, non ?

– Seulement avec toi.

29

Ford

Vingt-six ans plus tôt

LE MONDE SE BALANCE À CHAQUE POUSSÉE DE SON PIED sous le porche. La balancelle grince avec le mouvement et, si je ferme les yeux, j'ai l'impression de tourner dans l'espace. Mais l'odeur du barbecue et les cris de mes frères jouant à Marco Polo dans la piscine me ramènent sur terre avant que j'aie même le temps de laisser libre cours à mon imagination.

Les doigts de maman jouent distraitement sur ma nuque.

– Tu ne diras pas à papa que j'ai pleuré, s'il te plaît.

– Ford, il n'y a pas de honte à montrer ses émotions.

Je regarde ma mère et je hausse les épaules. Ses cheveux châtain clair sont tirés en arrière en queue-de-cheval et ses yeux marron fixent les miens.

– Je suis un garçon. Les garçons, ça ne pleure pas.

– C'est n'importe quoi, et tu le sais très bien.

Je renifle.

– Papa dit que les hommes ne devraient pas montrer leurs émotions.

– Tu veux que je te dise un secret ? J'ai déjà vu ton papa pleurer.

Je lève les yeux au ciel.

– Ouais, n'importe quoi !

C'est impossible.

– Je te jure. Plusieurs fois même. Je m'en souviens parfaitement. Le jour de notre mariage, il a fondu en larmes quand il m'a vue avancer vers l'autel. Devant des centaines de personnes, mais il s'en fichait. Il a dit que c'était parce qu'il savait qu'il avait beaucoup de chance de partager sa vie avec moi.

Beurk. Des trucs d'amoureux, ça ne compte pas.

– Ça fait seulement une fois.

– Et je me rappelle le jour où vous êtes nés tous les trois.

J'adore l'expression de son visage. Je ne sais pas ce que je dois en penser, mais elle a l'air heureuse. Comme quand elle tenait le bébé de son amie et faisait ce bourdonnement étrange en le berçant.

– Vous étiez tous alignés côte à côte dans vos berceaux dans la chambre d'hôpital. Lui, il se tenait debout face à vous avec une expression que je n'oublierai jamais. D'amour. De fierté. D'incrédulité. Comme si vous étiez pour lui tout à la fois son univers et sa plus belle réussite. Là aussi, il a pleuré.

– Et toi ? Tu pleurais aussi ?

– Bien sûr que je pleurais. C'était un des plus beaux jours de ma vie.

– Pour lui aussi, tu crois ?

– J'en suis sûre. (Elle m'ébouriffe les cheveux.) Maintenant tu veux bien me dire ce qui te préoccupe, à part le fait que Ledger est méchant avec toi ? Parce que tu n'arrêtes pas de faire la tête aujourd'hui et ce n'est pas à cause de lui.

– Je réfléchis, c'est tout.

– Est-ce que c'est pour ça que tu ne vas pas jouer avec tes frères ?

Un autre haussement d'épaules tandis qu'elle continue à pousser la balancelle.

– Peut-être.

– D'accord.

Elle fait ce petit hochement de tête qui m'indique qu'elle m'écoute. Si c'est un petit hochement sec et bref, ça veut dire qu'elle n'est pas contente. S'il est lent, ça veut dire qu'elle est prête à vous écouter parler.

Mais je ne suis pas sûr d'avoir envie de parler.

Les étés passés à Sag Harbor sont ceux que je préfère. Il y a la plage et la voile et on peut jouer partout et n'importe où, tant que nous sommes rentrés avant la nuit.

– C'est à cause de tes frères ? Ils t'ont encore fait marcher ?

– Nan.

– Alors, qu'est-ce qu'il y a ?

– J'ai lu un truc qui m'embête, c'est tout.

– À propos de quoi ?

Elle se déplace de façon à passer son bras autour de mes épaules et m'attire contre elle. Elle garde sur elle l'odeur des citrons qu'elle vient de cueillir sur le citronnier et du savon qu'elle a utilisé pour les laver dans l'évier.

Je tire sur les jambes de mon short en restant assis patiemment comme si nous avions l'éternité devant nous. Mais je sais que non. Mon père a besoin d'elle. Ledger et Callahan aussi, probablement. Mais elle ne me fait jamais ressentir ça. Elle me consacre toujours du temps comme si j'étais seul au monde.

– À propos de papa.

Un nouveau hochement de tête lent.

– Et ça disait quoi ?

– Qu'il est sans toit ni loi.

Elle éclate de rire, mais s'arrête aussitôt en voyant ma perplexité.

– Je crois que c'était plutôt sans *foi* ni loi. Il est évident que nous avons un toit, dit-elle en montrant du doigt la maison exagérément spacieuse derrière nous.

– Ouais, d'accord. C'est ce que je voulais dire.

– Qu'est-ce que ça disait d'autre ?

– Oh, des trucs.

C'est plus facile de regarder mes doigts que de croiser son regard.

– Dis-moi.

Elle me presse l'épaule.

– Ça disait que c'est un homme sans foi ni loi, un coureur de jupons, condescendant et sans scrupule, qui fait passer le profit avant toutes choses.

– Eh bien, ces adjectifs-là, tu les as bien retenus.

Elle rit fort et pose un baiser sur le sommet de ma tête, absolument pas perturbée par les choses que je viens de dire, alors que je sais qu'elles ne sont pas flatteuses.

– Tu n'es pas fâchée ?

Maman se tourne et repousse les cheveux sur mon front avant de passer la main sur mon visage.

– Non, mon chéri, je ne suis pas fâchée.

– Pourquoi ? Tu te fâches quand Callahan me traite de crétin.

– Tu as raison. C'est vrai. Mais là, c'est complètement différent.

– Pourquoi ? Pourquoi tu ne te fâches pas quand ces gens disent ça de papa ?

– Je suis fâchée parce que ces choses ne sont pas vraies. Mais je me fiche de ce que les gens disent parce que ce n'est pas important.

– Pourquoi c'est pas important ?

– Parce que les seuls commentaires, critiques ou paroles qui sont importants pour toi, sont ceux qui sont prononcés par quelqu'un de ta famille.

– Toi, tu dis plein de gros mots quand tu es en colère, dis-je.

Je fais une grimace parce que je n'en reviens pas d'avoir dit ça tout haut.

Mais elle se met à rire en ébouriffant mes cheveux.

– C'est vrai, tu as raison. La plupart du temps, les paroles prononcées quand on est en colère sont blessantes. Mais je ne parle pas de ça. Je parle de ce que ta famille dit de toi. Comment ils te décriraient à un ami. C'est ce genre de remarques qui comptent. Tout le reste, ce n'est que du blabla.

– Je ne comprends pas.

– Dans ce monde, il y aura toujours des gens pour dire des choses sur toi. Bonnes. Mauvaises. Vraies. Fausses.

Tu es un Sharpe. Nous avons réussi, et c'est plus facile pour les gens de critiquer plutôt que d'admirer ce que nous avons accompli. Mais au bout du compte, quand on est vieux comme grand-papa et qu'on se retourne sur sa vie, c'est seulement ce que disent les gens qui vous aiment qui compte. C'est ce qu'ils pensent de toi – en tant que personne, en tant qu'homme, en tant que frère, que mari, tout ce que tu veux – qui est important et qui montre la vraie mesure de l'homme que tu es.

– On ne doit pas tenir compte de ce que les gens disent ?

Son sourire est doux.

– On peut, mais si ta famille n'a rien de bien à dire de toi, s'ils ne peuvent pas dire que tu étais une bonne personne, gentille, qui a aidé à rendre son monde meilleur, alors est-ce que la façon dont tu as vécu ta vie en valait la peine ?

30

Ford

DISSIMULÉE DERRIÈRE RODDY, elle me fait un petit sourire moqueur parce qu'il s'en est fallu de peu qu'il nous surprenne ce matin.

Je note mentalement de penser à ne pas laisser les clés aux entrepreneurs. De façon à éviter d'être pris en flagrant délit. Juste à la fin du délit. Profitant du délit.

Et nom de Dieu, quel délit ! Ses lèvres autour de ma queue. Ses joues creusées. Ses yeux bleus aux cils fournis rivés sur moi.

Il y a des avantages à avoir une associée. Je n'avais jamais pensé que ça pouvait en être un.

– Vous entendez ce que je vous dis ? demande Roddy.

Je secoue vigoureusement la tête comme pour empêcher mes pensées de vagabonder. En fait, elles ne vagabondent pas du tout. Elles sont exactement où je veux qu'elles soient… bien qu'elles me distraient.

– Oui, oui. (Je rigole.) On a tellement de trucs à gérer en même temps, parfois mon cerveau s'évade un peu.

– Sans blague. Je n'ai jamais vu un chantier où il fallait faire autant de choses en si peu de temps.

– Le temps, c'est de l'argent.

– C'est vrai, mais je dois reconnaître que Sinclair assure. Malgré un planning serré, elle fait en sorte que personne ne se marche sur les pieds.

– En effet. On a de la chance que ce soit elle qui coordonne tout ça. Ce projet serait un vrai foutoir sans elle.

Ellery me fait un immense sourire et un petit signe du bout des doigts avant de s'éloigner dans le couloir.

– Ouais, dit Diego en venant vers nous sans s'inquiéter qu'elle puisse l'entendre. Moi, je me la ferais bien. Putain. Je parie...

– Ta gueule, dit Roddy en donnant une claque sur la poitrine du plaquiste juste avant que je dise et fasse la même chose – *ou pire.*

J'ai le sang qui bout. Roddy continue.

– On ne dit pas des trucs comme ça, mon vieux. Un peu plus de respect, bordel.

– Oh, ça va...

– Diego.

Mon sourire est absolument glacial. Tout comme le ton de ma voix. Je lui tends la main.

– Fordham Sharpe. Je ne crois pas qu'on se soit déjà rencontrés.

Diego reste bouche bée et le moins qu'on puisse dire, c'est que sa poignée de main manque d'assurance. En même temps, peut-être que l'envie de meurtre qu'il lit sur mon visage explique sa mollesse et sa faiblesse.

Mon nom de famille peut provoquer ce genre de réaction parfois. Et là, ça me plaît bien, putain.

– Monsieur, dit-il, quand il finit par retrouver sa voix et après s'être raclé la gorge.

– Écoutez. Je ne sais pas pour vous, mais moi, on m'a appris à respecter les femmes. À les admirer. À apprécier leur compagnie. Pas à les considérer comme des « choses qu'on se fait ». Alors, que ce soit bien clair entre nous.

Je me penche vers lui en continuant de serrer sa main si fort que je suis sûr que son sang a du mal à circuler jusqu'au bout de ses doigts et, d'une voix basse, je poursuis.

– Si jamais je vous entends encore une fois parler de *mon associée* en ces termes, c'est la mort assurée de votre entreprise.

Il ouvre des yeux ronds.

– Oui, j'ai suffisamment d'influence pour ça. *C'est compris ?*

Diego me regarde atterré, bouche ouverte, en hochant la tête.

– Oui, Monsieur, dit-il dans un murmure.

– Parfait. Content que nous soyons d'accord. Vous pouvez y aller.

Je lâche sa main et il serre et desserre le poing pour rétablir la circulation. Je la désigne d'un mouvement du menton.

– Et vous devriez probablement faire contrôler votre circulation du sang. Elle n'a pas l'air au top, là tout de suite.

Diego déglutit avec difficulté en hochant de nouveau la tête et trébuche sur un carton posé là, avant de détaler précipitamment.

– Vous lui avez foutu la trouille de sa vie à ce pauvre garçon, il en a chié dans son froc, dit Roddy en rigolant. J'espère que ça lui servira de leçon.

– On peut toujours espérer. Mais merci d'avoir pris la défense d'Ellery.

Roddy vient de monter d'un cran dans mon estime. Il se racle la gorge et rougit légèrement.

– Faut dire qu'elle est canon.

Hum. Est-ce que j'ai bien compris ?

– En effet.

Je hoche la tête et je retourne au planning que je tiens à la main, considérant que le sujet Ellery Sinclair est clos.

– Donc, pour les install...

– Je me disais que si j'arrive à tenir tous ces connards à bonne distance d'elle, peut-être qu'avant la fin de ce chantier, je pourrai finalement tenter le coup et l'inviter à sortir avec moi.

Je m'étrangle brusquement.

Redescendu à zéro dans mon estime. Et même peut-être au-dessous.

Deuxièmement, l'expression *tenter le coup* n'a jamais semblé plus tordue qu'à cet instant.

– Waouh. Eh ben, d'accord, dis-je en restant aussi stoïque que possible tout en regrettant que, d'un seul coup, l'un des types que j'appréciais le plus sur ce chantier se retrouve relégué au même rang qu'un Diego.

Peut-être juste un poil plus haut.

– Vous pensez que j'ai une chance ? demande-t-il avec un regard avide et un sourire plein d'espoir.

– À peu près autant que moi – je lui donne un coup de coude – et ça ne va pas chercher loin.

Cette conversation me trotte dans la tête tout le reste de la journée. En arrière-plan d'appels téléphoniques en rapport avec mes responsabilités chez S.I.N. D'un appel à notre directeur d'hôtel au Japon au sujet du retour en ligne après une restructuration complète de notre tout nouveau complexe hôtelier. D'une révision de notre nouvelle campagne de marketing pour voir si un changement d'appellation de notre site à Aspen aide à attirer une nouvelle clientèle. D'une concertation avec mes frères pour m'assurer que nous sommes sur la même longueur d'onde.

Entre l'embauche d'un nouveau directeur d'hôtel, le règlement d'un problème sur une chaîne d'alimentation et une possible grève au complexe de la Napa Valley, cette semaine a été éprouvante, c'est le moins qu'on puisse dire. Il est pertinent que nous sachions ce que nous faisons ou avons fait l'un et l'autre de façon à pouvoir intervenir à la place de l'autre, si c'est nécessaire.

Et puis, il y a les tâches quotidiennes ici à l'auberge. Une visite de chantier avec le maître d'œuvre où nous listons les choses qui sont terminées et ajoutons des éléments qui demandent notre attention. Des discussions au sujet de la logistique. La résolution d'une engueulade entre une Ellery furieuse et un plombier qui refusait de recevoir des ordres... et, je suppose, surtout venant d'une femme, parce que lorsque je lui ai dit ce qu'il fallait faire, il l'a fait aussitôt. *Connard.*

La journée a été épuisante, mais satisfaisante. Exactement comme tous les autres jours, jusqu'ici.

N'est-ce pas ce que je recherchais en venant ici ? Travailler manuellement et voir un projet se matérialiser grâce à ce dur labeur ?

Et le mieux dans tout ça ? Le faire avec une associée, avec Ellery, et constater la joie et la satisfaction qu'elle tire de cette aventure, elle aussi.

31

Ellery

– PARDON ?

J'écarte mon téléphone de ma joue et je le regarde – comme s'il suffisait de le voir pour le croire – avant de le remettre en place. C'est impossible, j'ai dû mal entendre.

– Je disais que j'ai passé en revue la totalité du projet Revlon avec Gregory et je suis fortement impressionné par tout le travail préparatoire que tu as fait. Un travail remarquable. Tout simplement remarquable.

– Euh... merci.

C'est quoi le piège ? Pourquoi Garland me félicite-t-il aujourd'hui alors que c'est le même travail que j'ai toujours fait pour Haywood ?

– Le projet avance bien, je présume ?

J'ai l'impression d'avoir mis le pied dans la quatrième dimension.

– Oui. Très bien. La plupart du temps. (Je ris.) Tu sais comment ça se passe. Il y a toujours des ratés, mais dans l'ensemble, oui, tout se passe bien.

– Tant mieux. Je suis content. J'espère que ça va continuer comme ça.

– Merci.

Un silence embarrassé s'étire sur la ligne et je cherche quelque chose à dire pour le combler. Juste au moment où je m'apprête à parler, c'est lui qui le fait.

– C'est bientôt son anniversaire.

Ma gorge se serre en entendant ces mots et l'émotion, inhabituelle chez lui, qui les accompagne.

– Je sais.

Un nouveau silence. Un raclement de gorge.

– C'est toujours compliqué pour moi ce jour-là. Je n'imagine même pas comment c'est pour toi.

Je n'ai absolument aucune idée de ce que je pourrais répondre à cette remarque. Il n'a jamais dit ce genre de chose depuis qu'elle est morte. J'ouvre la bouche. La referme.

– Je voulais juste que tu saches que je penserai à toi, Elle. Et qu'elle serait fière de ce que tu fais parce que c'est exactement ce qu'elle aurait fait, elle aussi.

– Merci.

Je parviens à peine à prononcer ce mot, tellement ma gorge est serrée par l'émotion.

– Tu n'as pas à me remercier.

Après avoir raccroché, je reste plantée là, à regarder mon téléphone, rejouant la conversation dans ma tête et me demandant ce que cela signifie.

La sceptique en moi dirait qu'il appelait juste pour prendre la température parce qu'il espère décrocher un contrat avec S.I.N.

Mais il y avait autre chose dans sa voix, quelque chose dont la femme qui lit des romans sentimentaux, tout en faisant comme si elle ne croyait pas aux happy ends, a perçu des signes ténus.

Garland l'aimait.

Il l'aimait sincèrement.

Il se peut que je n'aie pas compris ni vu cet amour affiché de façon conventionnelle, mais il l'aimait.

Il y a clairement de multiples façons d'aimer. Les relations de couple ne se... *ressemblent* pas toutes.

Et on peut quand même être anéanti en la perdant, au bout du compte.

Et peut-être que cela me donne raison.

L'amour, c'est dangereux. C'est un truc à éviter à tout prix.

32

Ford

– ÇA AVANCE PAS MAL, NON ?

Je regarde en direction d'Elle, debout à la porte de la chambre que j'ai réquisitionnée pour y établir mes quartiers. C'est une grande chambre à côté du bar-terrasse. J'y ai apporté une vieille table qui me sert de bureau. Le lit est double, mais comme mon mal de dos me le rappelle constamment, le matelas est complètement nul. Mes vêtements sont accrochés au petit bonheur la chance dans un placard dont les portes ne parviennent pas à les protéger de la poussière qui recouvre tout apparemment. Loin de mes conditions de vie habituelles, mais on fait avec.

Mais ce n'est pas la chambre qui captive mon attention pour le moment. C'est la femme à la porte avec son jean usé aux genoux et son tee-shirt rouge partiellement sorti de son pantalon.

Elle est dans son élément et, en même temps, non.

Elle est faite pour l'élégance dans laquelle elle évolue normalement, et pourtant elle est parfaitement à l'aise avec ses bottes de chantier, la poussière dans ses cheveux et un crayon perché sur l'oreille lorsqu'elle dirige cette rénovation avec une perfection que j'ai rarement constatée chez les prestataires travaillant pour S.I.N.

Elle est intelligente. Elle est superbe. Elle est... *Putain,* Je suis drôlement mordu.

– Houhou, la Terre à Ford ?

Elle agite les mains devant elle pour attirer mon attention. Elle ne sait pas à quel point elle l'a déjà.

– Excuse-moi. De te voir là comme ça, ça me fait perdre le fil de mes pensées. (Son sourire s'élargit.) Qu'est-ce que tu disais ?

– J'espère que ta distraction était due à de bonnes raisons et pas parce que j'ai de la peinture étalée sur la figure ou un truc de ce genre.

– Tu resterais belle même avec de la peinture sur la joue.

– T'essaierais pas de m'embobiner avec de belles paroles ? demande-t-elle en avançant vers moi.

– Jamais, dis-je avec un hochement de tête. (Pas à moins d'y être obligé.) Eh oui, ça avance pas mal. Mieux que j'aurais cru.

– Ne va pas nous porter la poisse, dit-elle en riant. J'aimerais mieux que ça continue comme ça.

Elle considère lentement mon espace. Le lit fait. Le bureau de fortune. Les petits détails ici et là qui témoignent de mon existence.

– Tu sais que tu n'es pas obligé de rester ici, hein ? Je suis certaine que ta maison de Sag Harbor serait plus confortable et moins – elle passe un doigt sur la surface de la table en y laissant une trace – poussiéreuse.

– Ça, c'est sûr.

– Je sais que tu as plein d'autres trucs à gérer que ce chantier et donc...

– Tu me flanques à la porte, Ellery le Céleri ?

Je tends le bras et la tire par la taille pour la faire asseoir sur mes genoux. Je me rends bien compte de la tension qui s'empare d'elle quand je passe les bras autour d'elle et que je pose mon menton dans le creux de son épaule.

Les gestes affectueux la mettent mal à l'aise. C'est une chose que j'ai remarquée au cours de ces dernières semaines, depuis que nous sommes… quelle que soit notre relation. C'est étrange qu'une femme aussi passionnée puisse être perturbée par les contacts physiques quand ils ont lieu en dehors de l'acte sexuel.

– Je ne te mets pas dehors. Je me suis juste dit que tu pourrais avoir besoin d'une pause, loin d'ici, parce que Dieu sait que vivre sur son lieu de travail, ça peut te prendre la tête au bout d'un moment.

Elle a raison. Ça me l'a fait. Mais pas pour les raisons qu'elle croit. Je peux vivre n'importe où. Le luxe n'est pas une de mes priorités en dépit de ce qu'on peut penser ou imaginer à mon sujet.

C'est elle qui me prend la tête. J'ai envie d'être avec elle en permanence. Lorsqu'elle traite avec les entrepreneurs, pour pouvoir admirer l'aisance et la finesse avec laquelle elle les manœuvre. Lorsqu'elle est assise à la table de la cuisine dans le noir pour manger un esquimau quand les calories ne comptent pas. Quand elle a les fesses posées dans le sable, un verre de vin à la main et le visage tourné vers le soleil. Quand je m'enfonce en elle et qu'elle émet ce son venu du fond de sa gorge et qui semble exprimer un plaisir incroyable.

– Ça peut, en effet, mais je gère.

– Il paraît que tu as flanqué la frousse à Diego. À un moment, je suis tombée sur des gars qui se marraient à ce sujet, mais ils se sont tus lorsqu'ils m'ont vue. Tu peux m'expliquer ce qui s'est passé ?

Je rigole.

– Nan. J'ai réglé le problème. Tu n'as pas besoin d'en savoir plus.

– Pourquoi est-ce que j'ai l'impression que je devrais insister pour savoir ?

– Tu ne me fais pas confiance pour gérer les équipes ?

– Maintenant, je *sais* que je dois insister.

– Il s'est montré irrespectueux. Je l'ai remis à sa place en lui faisant comprendre pourquoi il avait intérêt à ne pas recommencer.

– Tu sais que je suis capable de me défendre, hein ? Que c'est courant que les femmes soient traitées comme de la merde dans le bâtiment ?

– Oui et oui, mais ça ne veut pas dire que je vais tolérer ça sur notre chantier. Ni que ça se vérifie en ce qui te concerne. Tu peux me trouver démodé. Tu peux penser que je suis con. Je sais que tu es capable de te défendre, et je crois t'avoir laissé toute latitude de le montrer, *mais*... si je n'avais rien dit, alors je serais aussi fautif que lui.

Elle hoche lentement la tête en appuyant le bout de ses doigts sur ma main. Quelque chose la tracasse. Elle est indéchiffrable la plupart du temps. Il y a des moments où j'ai l'impression que moi, je parle de tout et de n'importe quoi mais que, pour ce qui la concerne, elle s'arrange toujours pour faire dévier la conversation vers autre chose.

– Qu'est-ce que tu veux, Ellery ? je murmure près de son oreille.

– Qu'est-ce que tu veux dire ?

– Quand tout ça sera fini.

Elle se raidit et je rigole.

– Détends-toi. Je parle de boulot, d'objectifs, ce genre de choses.

Elle prend son temps pour réfléchir à la réponse, ce qui la fait paraître si différente de la pipelette que j'ai rencontrée il y a plusieurs mois. Alors, qu'est-ce qui a changé ? Elle soupire avant de répondre.

– Je veux terminer ce projet et... je ne sais pas. Est-ce que je vais obtenir la satisfaction, la revanche ou je ne sais pas comment l'appeler, que je recherche une fois que ce sera fini. Et si oui, est-ce que ce sera suffisant pour pérenniser mon statut ? Est-ce que Garland continuera de penser que je dois me contenter d'être belle et de me taire ? Est-ce que mes frères tiendront compte de mes opinions en tant qu'associée à égalité avec eux ?

– Mais tu m'as dit qu'il t'avait appelée pour te féliciter pour un travail que tu avais fait. Peut-être que les choses sont en train de changer dans ce domaine.

Elle fait une moue perplexe et hoche la tête.

– C'est possible. Je ne sais pas.

Je sens bien qu'elle est partagée.

– D'accord, disons que tout ça arrive. Le projet est achevé et c'est un succès. Attention spoiler – *c'est ce qui va arriver*. Mais disons que c'est fait, et que Garland se rend vraiment compte de ta valeur et que les connards se mettent à respecter tes avis. Si tout cela advenait, est-ce que tu considérerais que tu as réussi ?

– C'est bien la question, non ?

– Ma mère me disait toujours qu'au bout du compte, la seule chose qui importe dans la vie, c'est ce que ta famille dit et pense de toi. Dans le temps, j'y croyais sans réserves, mais pour être franc, depuis quelque temps j'ai plus de doutes. Et puis, nous parlons et je vois les difficultés que tu rencontres avec ton père et tes frères. Je te vois. Je te connais. Je connais ta valeur et je suis stupéfait qu'ils ne la voient pas, eux.

Et c'est vrai. Elle me fait prendre conscience qu'il y a une exception à la règle que ma mère m'avait donnée comme ligne de conduite.

La question est, comment cette découverte récente s'applique-t-elle à moi ?

Parce que je commence à comprendre qu'une partie de la raison pour laquelle la biographie a provoqué une blessure chez moi, c'est que j'avais toujours avidement recherché ces paroles venant de lui. Ses compliments. Son approbation. C'était vrai pour nous trois. Et comme dans toutes les familles, lorsqu'un parent donne quelque chose à l'un et pas à l'autre, cela crée chez celui qui reste le sentiment qu'il est moins aimé.

Et l'absence de commentaire à mon sujet dans la biographie a produit exactement cet effet – elle m'a donné le sentiment que je ne comptais pas. Et la négation de mes sentiments par mes frères n'a fait qu'ouvrir la blessure un peu plus.

Et puis il y a Ellery, exemple ambulant qu'il existe une exception à la règle.

Qu'elle peut faire la preuve de sa valeur indépendamment de ce que les autres disent.

Et je me demande comment je pourrais appliquer ça dans ma vie. Je me demande s'il est possible de prendre un peu de recul et d'ignorer ce que je ressens comme dévalorisant, parce que si ce que ma famille dit et pense de moi doit être le fondement de mon amour-propre, alors clairement, je suis déficient.

– L'idée de ta mère est bonne en théorie, mais peut-être qu'elle ne s'applique qu'à des familles fonctionnelles. (Elle rit.) Et Dieu sait que la mienne dysfonctionne de la façon la plus normale.

Elle se met à tracer de son doigt les lignes de ma main. Des secondes passent pendant lesquelles nous regardons ce qu'elle fait.

– Pourquoi ça t'a posé tant de problèmes ?

– Ce n'est pas le sujet, dis-je en cognant mon menton sur son épaule.

Elle parle. Je n'ai pas l'intention de ramener la conversation à moi. Mais en même temps, je trouve étrange que pour la première fois, j'aie vraiment envie de lui parler de la biographie. De ma réaction. Du sentiment de délégitimation que j'éprouve depuis. J'aimerais savoir ce qu'elle en pense. Savoir si elle me comprend alors que mes frères me trouvent ridicule.

– Ne détourne pas la conversation, dis-je en posant un baiser sur sa nuque. Tu n'as pas fini de répondre à ma question. À quoi ressemble la réussite professionnelle à tes yeux ? La réussite personnelle ? Je veux tout savoir à ce sujet, Ellery, et je ne te lâcherai pas avant que tu m'aies tout dit.

Je resserre mon étreinte autour de sa taille et je l'attire contre moi.

– Professionnellement, je crois que je m'interroge toujours. Et je pense que c'est normal. Est-ce que je suis obligée de travailler ? Non. Je peux passer un coup de fil pour aller chercher mon chèque chez Haywood et le déposer à la banque, mais ce n'est pas gratifiant à mes yeux. Peut-être que je ferai un autre projet comme celui-ci.

Elle désigne de la main la bâtisse autour de nous.

– À plus petite échelle pour m'éviter d'hyperventiler à l'annonce du prix d'achat.

– Tu étais un peu pâle en effet.

– Plus que pâle. Seigneur.

– Et j'ai volé à ton secours, dis-je, provocateur.

Je me prépare à la réaction qui ne va pas manquer d'arriver parce que si je la connais aussi bien que je le pense, Ellery Sinclair n'a besoin de personne qui vole à son secours.

Trois.

Deux...

– Tu n'es pas venu à mon secours. Je n'ai besoin de personne pour venir à mon secours. Je me défends très bien toute seule.

J'éclate de rire en rejetant la tête en arrière.

– Ça a été plus rapide que je croyais.

Elle me donne une tape.

– Et crois-moi, je sais mieux que personne ce dont tu es capable.

Je l'embrasse sur l'épaule.

– Bon, donc ça, c'est sur le plan professionnel. Et personnellement ?

– J'aimerais voyager. Mes parents étaient de grands voyageurs. J'ai des tas d'albums de photos qui documentent leurs voyages. Je pense que ce serait sympa de faire les mêmes. Aller aux mêmes endroits qu'eux. Faire les mêmes expériences. Cela peut paraître idiot, mais cela me permettrait peut-être de me sentir plus proche d'eux.

– Non. Je comprends. Mes frères et moi avons tous fait des choses pour nous sentir plus proches de nos parents depuis qu'ils nous ont quittés. Il n'y a absolument aucun jugement à avoir ni de calendrier pour le chagrin. C'est différent pour chacun. De plus, je pense que c'est une idée sympa d'avoir un passé à quoi se raccrocher.

– On verra bien si j'y arrive.

– Tu as acheté un hôtel sur un coup de tête. Je ne vois pas pourquoi tu n'y arriverais pas.

– Merci de croire en moi.

– En ce qui te concerne, c'est un fait acquis.

Son soupir mâtiné d'incrédulité me dit qu'elle s'apprête à réfuter mon commentaire, alors je lui pose une main sur la bouche.

– Reconnais-le, Ellery. Quoi qu'il en coûte, je sais que d'ici à la fin de cette aventure, tu acquiesceras quand je dirai ça au lieu de renifler avec dédain.

Son soupir me suffit pour savoir qu'elle a entendu. Et lorsqu'elle se met à lécher lentement l'intérieur de ma main, mon sang afflue à mon entrejambe sur lequel elle est justement perchée.

Je ris avec difficulté tout en retirant ma main en même temps qu'elle sourit.

Je ne me laisserai pas distraire par ses entreprises de séduction. Je veux dire, si, je suis distrait et je serai heureux de l'être encore, mais seulement après que nous aurons eu cette conversation. C'est un vrai miracle, putain, que cette femme se décide enfin à parler d'elle, alors j'ai bien l'intention de la pousser à continuer.

– Qu'est-ce qu'il y a, Ford ?

Elle se trémousse sur ma queue qui durcit.

– Il y a un truc qui te distrait ?

Je ferme les yeux et je retiens mon souffle alors que la chaleur de sa chatte passe à travers son jean et se répand sur ma bite.

– Nan. Pas du tout.

Je serre les dents et je la déplace pour qu'elle soit assise plutôt sur une de mes cuisses et moins sur mon érection. J'espère que cela va atténuer le désir qui m'enflamme, c'est un vœu pieux, mais ça vaut la peine d'essayer.

Ledger.

Callahan.

Ledger.

Callahan.

Penser à mes frères et le plus sûr moyen de me faire débander.

– Pas d'enfants ni de maison avec un jardin et une palissade blanche ? dis-je en serrant les dents alors qu'elle appuie sa main pour changer de position et frôle accidentellement ma queue sous la toile de mon jean.

Je retiens mon souffle et son sourire s'élargit.

– Les palissades blanches demandent trop d'entretien. La peinture s'écaille avec les intempéries. Un jour, peut-être, une palissade en PVC. Ou en fer forgé. Ça dure un peu plus longtemps.

Je me mets à rire. Bon Dieu, cette femme. C'est vraiment un personnage.

– Et les enfants...

– Tu te donnes du mal pour poursuivre cette conversation, hein ? murmure-t-elle en traçant le renflement de ma braguette de son ongle.

La sensation fait des ricochets tout du long jusqu'à mes burnes et mon bas-ventre tandis qu'elle se penche vers moi, sa bouche à quelques millimètres de la mienne.

– Et si on arrêtait de parler, Sharpe, et que tu employais cette bouche à bien meilleur escient ?

– C'est quoi, ton idée ?

Mes yeux vont de ses lèvres à ses yeux, puis à sa langue qui pointe pour humecter ses lèvres.

Quelle que soit sa réponse, je suis certain que ça va me plaire.

Elle vient effleurer mes lèvres des siennes.

– Eh bien, si on considère que nous sommes associés à égalité...

– Cinquante-cinquante, je murmure contre sa bouche.

– Il me semble bien que tu as eu tes cinquante ce matin et que moi, je suis encore là à attendre les miens.

Putain. Est-ce qu'elle me demande de lui brouter le minou ?

Pas besoin de le demander deux fois.

Fin de la conversation.

Libido en surchauffe.

– Je peux absolument remédier à ça.

– Tu peux ?

Un autre baiser.

– Quel genre d'associé je ferais si je me défilais devant mes responsabilités ?

Un glissement passager de ma main entre ses cuisses.

– Détestable.

Un coup de sa langue sur ma lèvre inférieure.

Les mains sur sa taille, je l'aide à se lever tout en détachant rapidement le bouton et le zip de son jean.

– Donc, je vais avoir besoin que tu poses ton petit cul sur ce bureau pour te prouver que je mérite de l'être.

Cinquante-cinquante, quelle bonne idée.

33

Ellery

– ELLERY, J'AURAIS BESOIN QUE TU AILLES chercher un truc pour moi.

N'est-ce pas ce que Ford m'a demandé ? D'aller en ville pour faire une course pour lui ?

Je ne peux pas dire que ça me dérange. Je ne suis pas très en forme ces derniers temps, depuis l'anniversaire de ma mère, alors une occasion de faire un tour en voiture avec les vitres baissées et de prendre l'air, c'était juste ce dont j'avais besoin.

Tous les kilomètres que je mets entre le chantier et moi me permettent de respirer un peu mieux.

Le chaos semble avoir été le thème de la semaine.

Je suis sûre que c'est Ford qui nous a porté la poisse quand il a dit que tout marchait comme sur des roulettes. Rien que cette semaine, un tuyau a explosé dans la zone de la cafétéria, un électricien est tombé d'une échelle et il a fallu le soigner, et on nous a refusé un permis à cause de je ne sais quelle subtilité des arrêtés municipaux.

Du stress, du stress et encore du stress.

Et tout ça alors que la date de la livraison du mobilier approche. Si les chambres ne sont pas terminées à ce moment-là, je ne sais pas où on va le stocker.

À propos d'horaire, il faut que je me dépêche d'aller récupérer ce truc et de rentrer.

Je regarde à nouveau l'adresse sur le texto que Ford m'a envoyé et l'immeuble devant moi. Ouais, c'est bien là. Pas exactement le genre d'endroit où on s'attendrait à trouver des matériaux de construction.

C'est un bâtiment bleu typique de Cape Cod avec des volets blancs et des bacs à fleurs aux fenêtres. On voit des femmes passer derrière les vitrines. L'une avec un verre de vin à la main. Une autre avec des papillotes en papier d'alu dans les cheveux. Instinctivement, je porte la main à mes cheveux. C'était quand la dernière fois que je les ai fait couper et que j'ai fait faire un brushing ? J'ai été tellement absorbée par les travaux, et par les moments passés avec Ford, que je n'y ai même plus pensé.

Je vais peut-être profiter de ce que je suis là pour prendre rendez-vous.

Mais quel est le rapport entre un salon de beauté et nos travaux de rénovation ? Ford a dû intervertir des chiffres ou se tromper en notant l'adresse.

Moi : TU ES SÛR QUE C'EST LA BONNE ADRESSE ?

Ford : OUI. BÂTIMENT BLEU. FLEURS ROSES ?

Moi : OUI.

Ford : DEMANDE MILLIE. ELLE EST AU COURANT.

Je fixe mon écran en secouant la tête.

– Bon, on verra bien, je marmonne en descendant de voiture, et je monte les marches.

L'endroit est spacieux et aéré. Des jasmins en pots exhalent leur parfum. J'attends à l'accueil que quelqu'un me remarque dans le bourdonnement feutré des voix et des sèche-cheveux.

– Je peux vous aider ? demande en souriant aimablement une femme aux cheveux châtain bouclés.

– Oui, je cherche Millie. Je suis venue chercher quelque chose pour Fordham Sharpe.

Son sourire s'illumine.

– Est-ce que ce n'est pas lui le meilleur ? Intelligent, gentil, beau, tout ça réuni chez une seule personne.

– Euh... oui, j'imagine, je bégaie, prise de court par ses remarques.

Elle agite la main devant moi.

– Vous avez tout à fait le droit de le dire, chérie. Je ne porte aucun jugement. Vous devez être Ellery.

– En effet. *Millie,* c'est ça ?

– Je plaide coupable.

Cette fois, son accent du Sud est plus perceptible.

– Je vais juste récupérer ce dont il a besoin et vous laisser travailler.

Mon sourire est poli, mais ça ne me plaît que modérément que cette femme s'extasie comme ça devant l'homme qui, ces temps-ci, occupe beaucoup plus de mon temps qu'il ne serait souhaitable.

Son éclat de rire attire l'attention de toutes les personnes qui nous entourent.

– Oh, ma chérie, vous n'allez rien emporter du tout.

– Qu'est-ce que vous voulez dire ?

Elle tend vers moi une chose qui ressemble à une lettre.

Je la regarde avec curiosité tout en ouvrant l'enveloppe pour en sortir la carte qu'elle contient.

Elle,

Tu travailles sans arrêt. Tu as bien mérité de faire une pause. Une petite relaxation. Millie a tout préparé pour toi. Un massage. Un soin du visage. Une manucure et pédicure. Et d'autres trucs que je ne connais même pas.

Et quand tu auras tout fait, il y a une chouette petite location de bord de mer réservée à ton nom pour la nuit. Le repas est commandé. Le vin est au frais. La propriétaire m'a assuré qu'il y avait quelques excellents romans d'amour à disposition pour que la détente soit complète. Profite de ce moment loin du bruit et de la poussière.

Quelqu'un m'a dit un jour que cet endroit pouvait te prendre la tête. C'est vrai. Profite de ce moment qui t'est réservé pour te décontracter. On se voit demain.

Ford

Sans que je sache pourquoi, j'ai les larmes aux yeux.

– Il n'est pas trop minable, si je peux me permettre, dit Millie doucement.

– Non. Pas du tout, même.

Je bats des paupières pour retenir mes larmes, mais malheureusement il y en a une qui s'échappe et roule sur ma joue, que je m'empresse d'essuyer.

– Il faut être un type bien pour s'apercevoir que sa petite amie a besoin d'un moment pour elle.

– Je ne suis pas... nous ne sommes pas...

Son rire m'interrompt.

– Vous pouvez nier tout ce que vous voulez, mais quand un type prend du temps sur sa journée pour faire plaisir à une femme qui n'est pas sa mère, alors je me dis que vous êtes plus qu'une amie.

Le rouge me monte aux joues et je ne sais pas quoi dire. Je hoche la tête.

– Bon, ben, disons que je suis un plus qu'une amie.

– Eh bien, c'est déjà quelque chose.

Elle me tend la main.

– Votre téléphone, s'il vous plaît.

– Pourquoi ?

– Parce que si j'ai votre téléphone, vous aurez une excuse valable pour ne pas répondre aux appels de boulot. Et parce que c'est ce que Ford m'a demandé de faire, et vous savez aussi bien que moi qu'il est impossible de dire non à un type comme lui.

Je lui remets mon téléphone à contrecœur. Ça me fait l'effet de lui donner un bras ou une jambe. Juste à ce moment-là, une alerte me signale un texto, mais elle se contente de sourire et le range dans un tiroir qu'elle ferme à clé.

– Maintenant que ça, c'est réglé, nous allons pouvoir commencer à vous dorloter. Sans perdre une minute de plus.

Je passe le reste de la journée à me faire chouchouter comme une princesse. Lorsque je demande si je suis censée boire de l'eau après mon massage, on me dit : « Le champagne, c'est fait avec de l'eau, alors pas de problème. » Quand on me demande de choisir une couleur de vernis pour mes ongles et mes orteils, je dis rouge parce que je sais que Ford a adoré mon rouge à lèvres la dernière fois que j'en ai mis. Lorsque je sors et qu'on me demande si je me sens détendue, les larmes me montent aux yeux et je hoche la tête en réalisant à quel point j'avais besoin de ce délicieux moment de répit.

Je me dis que je ne le mérite pas, tout ce chouchoutage et ces attentions, mais j'aurais mauvaise grâce à ne pas reconnaître à quel point je l'apprécie.

Toute la tension dans mes épaules a été dénouée. Ma peau rayonne. Mon corps est tout détendu. Et tout ça parce qu'il a remarqué que j'en avais besoin alors que je n'y prêtais pas attention moi-même.

Cette pensée tourne dans ma tête quand je monte les marches de la location dont Millie m'a indiqué l'adresse.

Je me sens comme une ado insouciante en ouvrant la porte et en voyant le lit immense et la baignoire sur pied dans laquelle je vais me plonger. Je passe les doigts sur les livres de poche – certaines de mes autrices préférées – et je savoure l'idée que la personne qui les a apportés connaissait mes goûts. Une planche de charcuterie est posée sur la table, à côté d'une boîte de fraises enrobées de chocolat, d'un bol de mélange apéritif sans les bretzels et d'une bouteille de cabernet. Les portes qui donnent sur le balcon sont ouvertes, offrant la même vue sur la mer que celle de notre auberge, mais je ne sais pourquoi – peut-être parce que je suis complètement détendue, peut-être est-ce l'effet de la journée que je viens de passer –, elle me paraît encore plus bleue.

J'appelle Ford dès que j'ai tout passé en revue.

– Donc, je déduis que tu n'as eu aucun mal à trouver ce que je t'avais demandé ? dit Ford en décrochant.

– Ford.

Ma voix se brise. Pourquoi ai-je le sentiment qu'on n'a jamais rien fait d'aussi gentil pour moi ? Voir que j'avais besoin d'une pause. M'offrir cette pause. Ne pas renoncer en se disant que si je prends cette pause, tout le travail va lui retomber sur le dos.

– Je ne sais pas quoi dire. Merci n'est rien à côté de tout ce que je ressens.

– Tu n'as pas à me dire merci. J'espère seulement que tu t'es relaxée sans chercher de moyens de t'échapper.

– Pourquoi j'aurais voulu m'échapper ?

– Dixit la maniaque du contrôle.

– Tu dis n'importe quoi.

– Vraiment ? Je parie cette bouteille de vin que tu es en train de déboucher que tu as eu du mal à abandonner le contrôle à quelqu'un d'autre pour la journée, même si ce quelqu'un, c'était moi.

J'éclate de rire parce qu'il a tellement raison. J'étais inquiète à l'idée de ne pas être là-bas. De penser que j'étais injoignable alors que quelqu'un pourrait avoir besoin de moi.

– Tu vois, je te connais bien. C'est pour ça que j'ai demandé à Millie de te confisquer ton téléphone.

– J'ai vu ça.

Je marque un temps de pause et, soudain, cela me traverse l'esprit.

– Oh, mon Dieu. Il s'est passé quelque chose, c'est ça ?

– Arrête de faire défiler tes textos comme une maniaque. Il ne s'est rien passé. Et même. Tu n'as pas confiance en moi ?

Il a raison. Je ne suis pas seule. J'ai un associé qui est tout à fait compétent.

– D'accord. Crise d'angoisse évitée.

Je m'assieds dans un fauteuil confortable, les pieds posés sur la table basse.

– Non, sérieusement. Ça... *tout ça...* c'était tellement attentionné. Je pense sincèrement que personne n'a jamais rien fait d'aussi gentil pour moi.

– Eh bien, c'est dommage parce que ce n'est qu'une goutte dans l'océan des choses que tu mérites, Ellery.

Le silence s'étire sur la ligne. Ce n'est pas un silence embarrassé, mais j'ai l'impression qu'il y a tellement de non-dits dans ce laps de temps que ni l'un ni l'autre n'arrivons à formuler.

– Est-ce que je devrais être jaloux de ces romans que tu as l'intention de lire ce soir ?

– La personne qui les a choisis a bon goût.

– C'est une façon codée de dire qu'ils comportent de bonnes scènes de sexe ?

– On peut dire ça.

Nous rions tous les deux. Je ne sais pas pourquoi je m'attendais plus ou moins à ce qu'on frappe à la porte et que ce soit lui, de l'autre côté, en train de me parler sur son portable.

Mais on ne frappe pas.

Il n'y a pas d'attentes.

Et je ne sais pas si je suis contente qu'il n'attende rien en retour de sa prévenance ou si je suis déçue qu'il ne vienne pas partager avec moi cette nuit loin de l'auberge.

– Merci, dis-je doucement. Que tu aies fait ça... ça compte beaucoup pour moi.

– Je pensais ce que j'ai dit. Tu as bien mérité ce break, et plus encore. Merci à toi de m'avoir laissé te le montrer. De m'avoir laissé te gâter. Maintenant, profite bien de ta soirée. Prends un long bain dans la baignoire. Profite de ce que personne ne te voit pour danser toute nue. Remplis ton verre une deuxième fois. Et on se voit demain matin.

Bon sang. Quelqu'un devrait écrire ça dans un de mes romans d'amour.

Non. Stop. Je ne veux pas qu'on le fasse parce que ce moment m'appartient.

Et je ne veux pas qu'on me l'enlève.

– Bonne nuit, Fordham comme l'Université.

– Bonne nuit, Ellery comme le Céleri.

34

Ellery

Sept ans plus tôt

– JE NE COMPRENDS PAS.

Je cligne des yeux encore et encore, comme si chaque clignement allait modifier la scène qui se déroule devant moi.

Ou modifier le dialogue.

– Il n'y a rien à comprendre, Elle. Je voulais juste que tu saches que nous... c'est fini.

Il va te demander ta main ce soir, Ellery. Josh Fitzpatrick va te demander de l'épouser, et vous vivrez heureux et follement amoureux jusqu'à la fin des temps.

Ce n'était pas ce que ma meilleure amie m'avait dit de sa voix chantante il y a quelques heures à peine ? Comment suis-je passée de ça à ça ? De l'euphorie à l'anéantissement ? Tout à l'heure, je me faisais faire une manucure pour avoir des ongles parfaits sur les photos quand j'exhiberais ma nouvelle bague et, maintenant, je regarde fixement le vernis en me disant que je vais vomir ?

– Josh. Je ne...

– J'ai rencontré quelqu'un.

– Qu'est-ce que tu veux dire par « rencontré quelqu'un » ? je crie.

Les larmes me montent aux yeux et ma voix résonne de façon caverneuse dans ma tête.

– Exactement ce que je dis. J'ai rencontré une autre femme.

Je me passe la main sur le visage en essayant de comprendre ce qui m'arrive.

– Tu m'as trompée ?

– Une relation de couple, ça ne devrait pas être si compliqué. Soit tu m'aimes soit tu ne m'aimes pas, mais je ne devrais pas avoir besoin de te cajoler pour que tu me le dises. Je ne devrais pas avoir besoin de fournir tant d'efforts pour que tu m'aimes.

– Mais je t'ai donné tout ce que je pouvais. Tout ce que je suis capable de donner.

Je fais un pas vers lui, mais il recule.

Bats-toi. Ne renonce pas à nous.

– Écoute, je sais que la vie n'a pas été tendre avec toi… mais tes angoisses d'abandon, je n'y peux rien.

Bats-toi pour moi.

– Je t'ai donné tout ce que je pouvais.

J'en vaux la peine – de se battre pour moi, de faire des efforts, de s'embêter –, je te le promets.

– Écoute, j'ai cru t'aimer. J'ai cru que je pourrais passer outre le fait que tu ne me le disais pas en retour. Mais j'ai rencontré quelqu'un… et là, j'ai réalisé que ce que tu m'apportais ne me suffisait pas.

Josh baisse la tête un instant avant de me regarder de nouveau.

– Adieu, Ellery.

Je le regarde partir alors que je voudrais le supplier de rester. Ses larges épaules. Sa haute stature. Mais la porte se referme.

Je t'aime.

Je t'aimais.

Je me forçais à y croire lorsque la pensée m'étouffait. Je m'autorisais à faire passer cette possibilité avant la peur.

Je me suis fiée à toi, Josh.

Je me suis autorisée à espérer.

Je me suis autorisée à croire.

Je me suis autorisée à aimer.

Même lorsque l'idée d'aimer me terrorisait parce que je connaissais la douleur qui l'accompagne.

Je me suis autorisée à aimer.

J'ai cru que cette fois, ce serait différent. Que j'avais droit à l'amour dont tout le monde parle. Que tout le monde finit par rencontrer quelqu'un.

Mais clairement, ce n'est pas le cas.

« *J'ai réalisé que ce que tu m'apportais ne me suffisait pas.* »

Je suis anéantie. Brisée.

D'accord, ma mère était assez forte pour essayer d'aimer de nouveau, mais je ne suis pas comme elle. Elle, elle n'a perdu que mon père.

Moi, je l'ai perdu, lui.

Puis elle.

Et maintenant, Josh.

Aimer conduit à perdre, même quand vous essayez de toutes vos forces.

Et surtout pour une personne comme moi.

« *J'ai cru t'aimer. J'ai cru que je pourrais passer outre le fait que tu ne me le disais pas en retour. Mais j'ai rencontré quelqu'un...* »

Il a raison. Il mérite l'amour que je ne suis pas libre de lui donner. Cet amour qui est une arme à double tranchant pour moi. Je ne peux pas lui en vouloir d'aspirer à autre chose.

De me quitter.

J'ai essayé.

Je me suis ouverte à lui et j'ai vraiment essayé.

Ça me servira de leçon.

Comme tout ce que j'ai aimé dans ma vie... c'est fini.

Plus jamais.

35

Ford

– ET DONC, C'EST QUOI LA VÉRITABLE RAISON qui vous a décidés à venir jusqu'ici pour me rendre visite ? je demande, allant droit au cœur du sujet autour duquel nous tournons prudemment depuis quelques heures.

J'ai été stupéfait de trouver Ledger et Callahan dans le hall de l'hôtel en train d'inspecter l'avancée des travaux. Nous ne nous liguons qu'en cas de problème grave. Ce n'est pas nouveau. Et là, ils se liguent contre moi.

C'est quoi le problème, bordel ?

Pourquoi sont-ils venus tous les deux ? Parce que, putain, ils se sont bien gardés de me donner une explication au cours de la visite du chantier. Tout comme pendant le déjeuner à l'extérieur où ils m'ont traîné de force. Et, en tout cas, certainement pas pendant notre session de rattrapage au cours de laquelle Callahan a vanté les exploits de sa fille et où Ledger s'est rengorgé en mentionnant la naissance imminente de son fils.

Miséricorde, penser qu'il y aura bientôt un mini-Ledger qui va courir partout. Un seul, c'était déjà un de trop.

Ils échangent un regard avant de reprendre leur contemplation de la mer depuis le bar-terrasse où nous nous trouvons. Aucun des deux ne me regarde. Ils sont si transparents que c'en est ridicule.

– C'est lequel de vous deux qui joue le gentil flic, du coup ?

– Pourquoi on ne serait pas là tout simplement parce qu'on avait envie de voir notre frère ? demande Callahan avec un sourire qui ne convainc pas.

Ce ton. Je le connais et je n'ai absolument aucune confiance en lui.

– C'est *toi* qui fais le gentil flic ?

J'éclate de rire et je donne un coup de coude à Ledger.

– Sérieux ? Callahan ?

Celui-ci me fait un doigt d'honneur. Je secoue la tête en guise de réponse.

– Alors, qu'est-ce qui se passe ? Parce qu'il est évident que vous n'êtes pas là par hasard !

– Tu ne réponds pas à nos appels, dit Ledger.

Toujours aussi professionnel. Je suis étonné qu'il ait mis tant de temps pour en venir au fait.

– Je réponds à beaucoup d'appels.

Juste pas à ceux dont je n'ai pas envie de discuter.

– Je reformule. Tu filtres les appels et tu sélectionnes les messages auxquels tu réponds. C'est mieux comme ça ? demande Ledger.

– Tu sais bien qu'on t'a manqué, dit Callahan.

– En effet. Comme toujours. Parfois. Sauf quand vous vous foutez de moi. Comme maintenant.

Tu parles qu'on peut compter les uns sur les autres ! D'accord, nous avons eu des moments difficiles il y a quelques années, mais une fois que Callahan s'est ressaisi et qu'il a oublié ses rancœurs, j'étais persuadé que nous allions dans la bonne direction de nouveau. Que nous étions là les uns pour les autres. Mais aujourd'hui... aujourd'hui, il y a ça. La biographie. Leur refus de reconnaître la façon dont elle m'a affecté. Et, de nouveau, nous retrouvons l'animosité et l'intranquillité, et je ne sais pas du tout comment régler le problème, putain. Et je n'ai pas l'intention de les laisser l'apporter ici. Il est temps qu'ils rentrent chez eux.

– Venez-en au fait. Je n'ai pas que ça à faire.

– Ça, je veux bien le croire, dit Callahan d'un air méprisant.

– Qu'est-ce que tu veux dire, là, putain ?

– Quelle susceptibilité ! dit Ledger en m'observant les bras croisés.

– Et voilà, il sort les gants, marmonne Callahan.

– Laissez-moi deviner. On doit faire front commun et donner une interview à la presse pour la sortie du livre. Dire tout le bien qu'on en pense en gardant un sourire de façade.

– Eh bien, en gros, le livre est plutôt bon, dit Ledger. Aucun de vous deux n'a dit le contraire quand vous avez reçu les épreuves.

– Tu te fous de moi, ou quoi ?

Il ne m'a pas écouté ? Il ne m'entend pas quand je parle ?

– Pas du tout. On n'est pas obligés d'aimer la moindre phrase qui s'y trouve, mais dans l'ensemble, c'est une assez bonne restitution de qui était papa. L'homme qu'il était. Pourquoi on ne voudrait pas en faire l'éloge ? Faire la promotion de ce qu'il nous a laissé ? Ce n'est pas comme si l'auteur avait fabriqué un tas de conneries. Il reprend les paroles de papa. C'est une tranche d'histoire, vivante, qui nous a permis d'en savoir plus sur lui. C'est un moyen pour nos enfants de voir l'homme qu'il était à travers ses propres mots. Tu ne le vois pas, ça ?

Je serre les poings et je fais la grimace.

Si, je le vois.

Bien sûr que je le vois, et que je le comprends, et que je reconnais qu'il y a du vrai dans tout ce qu'il vient de dire.

Mais est-ce que ça ne rend pas la douleur plus vive, justement ? Les enfants de Ledger connaîtront sa détermination à ressembler à leur grand-père. Ceux de Callahan apprendront tout de sa nature rebelle, mais aussi à quel point mon père admirait cette tendance chez lui.

Et les miens ? Les miens apprendront que leur père, c'était *Juste Ford.* L'homme qui était si quelconque que son père n'avait rien à en dire. *Et à cause de ce que maman m'a dit il y a longtemps, c'est l'opinion que papa avait de moi – ou, en l'occurrence, l'absence d'opinion – qui me démolit.* Et tout ce que je pourrai faire maintenant ne pourra rien y changer. Il n'est plus là. Je n'aurai pas de deuxième chance.

– Je le vois très bien. Et même plus. Le problème, c'est que vous ne le voyez pas, vous. Ou plutôt vous ne voyez pas ce qu'il y manque.

Il soutient mon regard et hoche la tête lentement.

– La discussion est close. Appelle Miguel et dis-lui de mettre l'hélico en route. J'ai une foule de choses à faire et je suis sûr que vous êtes prêts à rentrer chez vous. Vous avez fait tout ce chemin pour rien.

Le rire de Callahan est bas et provocateur.

– Pas vraiment pour rien. Je veux dire, c'est bien de savoir qu'on avait raison au moins sur un point.

– Laisse tomber, Callahan, avertit Ledger.

S'ils voulaient obtenir mon attention, c'est certain qu'ils l'ont maintenant.

– Ça veut dire quoi, ça, putain ?

– Arrête. La tension sexuelle entre vous deux est tellement envahissante qu'on étouffe ici.

– Il n'y a rien à dire à ce sujet.

On a passé moins de vingt minutes avec Ellery. C'est impossible qu'ils aient remarqué quelque chose. Il bluffe. Purement et simplement.

– Bien essayé, en tout cas.

– Bon Dieu. Quel baratineur !

Le rire de Ledger me tape sur les nerfs.

– Tu crois que je ne te connais pas, Ford ? Que je ne connais pas tes humeurs ?

Je m'avance tout près de lui, et d'une voix glaciale, j'attaque :

– Si c'est le cas, pourquoi tu n'arrives pas à comprendre que la promotion de ce livre, c'est une claque dans ma figure ? Pourquoi le fait de faire comme si ça n'avait pas d'importance est une bonne raison pour moi d'être furieux ?

– Parce que c'est débile, dit Ledger. Nous avons vécu cette vie. Nous connaissons papa. Nous savons ce qu'il ressentait pour chacun d'entre nous. C'est tout ce qui compte. N'est-ce pas ce que maman nous a appris ?

– Ouais, mais n'empêche, il avait des tonnes de choses à dire à votre sujet, tu ne crois pas ?

– Vous avez fini de vous disputer comme deux vieilles pies ? Il y a des choses bien plus importantes à discuter, comme le fait que Ford a besoin de se faire sauter pour se détendre un peu.

– Va te faire foutre ! disons-nous en chœur, Ledger et moi.

Et là, nous nous regardons et éclatons de rire.

Et en dépit de tout – leur visite inopinée pour faire pression sur moi, la biographie, leur volonté de donner des interviews –, c'est tellement bon de laisser tomber les masques et de simplement rire avec eux.

– Alléluia ! (Callahan regarde sa montre.) Enfin, on avance. Il a fallu rien moins que cinq heures pour en arriver là, mais c'est toujours bon à prendre.

Il sourit comme si c'était grâce à lui, alors que c'est loin d'être le cas.

– Et donc, poursuit-il, c'en est où l'histoire avec Dents En Biais ? C'est en route ? C'est fini ?

– Tu te l'es faite ? demande Ledger en ricanant comme un ado content de sa blague idiote.

Il ne m'échappe pas qu'il n'y a pas si longtemps, j'ai failli éclater la tronche de Diego pour avoir dit quelque chose de similaire. Et maintenant, je ris de mon frère en lui faisant un doigt d'honneur.

– Et si je te disais que non ?

– Et si je te disais que t'es qu'un enfoiré de menteur ? dit Callahan.

Et voilà la télépathie des triplés. Je n'ai pas besoin de dire un mot, ils connaissent la réponse d'avance.

Mais peut-être que je n'ai pas envie qu'ils connaissent la réponse.

Peut-être que je veux garder ça pour moi.

De plus, dès qu'ils sauront qu'il se passe quelque chose, ils n'auront aucune limite. Il ne manquerait plus qu'ils fassent peur à Ellery, alors qu'elle est déjà bien assez hésitante comme ça.

– Il me semble que je n'ai vu qu'une seule chambre. *Un seul lit.* J'aimerais bien savoir comment ça marche entre vous, dit Ledger.

– Un lit au rez-de-chaussée. Un lit ici, en haut. C'est comme ça que ça marche.

– Donc vous avez une grande variété de possibilités. Des lits. Des tables. Le sol. Le sable. C'est important pour une bonne sexualité, dit Callahan en haussant les épaules avec désinvolture. Je veux dire, Sutton et moi, on essaie de faire en sorte d'aller dans un endroit inconnu au moins une fois par…

– Stop ! Trop d'informations. Je n'ai pas besoin de connaître les détails de votre vie sexuelle, dis-je en levant les mains en signe de reddition. Pas plus que tu n'as à connaître la mienne.

– Donc, tu en as une, du coup ? demande Ledger.

– Lâche-moi, Ledge.

– Si tu ne me réponds pas, je vais aller lui demander moi-même. Tu me connais. Je ne suis pas timide.

Callahan se lève.

– T'as pas intérêt, putain !

– Oh, oh. Ça, ça veut dire oui ou je ne m'y connais pas.

Le visage de Callahan s'illumine d'un sourire victorieux. *Quel enfoiré arrogant !* Je n'en reviens pas d'avoir foncé tête baissée dans le piège.

– Je suis bien content de savoir que j'avais raison, insiste-t-il.

– Écoute. Elle sort tout juste d'une relation. On se fait plaisir. Ça ne vous suffit pas pour le moment ? je demande, tout en sachant que ça va un peu plus loin que ça.

Que, par exemple, je la voudrais toutes les nuits dans mon lit. À mes côtés tous les jours.

– Il est plus mordu qu'il ne veut l'admettre, dit Ledger à Callahan, comme si je n'étais pas présent dans la pièce.

– Ça ne fait aucun doute. Il est sur la défensive, en mode protecteur. Gravement mordu, répond Callahan.

– C'est pas vous, les mecs, qui disiez des conneries du genre les relations pansement, ça a du bon ? Du super sexe ? Pas d'attaches ? J'ai raté un truc ?

– Ouais. Et pas qu'un peu, dit Callahan dédaigneusement. Hé, Ledge ? C'était quand la dernière fois que notre petit Fordy a menti au sujet des femmes avec lesquelles il sortait ?

– Jamais, à ma connaissance, dit Ledger d'une voix moqueuse.

– Et alors, où voulez-vous en venir ?

– Et alors, tu es bien plus mordu que tu ne le penses. Tu peux en croire un mec qui est passé par là.

Callahan lève la main et nous nous mettons à rire tous les trois.

36

Ellery

« PEUT-ÊTRE QUE VOUS, PLUS QUE QUICONQUE, *êtes capable de ramener Ford à la raison et l'empêcher de faire quelque chose qu'il va regretter.* »

Les paroles de Ledger en sortant de l'hôtel au moment de repartir, visiblement remonté contre Ford, tournent en boucle dans ma tête.

Qu'est-ce qu'il a voulu dire exactement ?

Et qu'est-ce qui lui fait croire que moi, *plus que quiconque*, je pourrais lui venir en aide ?

Quand j'ai parlé avec les trois frères, tout semblait aller bien. Ils ont posé des questions, ils ont approuvé, disant qu'ils pensaient vraiment que cette idée de produit phare de la marque pouvait déboucher sur quelque chose, et ils m'ont associée à la conversation comme si je faisais partie de leur groupe.

Dire que j'étais un peu envieuse de leur lien de fraternité est un euphémisme. Moi qui n'ai jamais connu ça. Qui n'ai connu que la rivalité. Le mépris. La concurrence.

Donc je ne m'attendais pas cette remarque venant de Ledger.

Je devrais peut-être demander à Ford ce que son frère a voulu dire ? En même temps, cela ne me regarde pas. S'il voulait m'en parler, il le ferait. Et puis, lui poser la question voudrait dire s'occuper de choses qui existent en dehors de ce petit univers que nous nous sommes créé, ici à l'hôtel. Et je ne suis pas sûre à cent pour cent d'avoir envie d'y faire entrer l'extérieur pour l'instant.

– Tu ne m'as pas aidée, dis-je au bâtonnet de bois que je tiens à la main, dépouillé à présent de la glace et de l'enrobage de chocolat qui le garnissaient il y a quelques instants.

N'empêche, il se passe peut-être quelque chose et il a besoin de... réconfort ? D'espace ? *De moi ?*

Moi.

Pourquoi un homme comme lui aurait-il besoin de moi alors que, clairement, il gère tout lui-même ?

Entre ses affaires pour S.I.N. et l'hôtel, ce mec travaille non-stop sans jamais se plaindre ni la ramener. Certains jours, il décolle dans son hélicoptère pour se rendre à son bureau de Manhattan à cinq heures du matin et revient vers midi pour ensuite travailler encore environ huit heures sur le chantier.

Généralement, il connaît la réponse à toutes les questions que posent les entrepreneurs, même sur certains points ou problèmes qui sont de mon ressort, et je ne crois pas l'avoir jamais entendu demander de l'aide.

C'est un spectacle à lui tout seul, et c'est extraordinaire de l'observer depuis les coulisses et d'apprendre en se tenant à ses côtés.

Alors de quoi parlait Ledger ? Cette chose qu'il pourrait regretter ? Qu'est-ce qu'il ne me dit pas ?

Il ne fait pas de doute que sur le plan professionnel, il assure ; quoi que ce soit, ça doit être en lien avec sa vie privée. Sa famille. Parce qu'il me semble que rien n'existe pour Ford en dehors de son travail et de sa famille... *et de moi.*

Je réfléchis à ça un moment et me souviens de toutes les petites attentions qu'il a eues pour moi.

Bien sûr, il y a eu le salon de beauté de Millie et la chambre d'hôte. Mais il y a eu aussi les fleurs laissées sur la table de la cuisine après que j'ai dit qu'il n'y avait rien de vivant dans cette auberge. Un repas livré quand j'en ai eu marre de manger toujours les mêmes trucs que nous avions stockés dans nos placards de fortune. Un service de blanchisserie pour venir chercher mon linge sale. Une balade sur les planches quand Roddy m'avait rendue furieuse au plus haut point et que Ford savait que j'avais besoin de décompresser. Des soirées tranquilles quand je lisais mon roman et qu'il surfait sur Internet sur son portable, où nous trouvions du réconfort dans le silence.

Des choses simples qui, au bout du compte, me font sourire. Et rendent mes jours plus agréables.

Il est grand temps que je fasse quelque chose de gentil pour lui. La question c'est, *quoi* ?

Un bruit derrière moi me fait sursauter. J'étais tellement perdue dans mes pensées concernant cet homme que je ne l'ai pas entendu arriver.

– Excuse-moi. Je ne savais pas que tu étais là. Je ne voulais pas te faire peur, dit-il de façon distraite.

– Ça va ?

– Ouais, ouais, ça va.

Il ouvre le frigo, puis le referme. Fait la même chose avec le congélateur avant de s'asseoir pour se relever aussitôt et aller à la fenêtre pour plonger le regard dans l'obscurité.

– Tu n'arrives pas à dormir ?

– Ouais, je ne sais pas. Je... je ne sais pas.

Il y a quelque chose qui ne va pas. *Est-ce que c'est ce dont parlait Ledger ?* J'aimerais bien le savoir. Visiblement, Ford est perturbé et contrarié.

Exactement comme le premier soir où nous nous sommes rencontrés.

J'ai l'impression que ça fait une éternité, mais l'expression de son visage et le trouble dans son regard me rappellent vraiment ce soir-là.

Je voudrais pouvoir l'aider, mais je ne sais pas comment. Ce qui ne veut pas dire que je ne vais pas essayer.

– Ford ?

– Mm-hmm ?

Il continue de regarder droit devant lui, alors je me lève, abandonnant toute velléité de manger une deuxième glace. Sans réfléchir, je traverse la pièce plongée dans l'obscurité, vais vers lui, glisse mes bras sous les siens et les passe autour de sa taille.

Le baiser que je pose sur son omoplate me ressemble tellement peu et pourtant... étrangement, il me semble tellement normal, comme quelque chose que lui ferait pour me réconforter.

– La journée a été difficile ? je murmure dans son dos.

Il hausse les épaules en guise de réponse.

– Lorsque j'étais petite et que j'avais eu une mauvaise journée, ma mère me laissait venir dans son lit. Elle disait qu'il n'existe rien qu'un gros câlin ne puisse arranger.

Le souvenir m'est revenu sans prévenir. Le lit immense de ma mère. Ma tête sur sa poitrine et les battements réguliers de son cœur sous mon oreille tandis qu'elle jouait avec mes cheveux. La douce mélodie de sa voix quand elle me racontait des anecdotes rigolotes de moi quand j'étais bébé. De son enfance. De mon père. Les rires étouffés que nous partagions. Le calme qui m'envahissait quand je glissais dans le sommeil, bercée par le son de sa voix.

Il glisse ses mains sur les miennes posées sur sa taille. Je suis brusquement ramenée au moment présent, mais la chaleur de ma mère continue de m'envelopper de cette sensation douillette que je n'ai pas ressentie depuis si longtemps.

– Tu veux qu'on fasse un câlin ?

Je sens chez Ford une tension momentanée. Presque comme s'il savait ce qu'une telle question me coûte. Quel que soit le plaisir que j'ai pris – *et j'en ai pris beaucoup* – à mes ébats sexuels avec Ford, je n'ai jamais passé la nuit dans son lit. Ni lui dans le mien. Parce que cela paraît tellement... intime. Cela rend la situation trop réelle. Donc ma proposition me surprend moi-même.

– Tu es sûre ?

– Mm-hmm.

Nous traversons l'hôtel pour nous rendre dans ma chambre. Sans parler. Même lorsque nous nous brossons les dents. Ni lorsqu'il se dévêt pour ne garder que son boxer et moi mon débardeur et ma culotte. Ni lorsque nous nous glissons dans le lit. Ni lorsqu'il met la tête sur mon ventre, un bras posé lourdement sur mes cuisses, et que je joue distraitement avec ses cheveux.

Cela me semble… oserai-je le dire, *normal.*

Même le silence qui s'installe autour de nous n'est pas embarrassé. Je ne sais pas pourquoi je pensais qu'il le serait alors que nous vivons l'un près de l'autre, jour après jour depuis deux mois, mais clairement il ne l'est pas.

La respiration de Ford devient lentement régulière au point que je me dis qu'il s'est endormi.

– Mes frères sont furieux contre moi, dit-il doucement, me sortant brusquement de mon endormissement progressif.

– Je t'écoute.

– La biographie de notre père. Ils veulent que je soutienne le livre. Que je participe à la tournée de promotion et que je réponde aux questions des journalistes, comme ils le font. Moi, je ne veux pas.

– Tu as une raison particulière pour ne pas vouloir le faire ?

Son soupir résonne lourdement dans la pièce. C'est de *ça* que parlait Ledger. L'absence de participation de Ford et la possibilité qu'il le regrette.

Je ne vois pas pourquoi, moi, je pourrais le conseiller à ce sujet ?

– Pour dire la vérité, la biographie est super, dit-il. L'auteur a fait un travail incroyable pour ramener mon père à la vie. Il a souvent été mal jugé par le public, comme c'est généralement le cas lorsqu'une personne réussit comme il l'a fait. Des rumeurs, des ragots et des suppositions. Mais l'auteur a su tirer parti de tout ce qu'il a appris au cours de ses entretiens avec mon père pour le montrer tel que Callahan, Ledger et moi-même le connaissions et tel qu'il était vraiment.

– C'est un cadeau formidable d'avoir un portrait de votre père vivant, en quelque sorte.

Il marmonne quelques mots incompréhensibles, mais je saisis que c'est autre chose qui le contrarie.

– Il rapporte dans le livre des détails que j'ignorais totalement. Des anecdotes à propos de lui et de ma mère que je suis très heureux de connaître. Des éléments supplémentaires à propos d'événements dont nous ne connaissions que des bribes.

– Alors pourquoi est-ce que cela te contrarie autant ? Est-ce parce que vous avez vécu toute votre vie sous le regard du public et que tu aurais préféré que ces derniers détails que vous venez d'appendre restent d'ordre privé ?

– Je n'avais jamais vu les choses comme ça. Mais non. Notre vie scrutée en permanence et dans la lumière des projecteurs, c'est tout ce que nous avons toujours connu. Tous les succès, tous les échecs ont été décortiqués dans les pages people des magazines. Il y a même des photos de nous à l'enterrement de notre mère qui circulent. C'est un montage des triplés en deuil qu'un paparazzi a vendu pour une somme astronomique. Apparemment, rien ne les arrête.

– Je suis désolée. Cela a dû être dur pour vous de faire votre deuil sous l'œil des caméras.

– C'est comme ça. Ce que nous perdions en vie privée, nous le gagnions en privilèges que confère la notoriété. On le sait. On finit par s'y faire.

– Alors c'est quoi, dans cette biographie, qui te contrarie autant ?

– Il y a un chapitre consacré à ce que notre père dit de nous. Je ne suis pas satisfait de ce qui est dit et de ce qui ne l'est pas. Callahan et Ledger ne comprennent pas pourquoi cela m'affecte autant. Ils pensent que je fais ma chochotte et que je devrais dépasser ça.

J'aimerais le questionner plus avant, mais je ne le fais pas. Apparemment, il me donne une version abrégée de ce qu'il veut que je sache, de ce qu'il ressent. À sa place, je ne voudrais surtout pas qu'on me harcèle de questions à ce sujet.

– Tu ressens ce que tu ressens et ce qu'en pensent les autres ne compte pas. Tu n'as pas à te justifier. En ce qui me concerne, je sais que quand quelqu'un me dit comment je *ne* devrais *pas* être, cela ne fait que me pousser davantage à faire le contraire.

– Ton achat de cette auberge en est un bon exemple.

– C'est très vrai.

Mon rire vient rompre le silence tandis que j'enroule une mèche de ses cheveux autour de mon doigt.

Je me rappelle très clairement la réaction de Gregory et Joshua quand je les ai vus après avoir signé les documents dans la salle des ventes. La condescendance et l'incrédulité qui s'étaient affichées sur leur visage lorsqu'ils avaient appris que je m'étais, contre toute attente, associée avec Ford, un homme que visiblement ils jalousaient.

Lorsque j'avais acquis quelque chose pour moi, avec quelqu'un d'autre, et qu'ils n'avaient plus leur mot à dire. Non qu'ils l'aient jamais eu en réalité, mais dans leur esprit, c'était le cas.

« *Tu me fais rire si tu crois que Fordham Sharpe et ses frères égocentriques vont accepter la moindre de tes idées concernant cette auberge paumée. Il ne te prendra jamais au sérieux, et qu'est-ce que tu vas devenir ? Fauchée et à sa merci ? Une ratée dont tout le monde se moquera ?* »

Le sentiment d'être reléguée dans un coin, c'est ce que j'ai toujours ressenti avant de m'attaquer à ce projet. Avant de faire le grand saut. Je sais ce que ça fait d'être ignorée, en sachant que la seule façon de se montrer, d'être entendue, c'est d'y aller fort.

C'était ma vie. C'est ma vie.

Et peut-être que le fait de le savoir au fond de moi me permettra de réconforter un peu Ford.

– Ce désaccord, ce n'est pas le même que lorsque vous vous êtes disputés le soir de la tempête ? Le jour où nous nous sommes rencontrés, si ?

– Si, c'est ça.

– Alors, je vais te dire maintenant, ce que je t'ai dit ce soir-là, mais en termes plus simples. *Tu les emmerdes.*

Tu as le droit de ressentir ce que tu ressens. D'être ce que tu veux être. Point final.

– En théorie, ton conseil, ton plan, est sans faille. Pourtant, quelque part, je ne pense pas que ça va marcher.

Il rigole, et j'entends à sa voix que le sommeil le gagne.

– Et d'abord, comment ça se fait que nous parlons toujours de moi, Ellery le Céleri ? Pourquoi est-ce que tu te défiles toujours ?

– Je ne me défile pas, loin de là.

– Ouais, t'as raison.

– Je suis comme un livre ouvert. Tu n'as qu'à demander. Malheureusement, il n'y a rien d'intéressant à lire sur ses pages.

Je rigole.

– C'est un de tes nombreux talents en société.

– Quoi ?

– Te dérober, esquiver et changer de sujet quand la conversation se tourne vers toi. Faire une blague. En rigoler. Pourquoi as-tu si peur de laisser quelqu'un t'approcher de trop près ? Te connaître ?

– N'importe quoi. Je ne fais pas ça.

Mais je sais très bien que si. Il est seulement la première personne qui m'interpelle là-dessus depuis très longtemps.

Sans doute parce qu'il est le seul que j'ai laissé m'approcher d'aussi près depuis... depuis Josh.

– Si tu le dis, Elle. Mais à un moment donné, les gens cessent d'essayer de te connaître si tu les en empêches.

Ses mots me frappent presque aussi durement que le souvenir inopiné de ma mère. La personne à qui je me confiais sans réserves. Et tout comme mon père, elle m'a quittée. C'était une preuve suffisante qu'il valait mieux pour moi que je garde mes distances avec les autres. Parce que si on ne les aime pas, si on ne s'autorise pas à les aimer, alors on ne souffre pas lorsqu'ils nous quittent.

« *Mais à un moment donné, les gens cessent d'essayer de te connaître si tu les en empêches.* »

Ces mots tournent en boucle dans ma tête alors que nous parlons de tout et de rien. De nos équipes sportives préférées. Des trucs inscrits sur nos listes de choses à faire. De nos phobies. De nos premières amours.

Nous rions. Nous restons silencieux. Nous faisons connaissance à un niveau que nous n'avons pas atteint jusqu'ici. Et c'est seulement à deux heures du matin que nous décidons qu'il est temps de dormir.

– Bonne nuit Ellery le Céleri.

– Bonne nuit, Fordham comme l'Université.

C'est rassurant de sentir la chaleur de son corps derrière le mien, et le poids de son bras autour de ma taille.

Et soudain, en dépit du bâillement qui me vient aux lèvres, impossible de m'endormir. Impossible de m'arrêter de penser. À Ford. À cette soirée. À tout ce qu'il a fait et n'a pas dit. À la proximité que je ressens avec lui.

– Au fait, Ford ?

– Hmm ?

– Je sais pourquoi.

– J'en suis content pour toi.

J'adore qu'il ne me pose pas la question. Qu'il n'insiste pas alors que la plupart le feraient. Je pense que c'est la seule raison qui me décide à le lui dire.

En fait, ce n'est pas vrai. Je le lui dis parce que c'est important qu'il le sache.

– J'ai rompu avec Chandler parce que j'avais accepté de l'épouser pour de mauvaises raisons. Je n'ai jamais voulu l'admettre jusqu'à cette fameuse soirée où je t'ai rencontré.

Je prends une profonde inspiration pour me calmer avant de poursuivre.

– J'ai ressenti plus de choses en une soirée passée à te parler, à t'écouter, à rire avec toi, que je ne l'avais jamais fait avec *lui*, un homme que j'allais épouser. Je l'ai quitté parce que je n'avais jamais imaginé qu'on pouvait ressentir ça, et la possibilité de ne jamais le ressentir de nouveau m'a terrifiée.

Cet aveu me coupe le souffle. Pour une femme déterminée à ne jamais se laisser aller à ressentir, je viens de commettre un péché capital en admettant les sentiments qu'il m'inspire.

À quel point je veux ressentir ça de nouveau.

Et alors que je suis morte de peur à l'idée de le faire savoir à un monde qui a été si cruel envers moi, il me semble que je suis peut-être aussi un tout petit peu soulagée de l'avoir dit.

Et parce que Ford est Ford, il réagit de la manière qui me convient le plus. Il prend ma main et appuie un baiser sur ma paume.

– Tu mérites d'avoir tout, Ellery Sinclair. Le rire. Le bonheur. L'amour.

Si seulement je parvenais à le croire pour de bon.

37

Ellery

LES JOURS SE SUCCÈDENT.

Les matins deviennent des jours et les jours deviennent des nuits. Des moments que nous passons ensemble à travailler… à nous apprécier mutuellement dans tous les domaines.

Ce que je n'avais pas prévu, c'est que le soir où j'ai invité Ford à venir dormir avec moi marquerait le point de départ d'une habitude qui allait se pérenniser.

Ça s'est fait comme ça, c'est tout.

Le lendemain soir, il est venu me parler avant d'aller se coucher. Nous avions tous les deux besoin de prendre une douche, donc logiquement nous avons décidé d'économiser l'eau. Et ensuite, on s'est peut-être bien allongés sur le lit, enveloppés dans nos serviettes, et nous avons parlé pendant des heures avant de glisser dans le sommeil.

Et la nuit suivante, je l'ai appelé pour lui montrer une idée sur mon ordinateur. Il m'a donné son avis. Il m'a dit qu'il me faisait entièrement confiance pour décider. Et puis, il n'est pas reparti.

Nous n'avons pas discuté de cette transition. Aucun « Hé, que dirais-tu si je venais dormir dans ton lit de façon permanente ? ». C'est juste arrivé comme ça.

Et c'est arrivé d'une façon qui ne m'a pas laissé l'opportunité de flipper.

Et le plus étrange, c'est que je reconnais que c'est plutôt sympa de me réveiller avec lui à mes côtés. C'est rassurant de l'avoir là. Une présence. Une absence de solitude.

– On peut s'installer dans la maison de Sag Harbor si tu veux, dit Ford, appuyé contre le cadre de la porte. Je sais que ça fait un trajet en voiture, mais si on le fait ensemble, ce sera moins embêtant.

J'inspecte le granit fraîchement installé dans la salle de bains d'une des suites. La bordure est parfaite. La découpe est nette. Les joints bien droits. La qualité du sur-mesure artisanal.

Je suis impressionnée. L'installateur a fait du bon boulot.

Il me reste à en inspecter quinze autres exactement pareilles, mais avec un autre motif. Chacune de nos suites sera originale.

– C'est gentil. C'est une bonne idée en théorie, mais même sans les bouchons, on passerait deux heures par jour en transport. Ce serait du temps perdu qui pourrait être mieux employé ici.

Il hoche la tête.

– J'étais sûr que tu allais dire ça, mais je tenais à te le proposer quand même. En même temps, ils vont devoir démarrer les travaux dans ta chambre. Comment tu penses faire ?

– Je vais déplacer mes affaires. Je n'ai pas grand-chose. Je peux passer d'un espace libre à un autre ou...

– Ou tu peux venir t'installer avec moi dans mes appartements luxueux à l'étage. Est-ce qu'on ne s'était pas mis d'accord pour que ce soit la dernière chambre à laquelle on toucherait puisque c'est celle qui demande le moins de rénovation.

Je hoche la tête, le cœur battant la chamade. N'est-ce pas idiot que je ne voie pas d'inconvénient à ce qu'il dorme, *qu'il s'installe*, dans mon lit mais que je panique à l'idée d'emménager dans sa chambre ?

Je vais répondre moi-même. *C'est complètement idiot.*

Mon sourire est crispé.

– Oui, bien sûr. Ça va le faire.

Son rire résonne dans la salle de bains vide.

– À voir ta tête, on pourrait croire que je t'ai demandé si tu étais d'accord pour te faire amputer d'un bras ou un truc comme ça.

– Ce n'est pas vrai.

– Si, je t'assure, dit Ford en venant vers moi.

De l'index, il soulève mon menton pour m'obliger à le regarder.

– Je dirais bien que je te promets que je ne mords pas...

Il effleure mes lèvres d'un baiser qui me rappelle comment il m'a mordu l'épaule la nuit dernière.

– Mais tu sais que ce n'est pas vrai.

Le petit rire qu'il émet vibre jusque dans la tension qui se forme entre mes cuisses.

Qui aurait pu penser qu'une morsure d'amour pouvait être si excitante ?

– Essaierais-tu de me détourner de mon travail, Ford ?

Un autre baiser.

Un glissement de ses mains pour une pression sur mes fesses.

– Et j'y arrive ?

– Je ne suis pas complètement distraite encore. Je remarque qu'il y a un espace dans le joint entre la quatrième et la cinquième dalle.

Il glisse la main sous la ceinture de mon jean et la dirige tout droit vers cette tension.

– Les espaces vides sont des excuses.

Je réprime un petit cri lorsque ses doigts trouvent mon clitoris et s'insinuent dans ma moiteur juste au-dessous.

– Et la cuvette des toilettes doit être réinstallée. Elle n'est pas parfaitement de niveau. Ce n'est pas confortable de s'asseoir sur une cuvette de travers.

– Des détails. Tu es très douée pour les remarquer.

Il mordille le lobe de mon oreille en enfonçant ses doigts dans ma fente.

Je suis incapable de réprimer un gémissement. Impossible de lutter lorsqu'il atteint cette boule de terminaisons nerveuses à l'intérieur.

– Cette fois, j'entends que tu es distraite, dit-il en faisant courir la pointe de sa langue le long de mon cou.

– Il faut revoir l'étanchéité du coin droit de la cabine de douche.

Sa langue remonte le long de mon cou.

– Moi je connais un autre truc qui n'est pas *étanche*.

Je ris.

Mon rire se transforme en geignement lorsque je m'affale contre lui, les ongles plantés dans son biceps et le front appuyé sur son torse, quand le plaisir commence à monter. Quand ma tension s'amplifie. Quand sa respiration se fait plus courte et que sa main s'emploie à me conduire au bord de l'extase pour m'y plonger sans me prévenir.

– Bon Dieu, Ford, dis-je d'une voix haletante, alors que mon corps absorbe la vague de sensations qu'il vient de provoquer en moi. Qu'est-ce qui t'a pris ?

– C'était pour te convaincre que ça vaut la peine d'emménager dans ma modeste demeure.

Il me fait un clin d'œil.

Je lui donne une petite tape alors que ma respiration redevient normale.

– Sinclair ? crie une voix depuis le rez-de-chaussée.

Nous sursautons tous les deux.

– Je croyais que tout le monde était parti, dit Ford en retirant sa main d'entre mes cuisses.

Je reboutonne rapidement mon jean.

– Moi aussi, dis-je en chuchotant.

– Ellery ? répète la voix qui se rapproche.

– Ça sent le sexe dans cette salle de bains, dit Ford en regardant autour de lui comme si ça allait aider à faire disparaître l'odeur.

– Super. Bon. Et si on sortait de là pour que la personne en bas ne vienne pas jusqu'ici ?

Ford me pousse dans le dos.

– Toi en premier.

– Ouais. Génial. *Salut, qui que vous soyez*, avec la rougeur post-orgasme sur mes joues.

Il se met à rire. N'est-ce pas la seule chose à faire au point où nous ne sommes ?

– Eh bien, j'ai ton odeur sur la main, donc je ne peux pas aider à faire partir l'odeur.

Son sourire montre que tout ça l'amuse beaucoup.

– Je suis en haut, je crie depuis la suite en poussant Ford derrière la porte de la salle de bains pour le dissimuler au regard de Roddy au moment où il passe.

– Ah, vous êtes là, dit-il en s'arrêtant et en m'observant avec une expression bizarre. Tout va bien ? Vous avez l'air...

– J'étais juste en train de faire la liste des trucs qui clochent dans cette salle de bains. Ça m'a donné chaud. (J'agite la main devant mon visage pour faire passer le mensonge.) Vous venez faire la suivante avec moi ?

Il plisse les yeux. *C'est bon, Roddy. Laisse tomber.*

– Oui, bien sûr. D'accord.

– Qu'est-ce que vous faites encore là ? Je croyais que vous étiez rentré chez vous.

– Oui, en effet.

Il rougit en jouant avec ses clés avant de me les montrer.

– Je les ai retrouvées.

Qu'est-ce qui m'échappe là ? Pourquoi a-t-il l'air si nerveux ?

– Retrouvé quoi ? *Vos clés ?*

Mais s'il avait perdu ses clés, comment il a fait pour rentrer chez lui avec son camion tout à l'heure ? Pourquoi est-ce qu'il me ment ?

– Oui. Mes clés. *Ces* clés.

Il hoche la tête de nouveau lorsque nous pénétrons dans la seule autre suite de l'étage. Comme il ne dit rien, je commence à vérifier les installations de la salle de bains au cas où il croirait que je lui ai menti au sujet de ce que je faisais. La mauvaise conscience, et tout ça.

– Il y avait autre chose ? je demande en levant les yeux vers lui après avoir fini de prendre des notes sur ma liste de choses à revoir dans la suite.

– Non... mais j'ai bien fait de revenir. La dame qui fourrait son nez partout tout à l'heure était de nouveau là. Je lui ai dit que c'était une propriété privée et qu'elle devait partir, sinon nous appellerions la police pour intrusion.

– Quelle dame ? je demande, complètement perdue.

– La journaliste qui était là tout à l'heure ? Ou, du moins, elle a prétendu qu'elle était journaliste. J'imaginais que Ford vous en aurait parlé parce qu'elle s'est incrustée là dehors pendant des heures.

– Non, il ne m'a rien dit.

C'est quoi cette histoire ?

– Qu'est-ce qu'elle veut ?

– Elle veut une interview exclusive. En tout cas, c'est ce qu'elle cherche.

– Au sujet de l'hôtel ? Au sujet du livre...

– Ouais. Le livre. Elle veut savoir pourquoi les deux autres frères font la promotion et pas lui. Elle vise l'angle « Il y a du grabuge au paradis » ou une connerie comme ça.

– Ah, d'accord. Je n'en savais rien.

Moi-même, je n'ai pas de vraie réponse à cette question.

– Ford est au courant. C'est lui qui nous a dit de la renvoyer tout à l'heure.

Il jette un coup d'œil dans la salle de bains, puis me regarde de nouveau.

– Donc, vous voyez, en perdant mes clés et en revenant les chercher, je vous ai sauvé la mise.

La plaisanterie tombe à plat, mais son rire nerveux résonne dans la pièce vide.

Il y a un truc qui cloche.

– Il vous fallait autre chose ?

Il danse d'un pied sur l'autre en évitant mon regard.

– Roddy ?

– Non. Si.

Il continue à se balancer, visiblement incapable de rester tranquille, et me fait un sourire tendu.

– J'ai vraiment apprécié de travailler avec vous sur ce projet.

– Moi aussi.

– Et comme il ne reste que deux semaines avant l'ouverture au public, je me demandais si par hasard vous accepteriez de sortir avec moi pour fêter ce travail bien fait ?

– Bien sûr, j'avais déjà prévu de faire un petit truc pour tous les gens qui ont travaillé si dur sur ce chantier. Les grands esprits se rencontrent.

– Ce n'est pas… Ellery.

Il me regarde, puis baisse les yeux et, soudain, je comprends. L'agitation. La nervosité. Le fait d'être revenu pour chercher ses clés *perdues.*

– Je voulais dire rien que vous et moi. En tête à tête.

Je mets plus longtemps à comprendre ce qui se passe que lui à me poser la question et donc je le regarde, ébahie, en clignant des yeux et la bouche ouverte sous l'effet de la surprise.

– Euh… Je… Roddy…

– Hé, Rod. Qu'est-ce que vous faites encore là ? Il y a un souci ? demande Ford en entrant dans la suite, conscient ou pas qu'il tombe à point nommé dans cette situation pour le moins embarrassante.

Roddy sursaute et fait un pas en arrière.

– *Ford.* Je ne savais pas que vous étiez là. Je n'ai pas vu votre voiture devant. Je…

– Elle est garée à côté. Le parking était plein tout à l'heure.

Il me regarde, puis revient sur Roddy.

– Tout va bien ?

– Ouais. J'avais oublié mes clés, c'est tout.

Il les montre et les lâche involontairement. Elles tombent sur le sol avec un bruit métallique et il se penche gauchement pour les ramasser.

– Je bavardais avec Ellery, on se disait que le chantier touche à son terme.

– Oui, c'est fou ce que c'est passé vite, dit Ford.

À sa façon de regarder Roddy, je devine qu'il a entendu ce qu'il m'a dit. Qu'il m'a invitée à sortir. Et je ne suis pas à cent pour cent certaine de ce que je ressens en voyant la jalousie qui étincelle dans ses yeux.

Normalement, cela m'énerverait. Je n'appartiens à personne.

Mais je ne sais pas pourquoi, venant de Ford, je trouve ça sexy.

– Oui, c'est vrai.

Roddy recule de quelques pas et vérifie la porte pour la énième fois. Il est encore plus nerveux qu'avant.

– Encore merci pour tout à l'heure. La journaliste.

– De rien. Elle est revenue. Je me suis débarrassé d'elle.

– Vous voyez. Je savais qu'on pouvait compter sur vous pour avoir l'œil pour tout ce qui concerne ce projet.

Le sourire de Ford est électrique.

– Je vous raccompagne.

En sortant de la pièce, Ford se retourne vers moi et secoue la tête.

Il a entendu ce qu'a dit Rod, c'est clair.

Et comme il ne reste que deux semaines...

La remarque de Roddy tourne dans ma tête.

Est-ce que c'est ça qui me tracasse ? La raison pour laquelle j'ai été plutôt casse-pieds toute cette semaine ? Parce que, que cela me plaise ou non, Roddy a raison. Le projet touche à sa fin. Et ensuite ? Qu'est-ce que je vais faire après ? Comment pourrais-je retourner à ma vie d'avant, entourée de gens qui ne croient pas en moi alors que j'ai passé les derniers mois avec quelqu'un qui fait tout le contraire ?

Ford m'a laissée prendre des décisions. Il m'a laissée me débattre avec les difficultés et m'a applaudie quand je les ai résolues. Il m'a permis de réussir et m'a dit qu'il savait depuis le début que j'en étais capable. Il m'a demandé mes suggestions et m'a laissée lui soumettre mes idées lorsque j'essayais de trouver mes propres réponses à un problème ou une situation difficile.

Il m'a permis de m'épanouir comme personne ne l'avait jamais fait auparavant. Et lorsque je doutais de moi, il m'a regardée dans les yeux et m'a, soit donné l'amour solide que je mérite, soit prononcé les mots d'encouragement dont quelque part il savait que j'avais besoin.

Et ça, c'est seulement en ce qui concerne l'aspect professionnel.

Sur le plan personnel ? Comment est-ce que je déballe tout ça ?

Il a été mon ami. Mon confident. Mon amant. Et les trois, combinés, forment une chose que je n'avais jamais connue auparavant.

Qu'est-ce que l'avenir nous réserve ? Ce n'est pas un sujet que nous avons abordé tant que nous sommes « sur le chantier » où nous n'avons pas à réfléchir au-delà de ça.

Mais *au-delà* s'approche.

Au-delà, ce n'est que dans quelques semaines.

Et alors quoi ?

Je ne peux pas imaginer qu'il ne fasse plus partie de ma vie. C'est aussi simple que ça. C'est comme s'il m'avait convaincue de faire aboutir ce projet avec lui, qu'il avait tenu bon et n'avait pas laissé tomber.

C'est presque comme si j'étais tombée...

– Oh là là, c'était gênant, dit Ford avec un sourire immense en revenant dans la pièce.

Mais son pas se fait hésitant et il plisse les yeux en voyant ma tête.

– Elle, qu'est-ce qui ne va pas ?

Non.

Non.

Non.

Ce n'est pas possible.

Je ne peux pas – je ne suis pas –, il est impossible que je sois tombée amoureuse de Fordham Sharpe.

Impossible.

Je ne fais pas ça. Je ne tombe pas amoureuse. Je n'aime pas.

Je ne m'autorise pas à aimer.

Ce n'est que sexuel.

C'est de la camaraderie.

C'est les effets de la solitude mélangée à une promiscuité forcée combinée à une relation sexuelle géniale et une bonne amitié.

– Rien, dis-je avec force. J'ai du travail, c'est tout.

Il rigole de façon provocatrice, inconscient du débat interne qui m'agite et me fait flipper.

– Tu ne disais pas ça il y a un quart d'heure.

– C'est vrai, tu as raison.

Je ris nerveusement. Mais Roddy qui me demande de sortir avec lui, ça a un peu cassé l'ambiance.

– Je le trouve sympa, ce type, mais là, pas particulièrement.

– S'il te plaît, ne me dis pas que tu l'as engueulé pour...

– Je n'ai rien dit du tout. J'ai fait comme si je n'avais rien entendu. Je ne voulais pas le mettre mal à l'aise.

– Tant mieux. Tu as bien fait.

Je passe devant Ford qui m'attrape la main.

– Qu'est-ce qu'il y a ?

– Rien, je t'ai dit.

– Arrête, Sinclair. Fais-moi confiance. Qu'est-ce que tu ne me dis pas ?

– Rien.

Son visage est à trente centimètres du mien et je n'ai nulle part où me cacher. Je m'efforce de garder un visage impassible, mais je suis certaine que la panique se lit dans mon expression. Du désespoir.

J'ai besoin d'espace. De temps. De distance. *N'importe quoi* où je puisse disposer de quelques minutes pour remonter ce mur de protection que j'ai visiblement laissé glisser.

Je *ne* suis *pas* amoureuse de Ford Sharpe.

C'est absurde.

Ellery Sinclair ne tombe pas amoureuse.

Je corrige, Ellery Sinclair *refuse* de tomber amoureuse.

Il hoche la tête. Les lèvres pincées. Le regard scrutateur.

– D'accord. J'accepte cette réponse. *Pour le moment.* Mais je te connais assez pour savoir qu'il se passe quelque chose. J'espère seulement que tu me fais suffisamment confiance pour me dire quoi.

Une émotion que je ne veux pas reconnaître me serre la gorge. *La confiance et l'amour vont de pair.* Donc, apparemment, je refuse les deux. Je surmonte mon émotion et je redresse l'échine.

Dérobe-toi.

Esquive.

Change de sujet.

– Le livre ? Ce qui te contrarie ? La raison pour laquelle la journaliste furète partout ?

Je hausse les épaules de façon exagérée.

– Tu ne crois pas qu'on peut en dire autant de toi, Ford ?

Et sur cette remarque, je tourne les talons et je m'en vais.

38

Ford

TOUT ÇA EST RIDICULE.

Ce serait une chose qu'elle me fasse la gueule pour une raison qu'elle est la seule à connaître.

Mais ce n'est pas le cas.

Nous travaillons côte à côte. Nous dormons côte à côte. Nous baisons... eh bien, nous baisons dans toutes les positions possibles, sauf côte à côte.

Et pourtant... il y a un truc qui ne va pas. Et la seule indication qu'elle m'a donnée, c'était cette remarque au sujet de la biographie et de ce que je ne lui ai pas dit.

Je ne suis pas complètement certain de croire à ça.

Lorsque la sonnerie de mon téléphone retentit, je regarde l'écran et je grogne.

– Je ne suis pas du tout d'humeur à écouter tes conneries, je réponds en guise de salutation.

– Houlà ! Bonjour à toi aussi, dit Callahan.

Je sors de l'auberge pour un peu d'intimité, à l'écart des artisans qui circulent dans tous les coins.

– Si tu appelles pour me resservir le même baratin que Ledger hier...

– Entre autres, mais... il n'y a pas que ça.

– Ah, donc tu es redevenu le gentil flic ?

– Non. Je suis le frère qui dit que tu as le droit d'être furax. Blessé. Comme tu préfères. Mais je suis aussi le frère qui va te montrer de l'affection, mais aussi de la fermeté en disant ça, mais aussi qu'il faut que tu participes avec nous.

Ma main appuyée sur ma nuque se détend un peu.

– Qu'est-ce que tu as dit ?

– Tu m'as bien entendu, espèce d'enfoiré. La gentillesse chez moi, c'est rare, alors ne m'oblige pas à me répéter.

– *Pourquoi ?*

C'est la même question que j'ai posée à Ellery il y a des semaines. J'ai le sentiment que cette réponse sera tout aussi importante pour moi.

Callahan pousse un profond soupir.

– Parce que nous sommes la seule famille que nous ayons et que ça ne nous plaît pas de faire tout ça sans toi. Écoute, je suis le premier à reconnaître que papa pouvait être un enfoiré, parfois. Ce n'est pas comme si lui et moi, on s'entendait bien tout le temps... et pourtant, *il reste mon père.* Je l'aime quand même. Exactement comme je sais que toi aussi tu l'aimes quand même.

– Callahan...

– Je sais. Crois-moi, frangin, *je sais.* Mais là, tu laisses un truc qu'un autre a écrit – a choisi de ne pas écrire – se mettre entre nous trois. Maman serait furieuse.

Je reste silencieux avant de pousser un long soupir et je me dirige vers un ensemble de sièges qu'on vient de livrer pour le café.

– Tu sais ce qui est le plus dur ? je demande finalement. Je sais que vous savez ce que papa pensait de nous, mais c'est gênant que d'autres le sachent aussi.

Il pousse un rire rugissant.

– Mec, le monde entier sait que je suis un raté. Que j'ai arrêté Wharton avant la fin. Que je défiais l'autorité et me rebellais dès que j'en avais l'occasion et m'attirais des ennuis plus souvent qu'à mon tour. Il a même raconté de nouveau la fois où il m'a surpris en train de niquer cette stagiaire sur son bureau.

– L'horreur. (Je me mets à rire. Je ne peux pas m'en empêcher. Et puis c'est si bon de rire.) J'avais oublié que c'était dans le livre.

– Ouais. Moi aussi. Et Sutton aussi. Bon Dieu, marmonne-t-il. Ça a été chaud à expliquer.

– Comme si ça l'avait étonnée.

– T'as raison. Elle connaît mon passé. (Il rigole.) Si tu tiens absolument à ce que le monde te regarde, il y a toujours le truc de la fuite de la sextape. Ça marche à tous les coups pour faire parler de soi.

– Je t'emmerde.

Mais je souris.

– Fais-en une. On peut demander à une femme de ménage de tomber dessus par hasard chez toi et de la vendre aux journaux à scandale. C'est pas comme ça que ça marche ?

– Comme je t'ai dit, je t'emmerde.

– En parlant de sexe, dit-il pas du tout impressionné, ça marche toujours entre elle et toi ?

Je marque une pause.

– Ouais. Enfin, je crois.

– Tu *crois* ? Eh ben, on peut dire que c'est convaincant.

– Non. C'est... j'en sais rien.

– Elle a fait son temps ? Je veux dire, ça arrive parfois. Il n'y a pas de honte à ça.

– Non...

– C'est juste un coup de cœur passager lié au projet ? Ça m'est arrivé plusieurs fois. On s'amuse pendant le temps du chantier et ça s'arrête en même temps que le boulot.

– Ce n'est pas ça. C'est...

– Purement sexuel. Une bonne baise, mais pas d'accord verbal au sujet de la monogamie. Si c'est le cas, mec, surtout n'oublie pas de te protéger. Je veux dire, il faut toujours sortir couvert, mais...

– Mais tu vas me laisser en placer une, bordel ? je hurle, agacé que de tous les scénarios qu'il a imaginés, aucun ne décrive ma relation avec Ellery.

– Ou alors, il y a autre chose de plus profond et, soit l'un d'entre vous, soit les deux, êtes trop dégonflés pour le dire tout simplement. Ou tu l'as fait et l'autre n'est pas sûre de ses sentiments, ce qui est gravement brutal, il faut bien le dire.

– Callahan, dis-je d'une voix ferme en me pinçant l'arête du nez.

Je me mets à aller et venir dans le petit jardin nouvellement paysagé sur le côté ouest de la propriété.

– Et enfin, il y a la possibilité que tu l'aimes tout simplement ou qu'elle t'aime... et que vous ne sachiez pas comment réagir parce que l'amour ne faisait pas partie de vos plans.

Mon pas se fait hésitant.

J'ai trouvé la réponse. Je crois que ça fait même un moment que je la connais.

Ce qui ne veut pas dire pour autant que je ne sois pas sidéré.

Je reste planté là, mon téléphone à l'oreille, face à la mer, mais je ne vois rien de ce qui m'entoure.

– Parfois, cela arrive au moment où tu t'y attends le moins, dit Callahan d'une voix qui se fait plus douce.

Inutile de parler, d'expliquer ou de le contredire, parce que c'est mon frère. Il sait déjà.

– Pour moi aussi, c'était la dernière de mes préoccupations, tu peux me croire, putain, et ça m'est tombé dessus comme une masse. Que moi – ce connard égoïste, narcissique de Callahan – j'étais amoureux.

– Je n'ai rien dit, je parviens finalement à articuler.

– Tu n'as pas besoin de le dire. Je sais, frangin. *Je sais,* dit-il avec une douce empathie.

– *Et merde !*

Je me passe la main dans les cheveux.

J'ai bien vu qu'elle flippait, sans le dire, quand je lui ai demandé si elle voulait dormir dans ma chambre. Je n'ai pas exactement l'impression que tomber amoureuse de moi faisait partie de ses projets.

Mais cela ne faisait pas partie des miens non plus, et voilà ce qui est arrivé.

– Si je peux te donner un conseil, et je sais que ce n'est pas facile à entendre venant de la bouche de ton petit frère, mais tu en feras ce que tu voudras. On ne peut pas se forcer à aimer. Soit on le ressent, soit non. Et ne pas le reconnaître ne veut pas dire que ce n'est pas arrivé. Mais une fois que tu l'as admis, tu ne peux pas vraiment revenir en arrière. Tu es bien obligé d'assumer les conséquences. Attends peut-être de t'être fait à cette idée pour le lui dire. Ou ne lui dis rien et attends que ça vienne d'elle. Qu'elle fasse le premier pas. Il n'y a pas pire au monde que d'offrir son amour à quelqu'un et de se faire jeter. Ça fait un mal de chien.

Je souris faiblement.

– Carrément ! Depuis quand es-tu devenu expert dans ce domaine ?

Il rigole.

– Ce n'est pas ça. Personne n'est expert en matière d'amour. C'est ce qui en fait la beauté, et aussi la douleur.

– Je dois y aller.

– Non. Tu vas rester là où tu es pendant encore dix minutes et essayer de réfléchir à ce que je viens de dire, pour ensuite dire le contraire, mais tu finiras par l'admettre. Tu es comme ça, mais je fermerai les yeux sur tes mensonges. (Il marque une pause.) Ford ? C'est ce que je voulais dire. Nous sommes toujours là pour les deux autres, un front uni. Nous nous entraidons lorsque c'est nécessaire. C'est chiant que tu refuses de participer à ce truc avec nous.

– C'est noté, mec. C'est noté.

– Je t'aime, bro.

L'appel se termine et je reste sur place pendant quelques minutes. Ou comme Callahan l'a affirmé, une bonne dizaine de minutes.

J'ai la tête en ébullition. À cause de ce que Callahan vient de dire et de la vérité qui se cache derrière.

« *Ou tu ne lui dis rien et tu attends que ça vienne d'elle. Qu'elle fasse le premier pas. Il n'y a pas pire au monde que d'offrir son amour à quelqu'un et de se faire jeter. Ça fait un mal de chien.* »

Alors qu'est-ce que je fais, maintenant ?

39

Ellery

– ON N'A TOUJOURS PAS TROUVÉ DE NOM POUR L'AUBERGE.

Je me tourne vers Ford assis à côté de moi sur la plage.

– Je sais. J'y réfléchis. C'est juste que je n'ai rien trouvé d'assez accrocheur qui aille avec le côté princier de ta participation.

– Oh, s'il te plaît.

Il lève les yeux au ciel et tire sur une mèche de mes cheveux.

– Il n'y a rien de princier dans le nom de Sharpe.

– Bof. En tout cas, on le voit partout en ce moment. C'est dommage que nous ne puissions pas terminer la rénovation et ouvrir à temps pour profiter de cette publicité.

Ford devient livide, mais ne dit rien. Donc je poursuis.

– Tu es toujours furieux à ce sujet ?

Parle-moi, Ford.

– Je dirais plutôt indifférent, en ce moment.

Je hoche la tête, lèvres pincées, dévorée de culpabilité à cause du mensonge – ou plutôt de l'omission – que je fais.

Je sais ce qui te rend malheureux.

La biographie est bien écrite. Les anecdotes et les analyses de l'immense Maxton Sharpe captivent mon attention depuis trois jours, depuis sa publication. Ce n'est pas mon genre de lecture habituellement, mais j'ai été surprise de constater que j'y prenais beaucoup de plaisir.

En fait, je me suis plongée dedans, chapitre après chapitre, et j'ai adoré découvrir la relation que partageaient ses parents. Je riais à ce qui était raconté des révoltes et des frasques de Callahan. J'étais impressionnée par la motivation et le sérieux de Ledger. J'étais impatiente d'en apprendre plus sur Ford à travers le regard de son père... mais rien, pas d'anecdotes. Pas d'analyse non plus. En fait, il n'y avait rien de plus que quelques phrases générales qui dépeignaient Ford comme un homme n'ayant rien à voir avec l'homme exceptionnel que j'ai appris à connaître.

Et pour ajouter l'insulte à la blessure, l'auteur citait une phrase de Maxton qui faisait référence à lui comme *Juste Ford.*

C'est tout. Juste. Ford.

Ford soutient mon regard et je comprends totalement pourquoi la promotion le laisse indifférent. Pourquoi cela le rend malheureux. Je le serais aussi.

Mais je regrette qu'il ne m'en parle pas.

– D'accord, je murmure. T'as le droit d'être indifférent.

Je lui souris doucement en buvant une gorgée de vin et je le regarde par-dessus mon verre.

– Et tu sais ce que tu vas faire après, Ellery le Céleri ?

Je hausse les épaules.

– Non, il va falloir que j'aie un entretien en tête à tête avec Garland.

– Tu en as parlé avec lui ou tes frères, ou pas du tout ?

– Mes frères ? Au-delà des appels obligatoires pour prendre des nouvelles ? Pas vraiment. Mais j'ai été plutôt étonnée que Garland m'appelle une ou deux fois pour me demander mon aide sur différentes choses.

– Lesquelles ?

– Tu connais l'adage, l'absence renforce les liens du cœur ? dis-je pour plaisanter en levant les yeux au ciel. Non, plus sérieusement, il voulait me poser des questions concernant certains des projets en cours, en rapport avec des trucs, des détails, je ne sais plus quoi, que j'avais faits dans le cadre de projets antérieurs.

– Des trucs dont tes frères s'étaient attribué le mérite, je suppose ?

– Ouaip. Tu as tout compris. Et quand ils ont été incapables de lui répondre, il a découvert le pot aux roses.

– Donc il a été obligé de t'appeler et, maintenant, il sait que c'était toi le cerveau derrière tout ce qui a bien marché ? demande Ford dont le sourire s'élargit.

– Eh bien, dit comme ça...

Je rigole en brossant une poussière imaginaire sur mes épaules.

Mais ça m'a vraiment fait plaisir quand il m'a appelée pour me demander ma contribution. Et même encore plus quand, juste avant que je raccroche, il a fait une remarque subtile comme quoi mon absence ne passait pas inaperçue.

J'ai peut-être bien levé le poing en signe de victoire dans la pièce vide.

Il se pourrait même que j'aie trébuché une ou deux fois en retournant travailler.

– Et comment as-tu l'intention d'exploiter ça quand tu y retourneras ?

Il hausse les sourcils et attend ma réponse, alors que mon cerveau est resté bloqué sur *y retourner*.

Sur l'idée que ça va bientôt être *la fin* de tout ça.

– D'un côté, je sais que je peux lui montrer ce que nous avons accompli ici et ce sera une preuve suffisante que je suis compétente et expérimentée...

– Plus que compétente.

– Mais d'un autre côté, quelque part, je n'ai pas envie de dévaluer notre travail ici en l'utilisant comme tremplin pour autre chose.

Je fais une grimace en regardant les vagues qui viennent mourir sur la grève. C'est comme si je n'avais pas envie de le partager avec eux.

– Eh bien, ne le fais pas, dit Ford en bon Sharpe qu'il est.

Il me donne un coup de coude et fait un clin d'œil.

– Je connais quelqu'un qui peut te donner d'excellentes références.

– Merci, dis-je en riant. Et toi ? Est-ce que tes frères ont déjà bouclé ton planning pour l'année prochaine ?

Cela ne me plaît pas de parler des prochaines étapes en tant qu'associés, sur un plan strictement professionnel. Comme s'il n'y avait rien de plus entre nous que ce projet qui va se terminer dans les deux semaines à venir.

Mais n'est-ce pas justement ce que je veux ?

N'est-ce pas ce dont je me suis efforcée de me persuader toute cette semaine ?

– On n'en a pas réellement parlé, à vrai dire. Ils m'en veulent un peu en ce moment. Ils ont deux fois plus de travail entre S.I.N. et les interviews des journalistes et ils me reprochent de ne pas y participer.

– Mais, toi aussi, tu travailles deux fois plus. Pour S.I.N. et ici.

– Ils ne voient pas vraiment les choses de cette façon.

– Est-ce que tu crois que tu vas le regretter ? De ne pas avoir pris part aux événements qui entourent la publication ? La perception du public ? La préservation de sa mémoire et tout ce qui s'ensuit ?

Je lui pose la question comme si je ne savais pas pourquoi il ne veut pas y être associé.

– Seul le temps le dira. Est-ce que ça me reste sur l'estomac chaque fois que je pense à ce qu'ils font, à ce que je ne fais pas et à la biographie ? Oui, je ne vais pas le nier.

Il s'agite sur le sable et se racle la gorge tandis que le soleil se couche et que la ligne de séparation entre la mer et le ciel s'estompe avec l'horizon qui s'assombrit.

J'attends qu'il en dise plus. Je le supplie silencieusement de le faire, de me faire suffisamment confiance pour alléger le fardeau qui pèse sur son cœur et son âme, mais il ne le fait pas.

– Tu m'as demandé ce que j'allais faire après, dit-il en changeant de sujet.

Apparemment, il me côtoie depuis trop longtemps et il a pris des leçons de moi en matière d'évitement.

– J'ai mes obligations habituelles pour S.I.N... et peut-être que je chercherai une autre affaire à reconvertir pour la faire entrer dans la Collection Sharpe Signature.

– Ah oui ?

Il acquiesce.

– J'y réfléchis. J'aime bien ce créneau. Cette idée. Bien sûr, il faudra attendre les retours de celui-ci pour savoir si c'est viable financièrement, mais je me suis bien amusé à faire ça. Je ne m'attendais pas à apprécier autant le côté manuel de l'expérience.

Je souris et ne pose pas la question que j'ai sur le bout de la langue. Tu voudras une associée pour le prochain aussi ?

– Tu as été pro dans tous les sens du terme, Ford. Tu m'as littéralement soufflée. Sérieux, jamais je n'aurais pu croire que tu n'avais jamais fait ça avant.

– On peut en dire autant de toi.

Il tape son verre contre le mien et me fixe avec une drôle d'expression. Comme s'il voulait dire quelque chose qu'il a sur le bout de la langue. Mais c'est parti aussi vite que c'était venu.

– Tu m'as vraiment impressionné, Sinclair.

– On forme une bonne équipe, dis-je en posant la tête sur son épaule.

– Absolument.

Et c'est ça qui va me manquer quand ce sera fini.

Nos paisibles sessions de décompression après une longue journée de travail.

Ses petits discours d'encouragement qui me donnent le sentiment que je suis légitime. Incluse. Désirée. Entendue.

Pour le dire simplement, *lui.*

40

Ellery

– QUOI ? PAS MÊME UN ESQUIMAU POUR FÊTER ÇA ? demande Ford, interrompant un passage plutôt salé de mon roman lorsqu'il entre dans la toute nouvelle chambre où nous nous sommes installés puisque celle que nous occupions est en pleins travaux.

– Pas question que je mange ici.

Je lève les yeux et je le vois debout dans l'encadrement de la porte, tout droit sorti de la douche, vêtu seulement d'un short de gym, offrant tout le reste merveilleusement dénudé au plaisir de mes yeux.

– Pourquoi ?

Je désigne de la main la suite où nous nous trouvons. C'est l'endroit le plus sympa, le plus propre, le plus confortable dont nous disposons pour vivre et dormir depuis plusieurs mois.

– Je ne veux surtout pas salir.

Il pousse un petit grognement dédaigneux en jetant un regard sur le lit, et ça me fait sourire.

– Évidemment, toi, c'est à ça que tu penses.

– Je suis un mec. Tu devais bien t'y attendre. Mais tu te rends compte que dans moins d'un mois, des gens commanderont leur room service et mangeront dans cette chambre, non ?

– Oui, je sais.

Je souffle intérieurement et pose ma liseuse sur le lit à côté de moi. J'imagine que je vais devoir attendre un peu pour lire et apprécier la scène d'amour qui s'annonce dans mon roman. Il n'y a rien de pire qu'être interrompue en plein milieu d'une scène de sexe.

– Tout va bien ? demande-t-il. Il est tard et tu choisis de lire au lieu de manger en douce une glace sans calorie.

– Je choisis d'apprécier la douceur de ce lit.

Je m'appuie sur la tête de lit en savourant le moelleux du matelas.

– Fais-moi penser à donner une augmentation à Katarina, dis-je en parlant de notre décoratrice d'intérieur qui nous a aidés à choisir tout le mobilier et la décoration. Elle a fait un super boulot en sélectionnant les matelas.

– C'est vrai ? Voyons ça.

Il se laisse tomber sur le lit en soupirant comme je l'ai fait moi-même quand je me suis assise dessus la première fois.

– C'est carrément divin, mais en même temps, je pense que n'importe quel matelas ferait cet effet après avoir dormi sur un truc dur comme du bois depuis plusieurs mois.

– Je t'avais dit d'aller à Sag Harbor.

– Et moi, je t'ai dit que si j'y allais, tu y allais aussi, mais tu n'as pas voulu y aller, alors... on est restés.

– Tu es têtu.

– Et toi, tu as la tête dure.

Nous rigolons tous les deux, mais comme le silence s'éternise, les paupières de Ford s'alourdissent.

– On a bien bossé aujourd'hui, Elle.

– Oui, très bien.

– On a réceptionné tous les meubles qui manquaient, à part ces deux tabourets de bar cassés. Les deux cuisines ont passé l'inspection. La peinture extérieure est terminée. Toutes ces choses. J'ai l'impression qu'on arrive au bout.

– Oui, c'est vrai. Mais on n'a toujours pas de nom. Il faut qu'on en trouve un pour commander la signalétique.

– Je sais, je sais.

Oui, chaque jour nous rapproche de l'ouverture, mais c'est doux-amer en même temps. Chaque élément que nous cochons sur notre liste, chaque équipe d'ouvriers qui quittent le chantier pour la dernière fois, chaque visite de l'auberge où nous nous extasions sur sa transformation, tout cela est plus que doux-amer.

C'est un rappel que c'est la fin. Cela veut dire… qui sait ce que ça veut dire pour Ford et moi ? Nous n'avons toujours pas abordé le sujet.

– Je réfléchissais, murmure-t-il, les yeux toujours clos, le bras étendu pour poser la main sur ma jambe.

La tête posée sur le dessus-de-lit où ses cheveux mouillés laissent des marques plus sombres.

– À quoi ?

– Et si on s'associait de nouveau ?

Mon cœur fait un bond dans ma poitrine.

– Je veux dire, je suis absolument convaincu que ton beau-père sauterait sur l'occasion d'un contrat à long terme avec S.I.N. Qui ne le ferait pas ?

Son arrogance est sans limite, mais je dois dire qu'il a raison.

N'est-ce pas l'argument que j'avais moi-même employé pour qu'on me laisse venir ici, au début ?

– Je sais que l'investissement financier d'une affaire comme celle-ci peut être énorme. S.I.N. pourrait acquérir les propriétés et en assumer la charge fiscale, et Haywood Rénovation pourrait faire les améliorations avec une clause suspensive stipulant que je travaillerais avec toi et personne d'autre. Garland aurait les mains liées et tu continuerais de faire ce que tu aimes et que tu fais incroyablement bien. Je veux dire, à condition que ça t'intéresse de travailler avec moi, Ellery le Céleri ?

Je le regarde, bouche bée. Il a toujours les yeux fermés. Comment peut-il dire un truc aussi énorme en restant aussi calme et sans même me regarder ?

– Laisse-moi finir, dit-il, prenant mon état de sidération pour de l'hésitation. Je ne dis pas que S.I.N. te sortirait du tableau. Tu aurais une part des actions dans chaque affaire. Je comprends que tu puisses craindre que ça ressemble à une promotion canapé, ou que je le fais par obligation, ou par pitié pour tes frères, mais ça ne peut pas être plus éloigné de la vérité. Tu as du talent et tu es très douée pour ce que tu fais. De plus, tu m'as gâté. Je ne crois pas pouvoir le faire avec quelqu'un d'autre. Et donc, c'est à toi que je le demande.

L'excitation à l'idée de renouveler cette expérience bouillonne en moi. De le faire avec lui encore plus. Le « oui » que j'ai envie de crier sur les toits est sur le bout de ma langue. Je voudrais pouvoir le dire, mais est-ce qu'on ne devrait pas aborder les sujets qui fâchent avant ? Ou plus exactement, le fait que nous sommes sur le même lit, sa main sur ma jambe, et qu'on vit pratiquement ensemble ?

Je veux dire, je m'apprêtais à épouser Chandler et à partager sa vie alors que je partageais beaucoup moins de choses avec lui qu'avec Ford... donc, pourquoi est-ce que j'hésite ?

Ou plutôt, pourquoi n'en parlons-nous pas ?

Est-ce que j'ai vraiment envie de le savoir ? Est-ce que j'ai vraiment envie de m'entendre dire que dans deux semaines cette « passade » ou je ne sais quoi sera terminée ? Ou bien est-ce que je préfère me cacher la tête dans le sable ?

Je saisis ma liseuse et je reprends ma lecture où je l'avais arrêtée.

On peut me traiter d'autruche.

– Tu ne dis rien ?

Ford tourne la tête pour me regarder.

– Je n'y crois pas. Je te demande de t'associer avec moi, et tu ne trouves rien de mieux que de te remettre à lire au lieu de répondre ? Je crois que je devrais me sentir offensé.

Avant que j'aie le temps de réagir, il se retourne complètement et m'arrache la liseuse des mains.

– Non, je glapis, les yeux ronds, alors qu'il tape sur l'écran et que le texte apparaît.

J'ai plus d'une raison de flipper.

Premièrement, oh mon Dieu. Il va savoir ce que je lis en secret la plupart du temps pendant qu'il tape sur son ordi. Et ce n'est pas que j'en aie honte mais... maintenant, *il va savoir.*

Et deuxièmement, ma liseuse contient la biographie de Maxton. Dans ma bibliothèque. Et à ce moment-là, je suis bien contente d'avoir eu la bonne idée d'ouvrir et de refermer plusieurs de mes autres livres de façon que le récit de ses mémoires ne soit pas immédiatement accessible pour le cas où il regarderait mon écran. Mais quand même, il est là.

– Tu ne réponds pas à mes questions pour... *Oh, la vache !*

Il se redresse en ouvrant de grands yeux. Il se tourne vers moi avec un petit sourire avant de regarder la tablette de nouveau.

Je déglutis et je sens que mes joues passent par dix nuances de rouge.

La scène que j'étais en train de lire est très explicite. Descriptive et cochonne et terriblement sexy.

Il se racle la gorge.

– C'est drôlement intéressant, Ellery. Encore plus fascinant, c'est que tu as mis un signet à la page.

Il me regarde dans les yeux et se met à lire à voix haute.

« *Son cri résonne dans le petit espace lorsque ma langue glisse le long de sa fente et redescend avant de s'enfoncer en elle. Avant de la posséder tout entière. Avant de la lécher et de la faire jouir avec mes doigts jusqu'à ce que ses jambes flageolent et que mon nom s'échappe de ses lèvres encore et encore alors que je la conduis vers l'extase.* »

– Waouh !

Sa pomme d'Adam monte et descend.

– Je devrais peut-être regarder si tu as mis d'autres scènes en mémoire ?

– *Non.*

J'essaie de lui prendre la main, mais il détourne rapidement ma liseuse. Comment faire autrement qu'éclater de rire ?

– Ne sois pas gênée. Le sexe. *Aimer le sexe.* Aimer le sexe *avec moi*... c'est complètement naturel. Complètement rationnel. Et là ? Là, c'est...

Il me sourit.

– *Exceptionnel.*

Il dit ça comme si le sexe avec lui n'était pas du même acabit.

Mais il l'est.

Incontestablement.

Je pousse un petit cri lorsqu'il tire ma jambe pour m'aplatir et s'installe à califourchon sur moi.

– Voyons, dit-il en touchant l'écran.

Il retient son souffle et gémit.

– Là, c'est chaud.

« Ah, Lilly. Quel cul parfait. Je veux qu'il soit rose après ta punition. Je veux le violer de mes doigts. Je veux l'emplir tout en te baisant longuement et profondément de ma queue dans ton accueillante petite chatte. »

– Bon Dieu !

Il éclate d'un rire forcé. Son regard croise le mien. D'une main, il tient la liseuse tandis que l'autre monte et descend langoureusement entre mes seins. Son pouce effleure un de mes tétons avant de se déplacer vers l'autre. Sa bite épaisse, lourde et dure, appuie sur la couture de son short.

– Je dois absolument lire ce livre. C'est... ouais.

Il réprime un rire alors que le rouge lui monte aux joues. J'adore voir qu'il est légèrement embarrassé.

Cela atténue le fait que je le sois aussi.

À qui je veux faire croire ça ? Ce n'est pas vrai.

– Quelles autres pages sont mémorisées là-dedans ? On devrait peut-être regarder ?

Il écrase ses hanches sur moi et mon corps s'embrase un peu plus.

– Am-stram-gram pique et pique et... Oh. En voilà une.

Il se penche sur moi et me provoque avec un baiser, mais quand j'essaie d'aller plus loin, il recule et se contente de me mordiller la lèvre inférieure.

Il se racle la gorge.

« Mains sur le mur.

– Seulement si tu me baises, dit-elle d'une voix qui se brise.

– On y vient.

Je ris, mais mon rire se transforme en gémissement quand elle tressaille au moment où je glisse la pointe de ma bite directement dans sa fente.

Tout mon corps se tend. J'essaie de résister au besoin urgent de la prendre sans me poser de question. De m'enfoncer en elle. De traquer mon propre plaisir, maintenant que je sais qu'elle a déjà pris le sien.

Je la pénètre en poussant mes hanches lentement en elle. Sa moiteur chaude et humide absorbe ma queue, centimètre par centimètre, jusqu'à ce que je touche le fond et que je voie des étoiles.

Putain.

Le paradis.

L'enfer.

Mes mains la saisissent de part et d'autre de ses hanches alors qu'elle bande ses muscles autour de ma verge. Une fois. Deux fois.

– Lennox.

Son rire emplit la pièce.

Elle a pris le contrôle. Elle me possède totalement. Avec sa chatte. Avec son assurance. Avec le fait qu'elle est tellement bonne.

Et je craque.

Perte de contrôle.

Mes hanches claquent contre les siennes. Je pilonne encore et encore, sur un rythme effréné, alors qu'elle m'encourage. Oh mon Dieu. Plus fort. Oui. Oui, là. Plus vite. N'arrête pas. Je vais jouir encore une fois. Vas-y. Vas-y.

Et quand elle se resserre autour de moi, cette fois je perds la bataille, mais je gagne cette fichue guerre. Je décharge en elle, mes hanches tressaillent, ma vision s'obscurcit, son nom, un gémissement de félicité sur mes lèvres. »

– *Je perds la bataille, mais je gagne cette fichue guerre.* C'est plutôt poétique pour parler de baise, tu ne trouves pas ?

Il rigole.

– Regarde-moi, Ellery.

Il marque une pause et ajuste ses hanches de telle sorte que je sens parfaitement à quel point il est dur, à quel point il est excité, en appuyant sur mon bas-ventre.

– *Regarde. Moi.*

– Hmm ?

Je lève les yeux. Il est si beau que ça me fait mal de le regarder.

– Tu veux me faire croire que je peux te dire des cochonneries, que je peux te lécher partout, mais tu te tortilles quand je lis ces scènes hyper-sexy à voix haute ?

– Ford.

Je dis son nom dans un soupir quand il se penche sur moi et me mordille le lobe de l'oreille, la chaleur de son souffle m'envoyant des frissons sur tout le corps.

– Tu veux que je te fasse la même chose, Ellery ?

Il mordille ma lèvre inférieure.

– Ça t'excite ?

Un pincement du bout de mon sein à travers le tissu de mon débardeur.

– Tu veux qu'on joue la scène ?

Il se penche en arrière et glisse la main entre mes cuisses pour sentir ma chaleur, la moiteur de mon excitation qui transperce mon short.

– Eh bien, eh bien, on dirait que oui.

– Ford, je répète dans un gémissement étranglé.

Il se penche de nouveau sur moi, agaçant mes lèvres dans une ébauche de baiser.

– Je ne risque quelque chose que lorsque tu prononces mon deuxième prénom après… et je ne crois pas que je coure aucun risque pour l'instant.

« *Je le désire déjà. Je suis déjà trempée pour lui, mais je tressaille lorsque ses mains se posent sur mes fesses et appuient.*

Immédiatement après, il enfourne son nez dans ma fente et passe longuement sa langue de haut en bas de mon ouverture. Je retiens mon souffle. Chacun de mes muscles caressés par sa langue se resserre avec impatience. La moindre parcelle de mon corps est désirante.

– Je vais te baiser, Sidney. (Un autre coup de langue.) Je vais planter ma bite dans ta chatte étroite. (Son souffle chaud sur ma chair intime.) Et ensuite, je vais te glisser un doigt dans le cul. (Une pression douce de son pouce sur mon anneau de muscles.) Je vais te baiser avec les deux comme ça quand tu jouiras, tu jouiras de partout en même temps. (Sa langue se glisse dans ma chatte si bien que son visage tout entier est collé contre moi.) Tu comprends ?

J'acquiesce d'un signe de tête, la promesse sombre portée par ses paroles agissant comme un aphrodisiaque, ajoutée à la séduction qu'il a déjà généreusement déversée sur moi.

– Non, non, murmure-t-il en empoignant mes cheveux et en me tirant doucement la tête en arrière, tout en remontant le bout de son nez tout le long de ma colonne vertébrale. (Ses doigts me pénètrent juste au moment où sa bouche arrive à la hauteur de mon oreille et que sa queue appuie contre ma cuisse.) Pas de signe de tête. (Ses doigts vont et viennent en moi, et je mouille tellement que le bruit emplit la pièce.) Tu ne vas pas t'en sortir comme ça. (Ils ressortent et le bout de son doigt humecté remonte le long du sillon de mes fesses puis redescend.) Je veux que tu fasses du bruit, Princesse. (Le pincement de ses dents sur mon oreille alors que ses doigts me pénètrent de nouveau et s'incurvent sur mon point G.) Je veux que tu cries. (Il tire doucement sur mes cheveux.) Et je veux entendre que tu sais qui te fait crier. »

– Je devine comme un thème ici.

Son regard est lourd de désir. Sa respiration brève. Ses doigts vont et viennent sur la couture de mon short dont le tissu est maintenant trempé. Ma chatte est déjà gonflée par le désir. Il se lève du lit.

– Déshabille-toi, Ellery.

41

Ellery

SES PAROLES SONT COMME DE L'ESSENCE VERSÉE SUR UN FEU.

Je suis déjà prête, déjà excitée, et maintenant il va me commander ? Oui, s'il te plaît. Ce n'est pas désagréable qu'un homme aime dominer dans la chambre.

Et là, je suis pour.

Je prends tout mon temps pour me défaire de mes vêtements. Mon débardeur. Mon short. Je prends plaisir à observer ses yeux qui s'assombrissent et ses narines qui palpitent lorsque je le fais et qu'ensuite je passe ma langue sur mes lèvres et que je glisse ma main entre mes cuisses.

Le bruit de mes doigts sur ma chair lisse résonne dans la chambre et je laisse retomber ma tête en arrière en gémissant. Il m'a bien chauffée. Maintenant il doit terminer le travail.

– Ellery.

Sa voix se brise, et c'est le seul signe de l'effet produit sur lui – oui, enfin, en plus de sa queue dure comme du bois et qu'il caresse en ce moment. Il recueille sur son pouce la présemence et l'étale sur son gland.

– Tourne-toi, à genoux, et tiens-toi à la tête de lit.

– À la tête de lit ? je demande d'un air faussement naïf.

Ses dents se plantent dans sa lèvre inférieure et il grimpe sur le lit, sa queue toujours dans sa main.

– Mm-hmm. Tu vas devoir t'accrocher à quelque chose.

Il tend la main et presse mon sein doucement.

– Ne m'oblige pas à répéter.

– Ou sinon ?

Avant que j'aie fini ma phrase, je suis retournée à plat ventre et il me donne une claque sur les fesses.

– Ou sinon, je n'attendrai pas que tu prennes ton pied pour prendre le mien.

Seigneur. Qui aurait pu deviner que Ford puisse être comme ça ?

Je suis tout à fait pour.

– Allez, mets-toi sur les genoux et écarte-les suffisamment pour que je puisse admirer ce que je veux baiser.

Je fais ce qu'il me dit, les fesses en l'air, les mains sur la tête de lit. Je sursaute en sentant la chaleur de son souffle sur ma nuque et le frôlement de son corps contre le mien quand son érection se presse entre mes fesses.

– Ça te plaît, ces livres. Ces scènes. Et si je te prouvais que ce qui arrive dans les livres n'est pas que de la fiction ? Que tu peux en faire l'expérience dans la vraie vie.

Il me mord l'épaule et lèche là où ça pique, tout en passant sa main par-devant et en frottant mon clitoris du bout des doigts.

Je laisse ma tête retomber en arrière sur son épaule pendant qu'il s'amuse avec moi. Qu'il me chauffe. Qu'il me prépare à me laisser baiser et posséder.

Je gémis alors que mon plaisir monte. Que ses doigts s'activent, que sa langue me lèche et que sa bite gonfle contre moi.

– Putain. T'es tellement belle, Ellery. Ton corps. Ton esprit. Ta détermination. Ta chatte.

Il murmure chaque mot sur ma peau. Chaque mot m'excite un peu plus.

– À quatre pattes. Présente-moi ce cul magnifique.

J'obéis, l'air frais de la chambre passe sur mon intimité humide qui montre à quel point je suis vulnérable devant lui. À quel point je le désire puisque je l'autorise à exiger et que je me soumets à cette exigence.

Un cri étouffé. C'est tout ce que je peux produire lorsque, sans prévenir, il plonge sa langue en moi avant de la ressortir et de la passer sur mon anneau de muscles serrés.

– Bon Dieu, tu m'excites.

Il plante doucement ses dents dans ma fesse.

– Ford.

Et au moment où son nom passe mes lèvres, Ford me pénètre d'une seule poussée, déterminée. Le cri qui nous échappe à l'unisson emplit la chambre, le plaisir incarné.

– Ce qu'il y a de bien dans cette position, c'est que je peux te remplir plus profondément que dans n'importe quelle autre. Tu me sens là ? Est-ce que je peux te combler davantage ?

Il grogne en poussant un peu plus et frotte ses hanches contre mon cul.

Je baisse la tête et je me laisse aller à mon plaisir lorsqu'il commence à bouger. Dedans. Dehors. Ses mains agrippées à mes fesses et les écartant plus pour pouvoir plonger plus profondément en moi.

Mon corps surfe sur la vague montante du plaisir. Mes bras et mes jambes se crispent alors que mon centre intime se serre à chaque allée et venue.

Il passe la langue le long de ma colonne vertébrale.

– T'es tellement sexy, putain, murmure-t-il contre mon oreille. Tellement. Sexy.

Il ponctue chaque mot d'un coup de boutoir en moi.

Je ne peux plus me concentrer. Je n'arrive plus à penser. Il n'y a plus que lui qui compte. Que les sensations. Que le plaisir.

Sa main descend le long de mon dos, suivant précisément le parcours de sa langue. Et il se redresse. J'émets un gémissement étranglé lorsqu'il presse son pouce sur l'anneau de muscles serrés juste au-dessus de l'endroit où sa queue s'active en moi si magistralement.

Mes hanches résistent contre son pouce, ce qui le conduit à prolonger un peu ce petit jeu. À pousser un peu plus fort. À stimuler un peu plus.

– Tu aimes ça, dit-il entre ses dents. J'en étais sûr.

– Ford, je miaule en sentant que je perds tout contrôle.

Mes bras faiblissent. Mes jambes se raidissent, un million de minuscules explosions se déclenchent et ricochent partout dans mon corps. Une décharge électrique qui circule de mon centre jusqu'au bout de mes doigts et à la pointe de mes orteils avant de revenir en force là où il continue de me caresser, et de glisser, et de manipuler avec brio les terminaisons nerveuses en moi.

– Ah oui, c'est ça. Resserre-toi autour de moi. Baise-moi, Elle.

Je fais aller et venir mes fesses sur sa queue pour faire durer mon propre orgasme. Pour le prolonger. Pour surfer dessus et absorber chaque once de plaisir qu'il me donne.

– Oh Seigneur, oui, je gémis lorsqu'un nouvel orgasme s'abat sur moi de façon totalement imprévue.

Tellement fort que je m'effondre, mais Ford retient mes hanches en l'air tout en continuant d'aller et venir en moi, encore et encore, jusqu'à ce que son cri guttural emplisse la chambre. Jusqu'à ce que son extase nous entraîne tous les deux.

Nos corps surfent sur le plaisir qui redescend lentement. Ford lâche mes hanches, mais je ne bouge pas parce que je ne veux pas qu'il se retire tout de suite. Je veux conserver cette sensation encore un peu.

Il pose un tendre baiser sur mes reins alors que sa verge se ramollit lentement en moi.

– Seigneur, oui.

Il rigole.

– Est-ce que je dois l'entendre comme un *oui, je vais m'associer avec toi, Ford ?*

Mon corps frémit avec le plaisir qui s'estompe. Je lui donnerai tout ce qu'il voudra si cela implique de recommencer ce que nous venons de faire.

– Le consentement obtenu sous la contrainte est punissable par la loi.

J'ai l'impression que ma voix sonne comme si j'étais droguée. Repue.

– La contrainte ?

Il chantonne, et cela me semble terriblement sexy en se réverbérant dans la chambre.

– Mon chou, c'était tout sauf de la contrainte. Mais si je dois recommencer pour que tu puisses considérer les avantages du oui obtenu sous la pression, je serai absolument ravi de tenter le coup.

– Quoi ?

– Tu veux que je te baise de nouveau ?

Et en un instant, je suis sur le dos, sa tête entre mes cuisses. Lorsqu'il lève les yeux sur moi en souriant, il murmure :

– Ose me dire non.

42

Ford

ELLE EST MAGNIFIQUE.

Je n'arrive pas à dormir. Mon esprit est en surchauffe – trop de pensées, trop d'émotions se bousculent à cette heure matinale –, mais celle qui est constante, c'est : *elle est magnifique.*

Mais n'est-ce pas ce que je pense chaque fois que je la regarde ?

C'est le cas, mais je ne m'en lasse pas. *Jamais.*

Ses cheveux tombent sur sa joue, et je meurs d'envie de les repousser, mais je ne veux pas la réveiller. Je préfère profiter de ces quelques instants où je peux l'observer sans susciter de gêne chez elle.

En même temps qu'est-ce qui pourrait la gêner après avoir eu des attitudes aussi sexy tout à l'heure ?

Cette femme est prodigieuse. Et tellement excitante, dans tous les sens du terme.

Et ses livres ? Ces scènes ? Un seul mot. Putain de *préliminaires.*

Je pousse un profond soupir en repensant au plaisir que nous avons partagé. Les rires. Le sexe. Et la façon dont nous nous sommes endormis, repus et satisfaits. Le fait... que je lui ai demandé d'être mon associée.

Est-ce que c'était une façon un peu lâche de la garder près de moi sans lui avouer que je suis fou amoureux d'elle ? De peur de la faire fuir ?

Indiscutablement, *oui.*

Et je n'en ai pas honte. Pas du tout. Je ne suis pas prêt à renoncer à elle. Ni à la faire partir en courant en lui avouant mes sentiments.

Quel dommage que la vie ne soit pas comme dans un roman sentimental.

Mais elle a dit oui.

Et pour le moment, je vais devoir me contenter de ça.

Je me retourne sur le dos en pensant aux semaines à venir. Que va-t-il advenir d'Ellery et moi entre la fin de ce projet et le début du suivant ? Je ne peux pas multiplier les réunions bidon à l'infini sans qu'elle comprenne.

Dis-lui seulement que tu veux que ça compte, Ford. Tu n'es pas obligé de lui dire que tu es tombé amoureux d'elle. Tu n'es pas obligé d'admettre que tu veux beaucoup plus qu'une passade. Dis-lui seulement que tu ne sais pas ce qui se passe entre vous deux, mais que tu veux qu'il y ait plus... que ça ne s'arrête pas.

Dans la matinée. Ça peut attendre jusque-là. Jusqu'à ce que le soleil soit levé et qu'elle soit réveillée.

Je le ferai quand elle aura la voix encore ensommeillée et des marques d'oreiller sur la joue. Quand ses lèvres seront gonflées et que son corps ne sera recouvert que par ces draps fins.

Je la regarde encore une fois, déterminé et un peu plus sûr de moi.

Ayant pris cette décision, j'essaie de me rendormir. De faire taire les pensées qui m'agitent. De compter des moutons. Rien n'y fait. L'insomnie est une chose qui m'est coutumière. Je pensais que l'épuisement dû au sexe m'aiderait cette nuit. Que mes multiples orgasmes m'endormiraient.

Je me trompais.

Parce que, à part les ombres qui dansent au plafond et la lampe de la salle de bains que nous avons oublié d'éteindre, il n'y a que moi, une Ellery endormie et pas le moindre Morphée en vue.

Il ne me reste plus qu'à regarder mes mails. Mais quand je tends le bras pour prendre mon téléphone sur la table de nuit, je remarque que sa liseuse est restée là.

Cette scène était torride.

Je choisis la liseuse plutôt que mon téléphone. Les scènes torrides dans ses livres plutôt que la dure réalité des affaires et les applis boursières sur mon téléphone. Je vais pour taper sur l'écran de la liseuse et je manque me la laisser tomber sur la figure – clairement, *c'est* un objet dangereux. Dans mon élan pour la rattraper et éviter de me retrouver avec une cicatrice, j'appuie malencontreusement sur un bouton, ou sur l'écran, ou je ne sais quoi, et j'ouvre sa bibliothèque.

Une succession de romans sentimentaux apparaît sur l'écran. Je fais défiler les couvertures, je ris en lisant les titres, je compare l'image que je me fais de mes abdos avec ceux des mecs sur les jaquettes en me demandant si je suis à la hauteur, et juste au moment où je m'apprête à cliquer sur le bon titre, je me fige.

Maxton.

Le visage de mon père me regarde. Son livre apparaît dans sa liste de lecture avec le mot « lu » dans le coin qui dit qu'elle l'a lu en entier.

C'est quoi, ce bordel ?

La gorge serrée, je clique sur la couverture. Le livre apparaît ouvert à la dernière page qu'elle a lue, et il y a une phrase surlignée sur la page marquée d'un signet, et une phrase seulement.

« *C'est... juste Ford.* »

Je regarde fixement les mots surlignés en jaune et une myriade d'émotions se bousculent en moi. La colère. La trahison. L'incompréhension. La peine.

Elle sait ? Et pourtant, elle ne m'en a pas soufflé mot ?

– Ford ? dit Ellery d'une voix ensommeillée.

Je ne réponds pas, trop concerné par les sentiments qui m'agitent et essayant de me retenir de les défouler sur elle.

Le lit se creuse. Les couvertures sont repoussées. Et soudain, un cri étouffé traverse la chambre quand elle voit ce que je tiens à la main. Quand elle enregistre les mots surlignés qui couvrent l'écran.

Lorsqu'elle pose la main sur mon bras et le presse légèrement, tout mon corps se raidit.

– Tu refusais de me dire ce qui n'allait pas.

On dirait qu'elle s'adresse à un animal blessé, et cela ne fait qu'empirer les choses.

– Tu creuses un fossé entre toi et tes frères et je me suis dit que si je savais quelle en était la cause, je pourrais peut-être t'aider.

– Et donc tu as violé ma vie privée ?

Je suis incapable de la regarder. Je ne veux pas voir la pitié dans son regard ni entendre les mots *Ce pauvre, juste Ford* sur ses lèvres.

– Ce n'est pas privé si c'est de notoriété publique.

– Ça ne te regarde pas, je crie en dégageant mon bras brutalement.

– N'importe quoi.

Elle s'assied dans le lit et remonte la couette sur elle.

– C'est moi qui suis là, je te rappelle. C'est moi qui prends. Tes sautes d'humeur chaque fois que tu vois un clip aux infos. Les remarques que tes frères ont faites en partant l'autre jour. Ton silence quand une journaliste se pointe et harcèle ton assistante pour savoir pourquoi tu ne participes pas à la tournée de promotion. Alors oui, cela affecte ton comportement au jour le jour. Tu peux penser que personne ne s'en aperçoit, mais moi, si, Ford. *Et c'est moi qui suis là.* Alors ça me regarde parce que c'est moi qui attends en retenant mon souffle que cela te tombe dessus sans prévenir. Et je t'aiderai à recoller les morceaux puisque tu refuses de vider ton sac, de t'écrouler et de repartir de là.

– Fous-moi la paix, Ellery.

– Vraiment ? C'est tout ce que tu trouves à me dire ? *Fous-moi la paix ?*

Elle lève une main.

– Je vais te poser la même question que tes frères, j'en suis sûre. Qui attache de l'importance à ce que le premier venu pense de toi ?

– Mais toi, tu n'es pas la première venue. Tu es...

La femme que j'aime.

– Je suis *quoi* ?

Mais quand je la regarde dans la pénombre de la chambre, quand je suis totalement sûr que la vérité éclate dans mes yeux, elle secoue la tête comme pour effacer ce qu'elle vient d'y voir.

Que je suis amoureux d'elle.

– Non, non, non.

Elle se balance d'avant en arrière avant de se lever en tirant la couette pour se couvrir.

– Ne le dis pas. Non, Ford. Pas maintenant. Pas ici. Pas... *s'il te plaît,* non.

Des larmes lui montent aux yeux que je ne comprends pas, à mon grand regret.

C'est incontestablement de la peur. Une véritable panique.

Mais pourquoi ? Pourquoi est-elle terrifiée à l'idée d'être aimée ?

– Alors, que veux-tu que je dise ?

J'entends la défaite dans ma voix.

Elle marche de long en large en secouant la tête, comme si elle essayait elle-même de se dissuader. Puis elle s'immobilise et me regarde fixement en m'implorant des yeux, mais dit d'une voix résolue :

– Je pense que tu oublies ce qui compte le plus. La véritable relation que tu avais avec ton père. Tu es trop occupé à laisser la vision d'un étranger détruire et entacher les souvenirs que tu as de lui et avec lui.

– Nous y voilà. C'est ce que tu penses vraiment de moi, je rétorque en croisant les bras sur ma poitrine et en m'adossant à la tête de lit avec un sourire arrogant. Donc tu penses que je fais des histoires pour rien.

– Non, Ford.

Elle secoue la tête en soupirant.

– Je pense que tu as absolument le droit d'être dépité par ce qui n'est pas dit, mais en même temps, tu as l'occasion avec tes frères de rendre hommage à l'homme à qui tu voulais ressembler. L'homme que tu idolâtrais. *Tu. As. Cette. Occasion.*

– Ce qui veut dire ?

Elle pousse un grognement de frustration.

– Je donnerais n'importe quoi pour avoir cette possibilité. De pouvoir dire au monde à quel point ma mère était formidable. D'avoir des frères et sœurs sur qui je peux compter. De savoir pourquoi mon père... *est parti.*

Ses paroles résonnent exactement là où je ne veux pas. Dans mes tripes. Dans mon cœur. Elle a perdu ses deux parents elle aussi. Une dans un accident. L'autre par suicide.

J'entends ce qu'elle dit. Je ressens ce qu'elle dit. Mais exactement comme avec mes frères, cela n'enlève rien à ce que je ressens.

À ce que j'éprouve.

Deux personnes blessées cherchant à se faire encore plus de mal.

– Ce ne sont que des mots. C'est facile à dire quand on n'est pas à la place de l'autre.

Sa lèvre inférieure tremble quand elle me fusille du regard.

– Arrête d'être aussi égocentrique.

– *Égocentrique ?*

Elle me traite d'égocentrique, putain ?

Elle peut parler. Une femme qui est visiblement amoureuse, mais est incapable de dépasser ses propres angoisses pour me l'avouer.

– Ce livre ne parle pas de toi. Il parle de ton père. Son propos, c'est de faire connaître au reste du monde l'admiration et le respect que tous les trois vous éprouvez pour lui. Alors oui, arrête de te comporter de façon aussi égocentrique en faisant comme s'il s'agissait de toi alors qu'il s'agit de lui.

– Alors, d'abord, il s'agit de ma relation avec mes frères. Et ensuite, il s'agit de mon père.

Je la regarde fixement en haussant les épaules, cherchant la bagarre. Brûlant de déverser cette colère sur quelqu'un.

– Tu es qui, toi, pour donner des conseils ? Tu vas vraiment me faire la leçon à propos des relations et comment les faire naître et les entretenir alors que toi, tu restes là à refuser d'admettre ce qui se passe entre nous ? *Classique, putain,* Ellery.

– Ne fais pas ça, Ford.

Elle recule de quelques pas et se force à déglutir. Cette panique familière passe dans ses yeux.

– Ne fais pas quoi ? je crie en agitant les bras. Parler de ce qui nous crève les yeux ? De ce que nous vivons depuis des mois et que tu refuses d'admettre.

– Il ne s'agit pas de nous.

– Non ? Ah bon ? Au temps pour moi. Je n'avais pas réalisé que pour toi, c'est acceptable de fourrer ton nez dans *mes* affaires, mais pas dans *nos* affaires.

– Mais on parle de *toi,* de *ta* famille.

– Bien sûr. Est-ce qu'on ne parle pas uniquement de ça ? Je veux dire, on ne parle jamais de *nous. Ni de toi.* Chaque fois que le sujet se porte sur *toi,* tu changes de conversation en la détournant sur moi. Tu t'arranges pour ne jamais révéler la plus petite partie de toi qui, Dieu t'en préserve, pourrait te rendre vulnérable.

Elle reste plantée là, la lèvre inférieure frémissante, mais les yeux froids comme de la glace.

– Va te faire voir.

– Pourquoi ne lis-tu jamais les épilogues, Ellery ? Hein ?

J'ai envie de lui faire mal, comme elle me fait mal. J'ai envie de la repousser parce qu'elle est tellement proche de la vérité.

– Tu veux des réponses ? J'en ai autant à ton service. Pourquoi tu ne les lis pas ?

Je refuse de voir la peine qui passe dans ses yeux, ma propre peine obscurcissant mon jugement.

– Laisse-moi tranquille, Ford.

– Ah, d'accord, dis-je avec un ricanement condescendant. *Maintenant,* je dois te laisser tranquille ?

– Ne t'occupe pas de mes affaires.

– Non. Jamais de la vie. Pourquoi tu ne les lis pas ? Tu as trop peur de découvrir ce qui arrive après qu'ils sont tombés amoureux ? C'est de ça qu'il s'agit ? Tu te sabotes toi-même et comme ça...

– Tais-toi, crie-t-elle de toutes ses forces.

Sa voix se brise. Des larmes roulent sur ses joues. Elle secoue la tête de droite à gauche sans me quitter du regard. L'expression sur son visage me fait mal, mais ses paroles sont encore pires.

– Pourquoi ? Pour pouvoir t'enfuir et esquiver la question ?

– Comme toi ? L'homme qui est venu se réfugier ici, qui s'est associé avec la première venue qu'il n'avait rencontrée qu'une fois, uniquement pour pouvoir se cacher la tête dans le sable et esquiver ses problèmes de relation avec son père.

Si elle espérait taper dans le mille, c'est réussi, putain.

Enfoirée.

Je pars d'un rire plein d'amertume.

– Ça, c'était un coup bas, Elle. Mais c'est bien ce que tu voulais, non ? Me mettre en colère pour que je laisse tomber le sujet ? Parce que de cette façon, c'était plus facile que de me parler franchement. Que d'avoir à affronter la réalité de ce qui se passe entre nous...

– La seule question qui compte, c'est pourquoi en ce moment même tu n'es pas en route pour rejoindre tes frères sur les plateaux des matinales.

Évidemment. Je lui ai parlé de ces foutues interviews la semaine dernière et maintenant elle me les renvoie à la figure ? Fait chier.

– Tu es en train de *me* dire de partir ? Très bien. Tu as gagné.

J'y crois pas, putain.

– Je vais partir ce matin. Je vais aller faire la tournée des plateaux avec mes frères et toi, tu vas rester ici à t'occuper de tout sauf de ce qui est important.

– Très bien.

– Et ensuite, quand ce sera réglé, quand je me serai montré *altruiste,* ce sera à ton tour d'être altruiste et de réfléchir et de décider ce que tu veux, putain, parce que j'en ai marre de ne pas le savoir. Ça marche ?

– Très bien.

– Dis autre chose que *très bien*, bordel, je gronde, et ma frustration fait résonner tous les murs de la pièce.

Elle me lance un regard vide et apeuré, et je m'en veux d'en être la cause. Elle fait un signe de tête presque imperceptible en ouvrant la bouche, mais la referme aussitôt. Je sais que je suis peut-être allé trop loin.

Mais est-ce que ce n'est pas mon droit de savoir où *j'en suis* ? Où *nous* en sommes ?

Elle cligne des yeux pour retenir ses larmes et murmure :

– Très bien.

Avant de sortir de la suite, toujours enveloppée dans la couette, et de refermer la porte derrière elle.

Je fais un effort surhumain pour ne pas courir après elle. Pour ne pas descendre à toute vitesse dans le hall, écraser mes lèvres sur les siennes et lui dire que ce n'est pas grave, que, quelle que soit la chose qui l'effraie, nous pouvons y remédier. Nous pouvons la dépasser.

Mais je ne le fais pas.

Je reste figé sur place, les yeux rivés sur la porte fermée, et je sais que cela ne devrait pas être si compliqué d'aimer quelqu'un.

– Et merde, dis-je dans la pièce vide.

Si mon intention était de la pousser à reconnaître qu'il y a quelque chose entre nous, on peut dire sans se tromper que j'ai obtenu l'effet inverse.

43

Ellery

JE RESSENS UNE DOULEUR DANS LA POITRINE.

Ça marche ?

Due aux mots qu'il n'a pas prononcés, mais que je pouvais lire dans ses yeux. À la dispute que j'ai provoquée parce que j'avais besoin d'espace et de temps pour réfléchir. Pour l'obliger à se rendre compte que je ne suis pas la personne qu'il croit. Qu'il ne peut pas m'aimer. Qu'il ne peut pas exister entre nous plus que ce qui existe déjà.

À la dureté dont j'ai dû faire preuve pour l'obliger à se rendre compte de ce qu'il a et que tellement d'autres rêveraient d'avoir. Ce que je rêverais d'avoir.

À la vérité qui se cache derrière la question : *Pourquoi tu ne lis pas les épilogues, Ellery ?*

Et la douleur persiste tout au long de la nuit que je passe, assise dans le bar-terrasse déserté, enveloppée dans la couette, à regarder la lune au-dessus de l'océan. Je regarde son reflet onduler avec le flux et le reflux de la houle. J'écoute le son assourdi des vagues qui viennent se briser sur la plage en contrebas. Je me plonge plus profondément dans mes propres pensées alors que le cadre neuf grince et s'installe autour de moi.

« *Ce sera à ton tour d'être altruiste et de réfléchir et de décider ce que tu veux, putain, parce que j'en ai marre de ne pas le savoir. Ça marche ?* »

Est-ce pour cela que je me suis enfuie ? Ou plutôt, que j'ai couru me réfugier dans le bar, ce qui est ridicule en soi ?

Parce que, oui, il est devenu trop proche. Et quand quelqu'un devient trop proche, je panique. Est-ce parce que je lui en veux d'avoir une famille que je ne pourrais avoir qu'en rêve et qu'il ne fasse aucun effort pour la ménager ? Un peu des deux.

Ou bien est-ce parce que j'ai peur de croire que moi aussi, je pourrais avoir droit à un avenir radieux ? Que ça *pourrait être lui*, mon avenir radieux ? Et ça me terrorise d'espérer, de croire, que si c'est le cas, il ne me sera pas arraché, lui non plus.

Ou bien n'est-ce pas tout simplement que je doute de tout ce qui s'est dit hier soir ? Sa promesse de s'associer avec moi ? Sa suggestion de lier les mains de mon beau-père de façon que j'entre effectivement en possession de la part qui me revient de droit.

Est-ce que tout cela était vraiment sincère ? Est-ce qu'il veut vraiment s'associer avec moi ou était-ce un moyen de m'attacher à lui de façon à m'empêcher de m'enfuir ? Pour que je n'aie aucune raison de m'enfuir ?

Mais en même temps, le lien ne serait que pour nos sociétés puisqu'il assurerait le capital.

Et comment je me vois là-dedans ? Dévalorisée ? Achetée ? Soudoyée ?

Agacée, je me passe une main sur le visage, alors que toutes ces interrogations tournent et partent en vrille, talonnées par le doute, tandis que l'obscurité de la nuit cède la place aux petites heures de l'aube.

Où est passée ma résolution ? Quand ai-je cessé de me contenter de m'amuser et de profiter de sa présence ?

J'étais disposée à épouser un mec bien pour ce qui peut se résumer à assurer l'avenir de nos exploits commerciaux.

Qu'y a-t-il de si mal à sortir avec un homme avec qui l'on travaille ? Un homme dont je suis folle, soit dit en passant.

Fordham Sharpe.

Tellement supérieur à ce *Juste Ford.* J'aimerais tellement qu'il le comprenne.

Avoir la nuit pour réfléchir chacun de notre côté nous aidera peut-être à affronter les vérités auxquelles nous refusons de faire face. Cela nous aidera peut-être à trouver un terrain d'entente. Où il verra qu'il doit aller vers ses frères et que les happy ends, ce n'est pas pour moi, en même temps que je prendrai conscience qu'il n'y a rien de flippant au fait que je sois avec lui.

Le temps arrange tout.

Le temps rend plus lucide.

Du moins je l'espère.

Le ciel commence à s'éclaircir alors que naît ce matin triste et gris avant que le soleil ne pense à se lever.

Plus que toute autre chose, nous devons crever l'abcès avant de nous retrouver face à des hordes d'ouvriers s'efforçant d'achever cette tâche monstrueuse dans des délais aussi brefs. Nous devons réussir à travailler ensemble en dépit de nos dissensions.

C'est une chose que nous n'avons pas expérimentée depuis le début de ce projet – un désaccord entre nous –, mais n'est-ce pas ce qui arrive dans une véritable association ? Dans une véritable relation de couple ?

Parce que cette nuit m'aura au moins permis de l'accepter. Il y a bien quelque chose entre Ford et moi. De quelle *nature* ? Cela reste à définir, mais je suis prête à le reconnaître et à en tirer cette conclusion.

Je suis prête à lui avouer qu'il y a entre nous quelque chose que je n'ai jamais connu avec personne d'autre, et c'est déjà énorme. J'espère qu'il s'en contentera. J'espère qu'il comprendra et acceptera l'idée que je ne suis pas le genre de personne à dire *Je t'aime.* Qu'il se rendra compte, comme Josh l'a fait, que ce que j'ai à offrir n'est pas – ne sera jamais – suffisant pour une relation de couple. Que Ford finira par me quitter lui aussi.

Au plan professionnel ?

Oui, ça marche, Ford.

C'était vrai quand je te l'ai dit hier.

Toujours enveloppée dans le duvet, je retourne dans la suite. Je dois m'habiller avant que les ouvriers arrivent, mais surtout, il faut que je parle à Ford. Il faut que je lui dise que oui, je tiendrai ma part du marché. Que s'il va arranger les choses avec ses frères, alors je lui dirai où nous en sommes. Que nous sommes en couple... mais que ça ne lui donne pas ce dont il a besoin, selon moi. Ce qu'il mérite. Mais que je peux être tout sauf ça.

C'est déjà quelque chose, non ? Ce n'est peut-être pas exactement ce qu'il recherche, mais c'est au moins un point de départ.

À chaque marche que je descends, je répète les mots dans ma tête. Les phrases. Les raisons qui les sous-tendent. Tout.

Mais en entrant dans la suite, les draps, sans la couette, sont tirés et le lit est fait. Ford n'est nulle part. Son ordi n'est plus là. Ses clés non plus.

La panique me gagne.

Il est parti.

Nous nous sommes disputés.

Il est parti.

Je traverse la chambre en courant comme une folle, mais je découvre que ses vêtements sont encore là, ses affaires de toilette sur la tablette, des notes de travail éparses étalées sur la commode.

Le soulagement me submerge comme un tsunami.

Il avait peut-être tout simplement besoin d'espace, lui aussi.

Mais il ne m'a pas quittée.

Il n'est pas parti.

Des larmes de soulagement me viennent alors que je suis sous la douche. C'est le seul moment de faiblesse que je m'accorde tout en me répétant qu'il va revenir pour me rassurer.

Qu'il continue à se battre pour nous.

Je passe les heures suivantes à me préparer parce que même si Ford et moi nous sommes disputés, le spectacle doit continuer ici. Les entrepreneurs doivent recevoir leurs instructions. Les problèmes doivent être résolus. La journée doit suivre son cours.

Il sera peut-être allé passer le reste de la nuit à Sag Harbor. Pour prendre de la distance comme moi.

Mais alors que je suis dehors pour expliquer à Roddy comment les auvents doivent être fixés au-dessus de la porte du café, notre attention est attirée par le bruit d'un hélicoptère. Ce n'est pas un bruit inhabituel ici, dans ce terrain de jeu des riches, mais celui-ci est particulièrement bas.

Et quand je lève les yeux et que je vois l'hélico noir avec les lettres S.I.N. peintes en gris passer au-dessus de ma tête, je sais que Ford a tenu à me montrer qu'il tenait sa part du marché. Juste comme ça. Sans discussion supplémentaire. Sans négociations. Sans proposition finale. Il fait ce qu'il a dit qu'il allait faire. Il tient parole.

Il m'avertit aussi que lorsqu'il reviendra, je vais devoir tenir la mienne.

44

Ford

ELLE EST MINUSCULE, LÀ EN BAS.

La main en visière au-dessus des yeux lorsqu'elle regarde en l'air et voit l'hélico.

Qu'elle comprend que je tiens parole.

Je continue de regarder jusqu'à ce qu'elle disparaisse parce que j'ai peur que ce soit la dernière fois que je la vois.

Je crains que ce qui suscite cette peur chez elle soit plus fort que l'amour que je lis dans ses yeux lorsqu'elle me regarde.

Est-ce que ça n'a pas toujours été le nœud du problème ?

45

Ellery

– VOUS ATTENDEZ DES NOUVELLES OU QUOI AUJOURD'HUI, patronne ? demande Roddy qui marche à côté de moi.

– Que voulez-vous dire ? je demande en tournant la tête pour le regarder.

– Vous regardez votre téléphone toutes les cinq minutes, comme si vous attendiez que votre sœur vous annonce la naissance de son bébé, ou un truc du genre.

Je me mets à rire.

– Sachant que je n'ai pas de sœur, je risque d'attendre longtemps.

– Touché.

Il s'arrête en plissant les yeux.

– Mais tout va bien ? Pas de problèmes avec le projet ou les permis ?

– Non, non. Rien de tout ça. J'attends juste un mail au sujet de la livraison de la verrière pour le café.

Ce n'est pas vrai, mais je me sens idiote tout à coup d'avoir tellement regardé mon téléphone que ça s'est remarqué.

– Ils ont mon numéro. Vous ne devriez pas avoir à vous occuper de ça. Vous avez suffisamment de responsabilités comme ça. Laissez-moi gérer ça.

Ça m'apprendra à mentir.

– Voilà. Je ne serai plus dérangée.

Je sors ostensiblement mon téléphone de ma poche et je le mets sur silencieux.

– Si je demande aux autres de ne pas se laisser distraire pendant le travail, j'imagine que c'est normal que j'en fasse autant.

Il me fait un clin d'œil en riant avant qu'on l'appelle pour qu'il vienne donner un coup de main dans le café.

Je soupire et m'adosse contre le mur. En dépit de mon manque de sommeil la nuit dernière, la journée s'est bien passée.

Est-ce que je suis toujours blessée et perplexe au sujet des choses qui ont été dites hier soir ? Bien sûr que oui. Je ne suis pas un robot.

La remarque au sujet de mon téléphone ? C'est parce que je n'arrête pas de voir des titres de journaux et des notifications d'Instagram apparaître sur mon écran. Ce serait un euphémisme de dire que la première interview réunissant les trois frères Sharpe a fait le buzz.

Si j'en crois la remarque de Roddy, je m'y intéresse beaucoup trop.

Est-ce que c'est bizarre d'éprouver de la fierté pour un truc dont on ne fait pas partie ? Certainement, pourtant c'est mon cas.

Les médias font leurs choux gras simplement avec les images. Ces trois hommes, identiques et beaux comme des dieux, dont la réussite est une illustration du rêve américain, assis côte à côte devant la même caméra. Leurs simples sourires doivent suffire à faire monter l'audimat, mais c'est la passion et l'amour avec lesquels ils parlent de leur père bien-aimé qui va leur attirer l'affection du public si ce n'est déjà fait.

Et seul l'œil exercé de quelqu'un qui a passé la quasi-totalité des trois derniers mois avec le frère du milieu pourrait remarquer une légère gêne dans les réponses à certaines questions. Les blancs sont tellement infimes.

Dans les clips que j'ai vus, j'ai été émue par l'amour qu'ils portent à leur père. Leur admiration sans faille pour l'amour qui existait entre leurs parents, même des années après le décès de leur mère. Ça fait chaud au cœur de voir le lien qui les unit tous les trois, même de loin.

J'ai envoyé plusieurs messages à Ford pour le lui dire. Je suis assez grande pour, alors même que j'ai du mal à concevoir comment je vais tenir ma part du marché à son retour, ne pas lui refuser le droit de savoir à quel point je suis fière de lui d'avoir fait cet effort.

Et même s'il n'a pas répondu, je sais que lui aussi en est fier. Cela se voit dans ses sourires. Dans ses rires. Dans la façon timide qu'il a de secouer la tête lorsque ses frères le font ouvertement enrager, pour bien faire comprendre que leur père l'aimait autant qu'il les aimait eux, même si ce n'est pas dit dans le livre.

Oui, j'ai passé le plus clair de ma journée de travail à m'obnubiler avec ça, souvent en faisant semblant de chercher la trace d'une livraison en retard ou de gérer des prétendus problèmes concernant l'ouverture.

Si quelqu'un m'avait interrogée à ce sujet j'aurais été bien en peine de répondre.

Mais heureusement, personne ne l'a fait.

Alors que la journée avance, mon impatience de voir Ford grandit. Ma résolution est plus forte. Je me rends compte que j'attends autre chose de ma relation avec Ford qu'avec Chandler ou Josh. Mais je suis pour l'instant incapable de savoir quoi. J'espère seulement qu'il sera prêt à en accepter les limites.

Je m'occupe l'esprit en révisant ma liste interminable de choses à faire pour que cet endroit soit prêt en temps et en heure.

Dans certaines pièces, elle raccourcit, mais dans d'autres, elle s'allonge. Ce n'est qu'en arrivant dans le bar à l'étage que je vois tout le monde agglutiné autour d'un téléphone. Ils se dispersent en remarquant ma présence.

Des regards furtifs sont échangés entre les ouvriers.

– Qu'est-ce qu'il y a ? je demande en écartant les bras, debout au milieu de la pièce. Qu'est-ce que vous ne me dites pas. J'ai de la terre sur le front ? Il y a une sextape que je n'ai jamais faite qui circule sur Internet. Que. Se. Passe-t-il ?

Ma plaisanterie ne fait sourire personne.

Hank est le seul à oser me regarder dans les yeux. Je pointe mon doigt vers le pauvre bougre.

– Vous ? Que se passe-t-il ?

Hank lance un regard vers un autre menuisier, puis de nouveau vers moi, redoutant visiblement de dire ce qu'il sait.

Et soudain, j'ai peur moi aussi.

Hank avance vers moi en traînant les pieds, les épaules affaissées, en tendant son téléphone.

Il faut une bonne minute à mon cerveau pour assimiler le titre de TMZ qui apparaît sur son écran et qui date d'il y a une heure et demie. Mon esprit bute sur les mots et mon cœur flanche tandis que le monde s'écroule sous mes pieds.

Un hélicoptère s'écrase dans l'Hudson

Je pousse un cri étouffé en arrachant le téléphone des mains de Hank pour lire l'article. Seuls quelques mots s'impriment dans mon esprit.

Fordham Sharpe sur la liste des passagers.

Volant en direction des Hamptons.

S'est abîmé dans l'Husson.

Recherche des survivants en cours.

Je ne respire plus. *Est-ce que c'est normal ?* Je ne respire plus. Je ne pense plus. J'ai l'impression qu'il y a un million de choses que je dois faire. Appeler ses frères alors que je ne connais même pas leurs numéros. Aller à New York alors que la seule façon d'y aller rapidement, c'est en hélicoptère et que c'est impossible. Avoir une crise d'angoisse parce que, même si ça ne résout rien et que ça ne répond pas à mes questions, cela serait quand même une façon de ressentir quelque chose. Parce que, pour l'instant, pour l'instant, je ressens tout et rien à la fois. Comment est-ce possible ?

Je recule d'un pas hésitant et je me laisse tomber dans un fauteuil. Je me fiche de dévoiler mes cartes à nos équipes. Je me fous totalement que mon cri et le sang qui s'est retiré de mon visage leur prouvent qu'il y a quelque chose entre Ford et moi et que nous ne sommes pas seulement associés.

Roddy est à côté de moi et je ne sais même pas comment il est arrivé là. Il desserre mes doigts du téléphone.

– Respirez. Sinclair. Respirez.

– Mon téléphone ? Où est mon téléphone, dis-je d'une voix croassante.

– Dans votre poche arrière. Là, dit-il en le montrant du doigt.

Je le sors brusquement de ma poche.

L'écran est recouvert de SMS. De Garland. De Ledger. Des messages auxquels je n'ai pas fait attention parce que j'avais mis mon téléphone sur muet.

Je les regarde fixement jusqu'à ce que mes yeux se brouillent, la peur de ce qu'ils pourraient m'apprendre m'empêchant de déverrouiller mon téléphone pour les lire.

En un clin d'œil, je vois que tous les regards sont braqués sur moi. Tout le monde retient son souffle comme moi, et l'inquiétude que je lis sur leurs visages est dévastatrice.

– Dehors tout le monde, ordonne Roddy, balançant le bras en un mouvement pour les chasser.

Je ne lève pas les yeux. Je ne croise pas leurs regards, mais du coin de l'œil je les aperçois sortir de la pièce en traînant les pieds.

– Vous préférez que je sorte ou que je reste ?

Il s'accroupit devant moi, pose la main sur mon genou, attendant ma réponse.

– J'ai besoin... seule, s'il vous plaît.

Il acquiesce et presse mon genou avant de se lever pour sortir.

C'est moi qui ai poussé Ford à partir. C'est à cause de moi s'il était sur ce vol. C'est à cause de moi...

Non.

Il doit être vivant. Il le faut.

C'est Ford. L'imposant, têtu comme une mule, Ford.

Lorsque la porte se referme, je pousse un soupir tremblant en faisant glisser le doigt sur l'écran de mon téléphone et je me prépare pour ce que je vais lire.

Mais juste à ce moment-là, il sonne. C'est un numéro inconnu et je réponds aussi vite que je peux en espérant que ce soit Ford.

– Allô ? dis-je dans un souffle.

– Ellery, c'est Ledger.

La solennité dans sa voix me touche au plus profond. Le chagrin qui la rend hésitante est indescriptible. La peur et la panique s'entremêlent dans chacune de ses fibres.

– S'il vous plaît... dis-je dans une longue plainte.

S'il vous plaît, faites qu'il aille bien. S'il vous plaît, dites-moi qu'il est avec vous.

– Les secours, dit-il d'une voix étranglée. Ils l'ont retrouvé.

Mon cœur se brise.

Pas ils l'ont retrouvé et il va bien. Pas ils l'ont retrouvé et il est vivant. Simplement *ils l'ont retrouvé.*

– Ledger...

Je sens le sel de mes larmes sur mes lèvres alors que je ne savais pas que je pleurais.

– S'il vous plaît.

Des secondes s'écoulent qui me paraissent des heures, et tout l'air contenu dans la pièce semble aspiré, et je n'entends plus que le bruit du sang qui bat dans mes oreilles.

– Il va bien.

Cette fois, c'est sa voix qui se brise. C'est son sanglot hoquetant qui vacille sur la ligne. Ses mots me permettent de respirer pour la première fois depuis un temps que je ne peux mesurer, des minutes qui me semblent être des heures.

Un sanglot m'échappe juste après.

– Vous lui avez parlé ?

– Non. Pas encore.

Sa voix est rauque, mais soulagée.

– L'hélico est tombé. Notre pilote a réussi à le stabiliser. Les pales. L'eau. Je ne comprends pas comment ils ont fait, mais ils s'en sont sortis.

– Il faut que j'y aille, que je le voie... pour... je ne peux pas... je n'ai aucun moyen de m'y rendre.

– Je sais. Je sais. Nous sommes... Callahan et moi sommes en voiture. Nous allons le voir.

– S'il vous plaît, s'il vous plaît, dites-lui de m'appeler.

S'il vous plaît. Je ne peux pas perdre quelqu'un d'autre. Pas une nouvelle fois.

46

Ford

– VOUS M'EMPÊCHEZ DE RESPIRER.

J'essaie de repousser mes frères, mais ils persistent à me serrer dans leurs bras dans une étreinte comme je n'en ai plus eu de leur part depuis des années. Depuis l'enterrement de papa.

– Enfoiré, murmure Callahan.

– Doublement enfoiré pour nous avoir fait peur comme ça, ajoute Ledger.

Et lorsqu'ils s'écartent et que nos regards se croisent, nous nous regardons tous les trois avec des larmes dans les yeux.

– Relax. Je m'amuse bien trop à vous faire chier pour vous quitter déjà, espèces d'enfoirés.

Leurs rires sont forcés. Ce ne sont pas des rires de gaieté mais de soulagement.

Je ferme les yeux et je m'assieds en chancelant. Je sais qu'ils attendent plus de détails que ceux que je leur ai donnés au téléphone. Un compte-rendu détaillé pour tout expliquer, mais tout ce qui me revient en mémoire, c'est les pensées qui m'ont traversé l'esprit au cours de ces instants fugaces entre le moment où notre pilote m'a dit qu'il y avait une panne technique et ses mots : « Préparez-vous à l'impact. »

Ma mère. Son doux sourire. Ses embrassades chaleureuses. Sa sagesse permanente.

Mon père. Son côté inflexible. Son affection qui vous était acquise une fois que vous l'aviez gagnée. Son héritage dont j'ai eu peur à ce moment-là de n'avoir plus la possibilité de le transmettre.

Mes frères. Les autres parties de moi. Celles sans qui je ne suis pas complet. Mes rocs alors que je ne suis pas capable d'en être un.

Et Ellery. *Je l'aime*, et je n'ai pas eu l'occasion de le lui dire.

Je l'aime.

Je ne commettrai pas cette erreur deux fois.

– Donne-moi ton téléphone, dis-je en m'adressant aux deux.

Ledger me tend le sien.

– Il sonne déjà.

Je le prends et dès que je le porte à mon oreille, j'entends sa voix et cela me met à genoux.

– Ledger ?

– Ellery.

Ma voix se brise en prononçant son nom.

– Ford ? Ford !

Je ne sais pas qui craque en premier. Elle ou moi, ou tous les deux en même temps, mais une larme roule sur ma joue en même temps qu'un sanglot lui échappe.

– Je vais bien.

– Ford.

– Je rentre très vite à la maison.

47

Ellery

LE MONDE N'A TOUJOURS PAS REPRIS SA COURSE NORMALE. Même si j'ai pu parler avec Ford. C'était rapide et il n'a pas dit grand-chose, avec ses frères autour de lui, mais c'était la plus belle musique que j'avais entendue de ma vie.

« *Je rentre très vite à la maison.* »

C'est bien de Ford d'agir comme si survivre à un accident d'hélicoptère était une broutille.

C'est bien de lui de n'avoir pas peur de remonter aussitôt dans un autre pour me rejoindre au plus tôt.

Lorsque sa voiture entre dans le parking, je sors en courant et je lui saute au cou, les jambes autour de sa taille, les lèvres plantées fermement sur les siennes. Il recule en chancelant sous la force de mon poids, et son rire est absorbé par le baiser que je lui donne sans penser à, ni me soucier de, qui pourrait nous voir. De qui va savoir.

Mon baiser exprime tant de choses. Tu m'as manqué. J'ai eu si peur. Plus jamais ça. Des paroles qui me font encore tellement peur que c'est à peine si j'ose les penser.

Et lorsque notre baiser se termine, lorsqu'il me repose par terre, je le frappe sur la poitrine.

– Ne me fais plus jamais, jamais, jamais, ça.

Son rire résonne.

– À peine rentré à la maison, et tu me frappes déjà d'une façon ou d'une autre.

– Tais-toi.

Je le pousse, puis j'écrase de nouveau mes lèvres sur les siennes. Y goûter encore une fois pour m'assurer qu'il est vivant. Qu'il va bien. Que c'est bien lui qui est là, dans mes bras.

Ses mains encadrent mon visage. Ses yeux sont rivés aux miens. Son petit sourire amusé ravit mon cœur.

– Je t'aime, Ellery Sinclair. Je t'aime et j'en ai assez de ne pas le dire. Je t'aime et la seule chose qui m'est venue à l'esprit alors que l'hélico tombait, c'est que je ne te l'avais pas dit. Alors je te le dis maintenant. Je te le dis et tu en feras ce que tu veux, mais mes sentiments ne vont pas changer. Tu comprends ça ? Je fais peut-être une erreur en te le disant, mais je préfère ça plutôt que prétendre que tu ne le savais pas.

J'entends ses paroles. Je comprends ce qu'il dit. Mais je suis trop submergée par ce qui arrive. Par l'émotion de ne pas l'avoir perdu, que ses mots sont là, mais que mon besoin qu'il soit vivant recouvre et fait disparaître tout le reste.

La peur.

L'angoisse.

Il n'y a que lui.

Que nous.

Que ce nouveau lendemain pour nous permettre de trouver une solution.

48

Ford

LES RÊVES NE ME LAISSENT PAS DE REPOS.

Ils se succèdent. Ce qui aurait pu arriver. Ce qui est arrivé. Et je me réveille en sursaut de chaque cauchemar pour voir le visage d'Ellery posé sur l'oreiller à côté de moi. Ses jambes emmêlées avec les miennes. Entendre sa respiration régulière, sentir les battements ordonnés de son cœur sous la paume de ma main former un rappel rassurant que ce n'était que ça, un cauchemar.

Et entre la terreur et la peur surgit le rappel des événements d'hier soir. De moi l'attirant sur mes genoux. De nous nous accrochant l'un à l'autre. De ses lèvres se posant sur les miennes alors qu'elle se coulait contre moi.

Qu'elle m'aimait – qu'elle me le faisait savoir avec son corps et l'émotion dans ses yeux – mais jamais en paroles.

Nous bougions l'un contre l'autre en silence.

Réagissant aux caresses l'un de l'autre. À nos gémissements. À nos supplications.

Réagissant au point que cela devint presque douloureux de respirer, sachant que j'avais failli perdre ça. Failli la perdre, elle.

Lorsque je l'ai écartée de moi pour la regarder, pour l'observer s'abandonner à l'amour, une larme unique roula sur sa joue. Je l'essuyai dans un baiser. Je lui murmurai que j'allais bien. Que je vais bien.

Et que je l'aime.

Mais le plaisir se perdit dans le cauchemar suivant. Qui me flanqua une trouille bleue.

Je pense que c'est le rêve qui me réveille en sursaut. Ou bien ai-je entendu la porte se refermer ?

La première chose que je remarque, c'est que la lumière de l'aurore naissante commence à sortir la chambre de l'obscurité.

La seconde, c'est qu'Ellery n'est pas à mes côtés. Le lit est froid.

Je me passe la main sur le visage et bascule les jambes par-dessus le bord du matelas.

– Elle ? j'appelle vers la porte partiellement ouverte de la salle de bains.

Elle fait peut-être les mêmes cauchemars que moi. Elle a peut-être besoin que je lui rappelle que je vais bien.

Mais lorsque je jette un coup d'œil dans la salle de bains, elle ne s'y trouve pas. Je vais dans le couloir et là, je la vois de dos qui tire sa valise à roulettes.

La panique me coupe le souffle. Est-ce qu'elle a une réunion que j'ai oubliée ? Une vidéoconférence à laquelle elle doit participer ?

Mais je sais que la réponse est non.

Elle s'enfuit.

– Ellery ?

Je cours à sa suite, mais elle ne se retourne pas.

Lorsque je passe devant elle dans le couloir pour lui bloquer le chemin, je découvre les larmes qui ruissellent sur ses joues. Le désespoir infini qui se reflète sur ses traits.

– Mon chou. S'il te plaît. Dis-moi ce qui ne va pas ?

Son visage demeure impassible malgré les larmes qui brouillent sa peau et un subtil non de la tête.

– Je suis tellement désolée, murmure-t-elle.

Ces simples mots me terrassent. Effaçant la dernière touche d'espoir à laquelle je me raccrochais.

– Ne fais pas ça. Je ne te laisserai pas partir, dis-je alors que mon cœur bat à se rompre et que l'incrédulité me rend fou. Pas après tout ce qui s'est passé. Pas après hier. Pas après... *nous.*

C'est à peine si je reconnais ma propre voix, là tout de suite. La supplication qu'elle renferme. La peur qu'elle révèle.

– Ça ne va pas, murmure-t-elle en essayant de me contourner. (Je me déplace pour l'en empêcher.) Ce n'est pas possible.

– Qu'est-ce qui n'est pas possible ?

– Ça. Nous.

Elle baisse les yeux et ses larmes vont s'écraser sur la moquette neuve qui nous sépare.

– Je refuse de m'autoriser à...

– De t'autoriser à quoi ? je demande sur un ton pressant. Espérer ? Me désirer ? Me...

– À t'aimer, chuchote-t-elle en levant les yeux pour croiser les miens.

– Pourquoi ? Pourquoi ne peux-tu pas m'aimer ? dis-je sur un ton de défi, mes mains sur ses épaules, avec l'envie de la secouer pour la ramener à la raison.

Mais elle est déjà bien assez effrayée comme ça.

Autant que moi.

Mais ma peur vient du fait que je sais ce que je veux et que j'ai peur de ne pas pouvoir l'avoir. Alors que sa peur naît de ce qu'elle n'a jamais eu et qu'elle est terrifiée à l'idée de ressentir.

– Parce que je ne peux pas, dit-elle en ravalant un sanglot. Je ne peux pas, c'est tout.

– Je mérite mieux que ça. Une meilleure raison, Ellery, et tu le sais très bien.

J'inspire une longue bouffée d'air pour me calmer.

– Pourquoi ne peux-tu pas m'aimer ?

Ma voix se brise sur ces mots.

– Parce que... parce que toutes les autres personnes que j'ai aimées sont mortes. M'ont quittée. Et je ne peux pas... je ne peux pas te perdre toi aussi. Ça a failli hier. *J'ai failli te perdre.* Et je suis terrorisée à l'idée de t'aimer pour te perdre ensuite. Je suis incapable de me faire revivre ça.

Je regarde ses yeux bleu saphir que j'adore. Ses lèvres qui peuvent me demander n'importe quoi, et je le ferai. Cette femme qui tient mon cœur entre ses mains tremblantes.

« *Mon fils, quand le caractère d'une femme fera que tu l'aimes encore plus, quand ses défis te donneront envie de la défier à ton tour et quand ses sourires te feront faire ce qu'il faut pour les gagner tous, alors tu sauras que cette femme vaut vraiment la peine de marcher dans le feu pour elle.* »

Mon père avait raison.

C'est maintenant que je sais que je marcherais sur des charbons ardents, que j'affronterais la brûlure et la douleur pour l'attirer contre moi et effacer cette expression de son visage.

Bon Dieu, il avait vraiment raison, putain.

Le feu n'est rien, confronté à l'amour.

Ou ce qu'on serait prêt à faire pour.

Ou ce que l'on donnerait pour.

Ou à quel point on se brûlerait pour.

– Je veux juste que tu sois avec moi. Peu importe comment, Ellery. Nous valons la peine de nous battre. Tout le reste, c'est du blabla. On peut en venir à bout.

Elle recule et se dégage de mon étreinte, évitant mon regard à tout prix.

– Je dois partir, Ford.

Cette larme hier soir... c'était parce qu'elle savait qu'elle me disait adieu.

Sur ces mots, Ellery Sinclair me contourne et sort de l'auberge.

Et de ma vie, j'en ai peur.

49

Ellery

IMPOSSIBLE D'ARRÊTER MES LARMES.

Ni la douleur dans ma poitrine ou la peine dans mon cœur.

Je l'aime.

J'aime Fordham Sharpe alors que je m'étais juré de ne jamais m'autoriser à l'aimer.

Et j'ai failli le perdre.

Les rêves affreux se sont succédé. Le cri d'angoisse étouffé lorsque je me suis réveillée et que je l'ai vu là, bien vivant, sa poitrine se levant et s'abaissant, ça n'a fait que m'effrayer encore plus.

Tout ce que j'aime meurt.

Tout.

Je ne peux pas en vouloir à Ford. Je ne peux pas en vouloir à ses frères.

J'essuie une nouvelle larme et je passe le bout des doigts sur les lettres gravées sur la pierre tombale de mon père.

Le souvenir de son visage me traverse l'esprit. De son rire sonore et de la chaleur de ses embrassades. De son esprit de discipline strict, mais des éloges enthousiastes qui vous donnaient l'impression d'avoir gravi l'Everest lorsqu'il vous en gratifiait. De son soutien sans faille et des conseils éclairés qui me servent de repères encore aujourd'hui.

Les épaules de maman sont secouées de tremblements alors que j'essaie de m'y accrocher. De la consoler comme elle l'a fait pour moi.

Mais aucune étreinte ne pourra faire passer cette douleur.

Aucun baiser sur le bobo ne va la faire disparaître.

Je serre les paupières. C'est plus facile de regarder autour de moi et de voir tout le monde faire semblant de ne pas nous regarder. Les yeux chargés de pitié. Les « Quelle tristesse » échangés. Fermer les yeux, c'est dix fois mieux que regarder ce cercueil noir laqué au-dessus du sol, juste devant nous.

Est-ce qu'il a froid là-dedans ?

Est-ce qu'il a encore mal ?

Est-ce qu'il regrette de l'avoir fait parce qu'il voit à quel point nous avons de la peine ? À quel point il nous manque ?

Maman essaie de s'écarter de moi. De remettre les rôles à leur place, elle à sa place de parent et moi à ma place d'enfant. Et il suffit que je regarde son visage – la tristesse dans les yeux, la face bouffie, le nez rouge – pour savoir ce que je sais déjà, rien ne sera plus jamais pareil.

Elle me fait glisser sur le banc et asseoir sur ses genoux. Sa poitrine monte et descend contre mon dos et le bruit – l'espèce de miaulement qu'elle réprime – que j'espère ne plus jamais entendre. Je pose mes mains sur mes oreilles et j'essaie de le faire cesser. De faire comme si rien de tout cela n'avait lieu en vrai.

C'est le bruit de la dévastation.

De ma vie qui change.

D'une petite fille changée irrévocablement.

Pourquoi as-tu fait ça, papa ?

J'ai mal quand je respire.

Tu nous as brisées.

J'ai la tête qui tourne.

Tu l'as brisée.

J'ai les yeux qui brûlent, je n'ai plus de larmes pour pleurer.

Et si je n'arrivais jamais à la réparer ?

Je te déteste d'avoir fait ça, papa.

– Je ne te déteste pas, je murmure. C'est seulement que je ne comprends pas. Même après toutes ces années. Je ne comprends pas.

Les larmes passent à travers mes cils, la douleur est si forte. Même si deux décennies ont passé depuis que j'ai dû lui dire adieu.

Non, je ne déteste pas mon père. Comment le pourrais-je ? Mais je lui en veux de nous avoir privées, ma mère et moi, d'années supplémentaires avec lui. De temps supplémentaire.

Seigneur, ce que tu m'as manqué, papa !

La brise se lève et pousse une feuille à travers sa tombe jusqu'à ce qu'elle atterrisse sur celle de ma mère.

Je souris. C'est presque comme s'il me disait que je peux le quitter pour aller voir ma mère. Je presse un baiser sur mes doigts, que je pose sur sa pierre tombale avant de me tourner pour regarder celle de ma mère.

Elle est plus ouvragée que celle de mon père. Garland y a veillé avec dévotion. Qu'est-ce que ça lui a fait, à lui, d'enterrer la femme qu'il aimait à côté de son premier amour au lieu de choisir un autre emplacement où ils pourraient reposer ensemble ?

Je n'y avais jamais pensé. Ni à ce à quoi il avait renoncé pour pouvoir lui offrir ça ? Ni à l'amour qu'il lui portait alors même qu'il savait qu'elle n'avait jamais cessé d'aimer un autre homme.

Cette pensée me pousse à m'asseoir, tandis que j'arrange les fleurs que j'ai apportées pour elle dans le vase fixé de façon permanente sur sa pierre tombale.

Je ne pense pas que je pourrais en faire autant. Je ne pense pas que je pourrais aimer quelqu'un comme Ford en sachant qu'il a aimé une autre femme davantage.

J'ai peut-être été aveuglée depuis si longtemps par le chagrin que je n'ai jamais pris le temps de considérer l'homme qu'est Garland. La personne qu'il était pour elle quand il avait probablement besoin et envie de beaucoup plus.

– Il pense toujours à toi, maman. Exactement comme moi. À chaque moment de la journée.

J'arrête de chipoter avec les fleurs et je me tourne pour m'adosser contre le marbre.

Je déteste cet endroit.

Je le déteste parce que c'est ici que j'ai tout appris de la véritable solitude. De la destruction.

Je déteste qu'il soit si paisible. Paisible au point qu'il vous endort grâce au bercement d'une douce brise dans vos cheveux et du bruissement des feuilles au-dessus de votre tête.

Parce qu'il ne devrait pas être paisible.

C'est le lieu où les rêves sont brisés et où les cœurs volent en éclats.

Où vous réalisez, plus que n'importe où ailleurs dans le monde, à quel point la mort est sombre et solitaire. À quel point elle est permanente. Et le nombre des cicatrices qu'elle laisse derrière elle. *À chaque fois.*

Je hais cet endroit.

Tout en moi se révolte, mon cœur, mon âme, tout mon être.

Garland se tient debout à côté de moi, avec ses lunettes de soleil, une main posée sur le cercueil en acajou. Il ne bouge pas. Il ne pleure pas. Il ne parle pas. Il regarde sa main fixement en silence avant de baisser imperceptiblement la tête pour un dernier adieu et faire un pas en arrière.

Il marque une pause et me presse doucement l'épaule avant de s'éloigner pour me laisser du temps avec elle.

Pour me permettre de faire la seule chose que je ne suis pas prête à faire, dire adieu.

J'ai essayé de ne pas craquer. J'ai essayé de me montrer adulte encore une fois dans une situation que je n'aurais pas dû avoir à affronter une fois, et encore moins deux.

Mais alors que je me tiens là et que je regarde fixement le cercueil, je n'ai qu'une idée, c'est ce que je donnerais pour une dernière étreinte. Pour l'entendre chuchoter « Je t'aime » à mon oreille comme elle le faisait. Pour m'écarter et voir la fierté et l'amour dans ses yeux qui sont de la même couleur que les miens.

– Pourquoi m'as-tu quittée ? je murmure dans le vent. Je n'avais plus que toi. Qu'est-ce que je vais faire maintenant ? Comment vais-je continuer ? Comment est-ce que je vais... vivre ?

Les larmes affluent. Ce n'est pas la peine d'essayer de les retenir. J'ai déjà crié et hurlé et maudit Dieu pour me l'avoir reprise. Pour m'obliger à continuer sans elle.

Je me penche et pose les lèvres sur le couvercle en bois, chauffé par les rayons du soleil. Je déteste penser à tout ce qu'elle va manquer. À quel point elle va me manquer. À comment je vais pouvoir vivre sans elle. Parce que, cette fois, je n'ai plus personne pour me prendre dans ses bras lorsque je pleure.

Plus d'épaule sur laquelle me reposer.

Je sens la perte s'infiltrer en moi. La peur d'aimer sans redouter la perte qui va suivre, qui s'empare de moi.

Parce que à quoi bon essayer ?

– Je sais que tu as été assez courageuse pour aimer de nouveau, maman, mais moi je ne le suis pas. Je ne serai jamais aussi courageuse que toi.

Je ne veux plus jamais ressentir cela.

Jamais.

La brise se lève de nouveau et la feuille qui est tombée tout à l'heure revient dans la direction opposée et me frôle la jambe.

– Tu essaies de me dire quelque chose, maman ?

Je souris à travers mes larmes en me demandant à quoi elle ressemblerait aujourd'hui. Avec des petites rides et des cheveux blancs contre lesquels elle pesterait quand ils seraient visibles. Et ronchonnant parce que je ne suis pas mariée et quand je lui donnerais des petits-enfants ?

La normalité.

Des choses qui m'ont été refusées.

Des choses que je redoute plus que tout.

– *J'ai rencontré un homme, Maman. Il est beau et gentil et drôle... et il croit en moi, plus que moi-même parfois.*

Je l'aime.

Je l'aime et je suis totalement terrorisée à l'idée que si je l'aime, je vais automatiquement le perdre. Je ne peux pas lui faire ça. Je ne peux pas faire ça à sa famille.

Je ne peux pas, c'est tout...

Mes larmes coulent plus fort et j'incline la tête en arrière pour laisser la chaleur du soleil les sécher sur mes joues. Mais je pense qu'elles ne cesseront jamais. Elles ne l'ont jamais fait, quelque part.

C'est tellement ironique de penser que ce lieu m'apporte tant de paix alors que c'est aussi le lieu où ma vie s'est écroulée. C'est ici que j'ai vu le visage et le corps de ma mère s'effondrer alors que nous disions adieu à mon père. C'est aussi ici que j'ai dû lui dire adieu, à elle.

C'est aussi ici que j'ai appris que l'amour était trop dangereux pour le cœur.

C'est ici que j'ai accepté l'idée que je ne m'autoriserais jamais à aimer quelqu'un d'autre.

J'ouvre les yeux et je vois la feuille soulevée par le vent qui la fait danser dans l'air, quelques centimètres au-dessus du sol.

Je souris parce qu'en la regardant, j'entends sa voix. Elle s'est affaiblie avec le temps, mais à ce moment-là, elle me semble si réelle et forte et vivante.

Tu as le droit de l'aimer.

Tu as le droit d'avoir peur de le perdre.

Mais ce n'est pas ton amour qui en est la cause.

Ce n'est pas de ta faute.

Je secoue la tête comme si cette conversation se tenait vraiment entre deux personnes et pas seulement dans ma tête. Je continue de dessiner les lettres du bout des doigts, mes pensées continuent de tourner dans ma tête et mon cœur me fait toujours mal.

– Si c'est la vérité, alors fais-moi un signe, maman. Fais-moi un signe.

50

Ford

– TOUT VA BIEN, FRANGIN ? DEMANDE LEDGER. Tu as une voix d'outre-tombe.

– Elle est partie.

– Tu veux dire partie faire les courses ?

– Non, elle est partie, partie.

– Partie, partie ?

– Ouaip, dis-je en soupirant.

– Qu'est-ce que t'as encore foutu, cette fois ? demande-t-il en rigolant.

– J'ai failli mourir.

Il rit plus fort, comme si je plaisantais.

– Tu déconnes.

– Non, je suis sérieux. Toutes les personnes qu'elle a aimées sont mortes, Ledge. Toutes. Je n'y avais jamais pensé avant qu'elle me le dise.

– Et donc elle a peur parce qu'elle se dit que si elle t'aime, elle va te perdre et...

– Et elle ne peut pas vivre avec la menace de perdre quelqu'un d'autre.

– Bon Dieu. Je ne peux même pas...

– Ce foutu épilogue...

– Pardon ?

J'entends l'incompréhension dans sa voix alors que je mets finalement la pièce manquante à sa place.

– Rien, c'est seulement...

Elle a peur de croire aux happy ends. Elle ne peut pas les lire parce qu'après la dernière déclaration d'amour au dernier chapitre, elle a peur de savoir ce qui va se passer ensuite. Elle a peur de savoir s'ils sont toujours ensemble. C'est pour cela qu'elle ne les lit pas.

– C'est seulement quoi ?

– Rien.

– Eh ben... merde alors.

– Ouais. Comme tu dis, je marmonne.

Ces derniers jours ont été horribles. Elle est ma moitié pour tout ici... et maintenant qu'elle est partie, je suis complètement paumé, putain.

– Qu'est-ce que tu vas faire ?

– Qu'est-ce que je peux faire ? Je ne peux pas effacer toutes les années où elle a pensé ça.

– Bien sûr que tu peux.

– Tu ne sais pas à quel point elle est têtue.

– Tu es en train de me dire que tu as renoncé ? Ce n'est pas le genre de l'homme que je connais. Du frère que je connais.

– Je n'ai pas renoncé. Je l'aime, Ledge.

Je soupire en me passant la main sur les joues. Elles piquent. Je pique, putain. Je ressemble à un mort vivant. Roddy doit penser que j'ai pris une cuite ou que je suis toujours sous le coup du crash de l'hélico, avec mes yeux injectés de sang et ma mauvaise humeur.

Mais je n'arrive pas à dormir.

Je n'arrive pas à manger.

Je veux juste qu'elle revienne prendre sa place.

Ici.

Avec moi.

– J'ai juste besoin de lui prouver quelque chose pour lui faire comprendre que je tiens compte de sa peur, mais que celle-ci ne me fera pas fuir le moins du monde.

– Si tu as besoin de nous…

– Je sais, frangin, je sais.

Et je l'ai toujours su.

Ellery avait raison. Le livre de papa parle de papa – de sa vie, *à lui*. De ses réussites. De ses échecs. De ses défis. De sa relation avec maman et avec nous. Le court laps de temps que j'ai passé dans les médias au moment de la sortie du livre a remis cela en perspective pour moi. Et encore plus important, cette journée a permis de refermer le fossé qui s'était creusé entre mes frères et moi.

Je sais l'amour qu'il me portait. L'amour qu'ils me portent. Et au bout du compte, c'est la seule chose qui importe.

Donc, lorsque Ledger dit qu'ils seront là si j'ai besoin d'eux, je sais qu'ils seront là. Exactement comme j'étais là lorsqu'ils ont eu besoin d'aide dans leurs histoires respectives avec Asher et Sutton. *Parce que c'est ce qu'on fait pour ceux qu'on aime.*

Et j'aime Ellery.

Mais la question, c'est comment lui prouver que je l'aime et que je ne vais pas disparaître.

Lorsque je raccroche et que je me rallonge dans un lit qui garde son odeur, entouré de choses qu'elle a contribué à faire exister, je sais que je ferai n'importe quoi pour la faire revenir.

Même marcher dans le feu, putain.

51

Ellery

DESCENDRE DE VOITURE ME DEMANDE UN EFFORT SURHUMAIN.

L'auberge est là devant moi, dans toute sa beauté rénovée. Quelle ironie de penser que je me tenais à cet endroit quelques mois plus tôt, pleine d'espérances et sans savoir ce que cette opportunité me réservait.

Elle m'a apporté une nouvelle idée de moi-même, une confiance dans mes compétences professionnelles que je ne soupçonnais même pas. Et, à présent, un projet énorme dans mon escarcelle que je peux montrer comme une référence.

Elle m'a apporté une occasion d'apprendre que j'étais capable d'éprouver des sentiments. D'inspirer de l'amour... et aujourd'hui... aujourd'hui, je dois m'armer de courage pour affronter la personne que je veux aimer alors que je suis terrorisée à l'idée de m'y autoriser.

Et c'est peut-être la raison pour laquelle je suis toujours assise dans ma voiture, un pied dehors, par la portière ouverte et l'autre toujours à l'intérieur alors que je rassemble mon courage pour revoir Ford pour la première fois depuis deux semaines. Bien sûr, nous avons échangé par mail.

Au cours de conférences téléphoniques avec de multiples interlocuteurs en ligne.

Mais je ne l'ai pas vu. Je n'ai pas eu de conversation en tête à tête avec lui.

Jusqu'à aujourd'hui. Aujourd'hui doit avoir lieu la visite des entrepreneurs. Le jour où les personnes qui ont permis à mon rêve de se réaliser vont pouvoir admirer le produit fini, le résultat de leurs différentes contributions, avant l'ouverture au public.

Je ne manquerais ça pour rien au monde, même si cela implique de faire face à Ford avant d'avoir les réponses, ou un signe, ou je ne sais quel truc idiot qui viendra me dire que j'ai le droit de l'aimer.

Que j'ai le droit d'avoir peur, mais de l'aimer quand même.

Je contemple ce nouveau départ pour moi. Je pense aux souvenirs que nous avons fabriqués à l'intérieur. À l'association que j'ai consolidée. Et il me manque plus que j'aurais cru que ce soit possible.

– C'est un bon jour pour commencer un tas de choses nouvelles, Sinclair, je me murmure à moi-même en prenant une profonde inspiration, et je sors de ma voiture.

L'auberge est superbe. L'extérieur est magnifique avec son décor verdoyant et le nouveau mur d'enceinte en pierre. Je souris spontanément. Ma vision a pris vie, et j'éprouve un soudain pincement de regret d'avoir manqué les deux dernières semaines sur place. De n'avoir pas pris part aux petits détails et aux problèmes de dernière minute qui ont probablement créé des soucis à Ford et Roddy pour les résoudre. De n'avoir pas été là pour terminer le boulot que Ford et moi avions commencé sur un coup de tête.

J'ai seulement besoin d'espace.

N'est-ce pas ce que je lui ai dit la première et la seule fois où nous nous sommes parlé après mon départ ? Quand je lui ai dit que je travaillais à distance avec Roddy pour être sûre que ma présence soit ressentie pendant mon absence ? N'est-ce pas ce que je n'ai pas cessé de me répéter dans ma tête tous les soirs quand je m'endormais en pleurant ? N'est-ce pas ce que je me répétais pendant le trajet pour venir ici, simplement pour que la phrase s'envole par la vitre dès l'instant où j'ai arrêté ma voiture ?

C'était tellement plus facile d'appliquer ma propre requête quand j'étais loin de Ford. Mais à présent que je suis ici, et que je sais avec certitude qu'il est à l'intérieur, c'est en pleine confusion des sentiments que je mets un pied devant l'autre pour aller le rejoindre.

Il demeure quelques petites choses à terminer ou à corriger. Même maintenant, je ne peux empêcher mon cerveau de les enregistrer. Le store de droite au troisième étage, la troisième fenêtre en partant de la droite, est légèrement tordu. Une plante près du coin à gauche est morte, déjà. Le pot du côté droit de la porte d'entrée n'est pas orienté comme celui de gauche.

Et il n'y a pas de signalétique pour le nom de l'auberge.

J'imagine que c'est de ma faute. Il m'a posé la question et je n'ai jamais apporté de réponse. J'ai peut-être eu le sentiment que je ne le méritais pas, ou qu'il allait changer d'avis et s'en occuper lui-même. Ou peut-être que j'avais peur de laisser ma marque de façon permanente sur une chose que nous ne partagerions plus jamais.

Arrête de penser comme ça, Elle.

Commence à penser de façon positive.

Fais ce nouveau pas en avant. Tu as déjà négocié avec ton beau-père et tu t'es officiellement lié à S.I.N. pour l'avenir proche avec l'espoir que Ford verra que tu es prête à t'impliquer dans quelque chose avec lui.

Et qu'il voudra encore de toi.

Je pousse la porte d'entrée, m'attendant à trouver une foule de prestataires accompagnés de leurs conjoints s'affairant un peu partout dans les couloirs.

Mais je ne vois personne.

Je passe d'un endroit à l'autre, dans le silence assourdissant de l'auberge, et je vérifie sur mon téléphone que je ne me suis pas trompée. Que c'est bien l'heure indiquée sur l'invitation.

C'est bien ça.

– Il y a quelqu'un ?

Je me sens comme une étrangère dans un lieu qui m'appartient.

En partie.

Cinquante-cinquante.

À cette idée, un sourire flotte sur mes lèvres et une voix me répond.

– En haut.

Je grimpe les escaliers jusqu'au rooftop en me disant que la fête a lieu là-haut, mais je me retrouve dans un espace complètement désert.

Le souffle coupé, je porte la main à ma bouche. C'est fini et c'est absolument magnifique. C'était l'endroit qui devait être terminé en dernier et donc j'ai manqué les dernières étapes de sa réalisation, mais... waouh.

– C'est magnifique, non ? demande Ford derrière moi, et mon cœur s'envole dans ma poitrine.

Je baisse la tête une seconde, m'armant de courage pour affronter la réaction viscérale que je ne vais pas manquer d'avoir en le voyant.

Il me faut seulement quelques secondes avant de me retourner pour lui faire face. Il est debout dans l'encadrement de la porte vêtu d'un tee-shirt Henley et d'un jean sympa. Il a les cheveux ébouriffés comme je les aime, et l'espoir que je lis dans son sourire gagne chaque parcelle triste, effrayée ou pleine d'espérances de mon être.

Je l'aime.

J'ai la possibilité de l'aimer.

C'est la chose que je me suis répétée encore et encore au cours de ces dernières semaines. Les phrases auxquelles je me suis entraînée à ne pas tiquer ou être sur la défensive lorsque je les dis.

Parce que c'est vrai. Malgré la terreur que cela m'inspire, j'aime Fordham Sharpe.

– Tu as fait un super boulot, dis-je en y allant doucement.

– Non, *nous* avons fait un super boulot.

Il sourit tendrement.

– Tu as l'air en forme, Ellery le Céleri.

– Toi aussi, Fordham comme l'Université. Où sont passés tous les gens ?

Il rigole, en baissant les yeux puis en les relevant pour me regarder.

– Ils seront là dans une demi-heure. Il se pourrait que j'aie changé l'heure sur ton invitation afin de te voir seule avant. Tu sais, je suis assez égocentrique pour ça.

– Ford...

– Je plaisante, Elle. On n'en est plus là, si ?

– Non.

S'il te plaît. Dis-moi que tu m'aimes toujours. Dis-moi que ce n'est pas trop tard.

– Donc, tu voulais me voir avant, c'est fait. Et maintenant quoi ?

– Plusieurs choses.

– Comme quoi ?

D'un geste de la main, il désigne le dessus du bar sur lequel sont étalés des tas de papiers.

Je ne sais pas si je suis contente qu'il parle boulot – cela me laisse encore un peu de temps – ou si cela me contrarie. Qu'est-ce que j'espérais après lui avoir fait du mal ? Qu'il me prenne dans ses bras et me dise qu'il m'aime alors que je l'ai déjà rembarré une fois ?

Je prends une profonde respiration pour me donner des forces alors que le doute commence à s'installer.

Est-ce que j'ai trop attendu ? Est-il passé à autre chose ? Est-ce que c'est trop tard ?

Mais lorsqu'il se retourne et me regarde, avec ce sourire qui illumine son visage et qu'il me fait signe de venir à côté de lui, je sais que ça va aller.

Il a tendance à avoir cet effet sur moi. Faire disparaître mes angoisses grâce à son calme.

Ma curiosité est piquée, je m'approche des documents, des dessins en fait, et je retiens mon souffle en voyant la totalité des propositions. Sur le bar se trouvent une dizaine de maquettes de logos et de signalétique pour l'auberge.

Mais ce n'est pas la maîtrise du design qui me fait monter les larmes aux yeux. C'est le nom de l'auberge que Ford a choisi.

Azur. Une exclusivité Sharpe Signature.

J'essaie vainement de retenir mes larmes en regardant fixement ce nom qui signifie tant pour moi.

– Ford ? Tu sais que...

– Oui, murmure-t-il en s'approchant de moi. Delia Azur Sinclair-Haywood. Mère d'une certaine Ellery Jean Sinclair. J'ai pensé que puisque j'avais un moyen de rendre hommage à mon père en donnant son nom à l'auberge, il était normal que tu aies la même possibilité.

– Et donc tu lui as donné le nom de ma mère.

– En effet. J'espère que cela ne te dérange pas.

Je t'avais demandé de me faire un signe, maman, et ça, c'en est un, énorme, aveuglant, que je ne pouvais pas manquer. Au sens propre comme au sens figuré. Merci.

– Fordham...

Je tends la main et fais courir le bout de mes doigts sur les dessins, comme pour les sentir avant de me retourner vers lui.

– Merci. C'est parfait.

– Ne me remercie pas. Ça t'appartient pour moitié. Je te rappelle...

– Cinquante-cinquante.

– Cinquante-cinquante. Et je me suis dit que le prochain pourrait être un clin d'œil à ma mère. Et le suivant, un clin d'œil à ton père... et ainsi de suite. J'ai envie de trouver un moyen d'honorer ceux que nous avons aimés et qui nous ont quittés, et non pas se contenter de vivre avec le deuil.

– Tu es sérieux ?

– Tout à fait.

– Mais pourquoi... je veux dire...

– Tu avais besoin d'espace. Je t'ai donné de l'espace. Mais rassure-toi, je n'avais pas l'intention de renoncer à toi. Jamais de la vie.

Il pince les lèvres en jouant avec les coins d'une maquette alors que le non-dit flotte entre nous.

– Je suis même allé jusqu'à appeler Garland pour lui parler d'un nouveau partenariat avec Haywood, mais apparemment, quelqu'un m'avait devancé.

Il me regarde, une ébauche de sourire flottant sur ses lèvres et l'espoir envahissant ses yeux.

– C'est moi. Tu vois, tu n'es pas le seul qui avait peur de lâcher.

Il hoche la tête, comme s'il s'apprêtait à dire quelque chose, mais se ravise de peur de gâcher ce moment.

C'est à mon tour de parler. C'est à mon tour de tout déballer pour lui.

J'ai préparé des discours. Des explications et des excuses, et tout ça.

Mais quand j'ouvre la bouche, il n'y a qu'une chose qui en sort.

Et c'est la seule qui compte.

– Je t'aime, Fordham Sharpe.

Il en a le souffle coupé, et je lève les mains pour qu'il me laisse aller au bout de ce que j'ai à dire. Il acquiesce d'un hochement de tête.

– Je t'aime et je suis morte de peur à l'idée qu'en t'aimant, je te désigne comme cible au destin. Je t'aime et cela me terrifie parce que je n'ai jamais éprouvé ce genre d'amour et que je ne sais pas trop quoi en faire. Est-ce que je te l'offre après t'avoir repoussé en espérant que tu l'acceptes ? Est-ce que je te dis « et voilà », pour qu'ensuite tu n'aies pas le choix parce qu'il est hors de question que tu me laisses partir ? Qu'est-ce que je fais, Ford ? Parce que je suis paumée, et terrorisée à l'idée qu'il soit trop tard, et...

Il s'avance et presse ses lèvres sur les miennes.

– Ford. Maintenant je veux l'épilogue. Le lire. L'aimer. Le vivre en vrai.

– Tu es sûre ?

Je hoche la tête en me mordillant la lèvre inférieure.

– Oui, je suis sûre.

Son sourire éclaire son visage.

– Qu'est-ce qui a changé ?

C'est une bonne question. À laquelle j'ai beaucoup réfléchi.

– Toi. C'est toi qui m'as changée. Ta foi inaltérable en moi. Ton amour indéfectible. Ta patience. Ton amitié. Juste toi, Ford. C'est toi qui m'as changée.

– Je vais t'embrasser maintenant.

– Pourquoi tu me dis ça ? dis-je en riant.

– Parce que ça va être comme dans un roman sentimental. Le genre qu'on écrit bien après l'épilogue, murmure-t-il contre mes lèvres.

– Vas-y.

Deux semaines, c'est long sans le goût de ses lèvres. Sans ses caresses. Sans son amour.

Comment ai-je pu croire que je pourrais le quitter ? Que ma peur de la perte était plus grande que la force de cet amour ?

Parce que la peur peut avoir cet effet.

Et quelque part, Ford m'a appris que l'amour contrecarre le risque.

Lorsque notre baiser s'interrompt, lorsque j'ai totalement repris contact avec la pagaille que cet homme peut semer dans mon système, et à quel point il m'a manqué, il s'écarte de moi et prend mon visage entre ses mains.

– Qu'une chose soit bien claire, Ellery Sinclair, tu n'as pas mis une cible sur ma tête. Tu n'as pas jeté de malédiction sur moi ou de sortilège ou je ne sais quoi. Tu as fait de moi un être complet, et tu l'as fait avec des moyens que je n'aurais jamais imaginés. Avec ton goût pour le mélange microbien et ton penchant pour les esquimaux. Avec ta soif de connaissance et ton amour pour les comédies romantiques. Avec ton désir de lire le livre de mon père pour mieux me comprendre. Avec ta façon de me regarder en me donnant l'impression qu'il y a que moi dans la pièce. Et ta façon de n'avoir pas peur de faire preuve de fermeté avec moi – même si c'est simplement pour te protéger contre un trop grand rapprochement en m'envoyant à une mort tragique dans l'Hudson.

– Hé...

– Je plaisante.

Il rit et lève les mains en signe de reddition avant de me regarder droit dans les yeux.

– Tu... tu es la plus grande emmerdeuse et le plus grand amour de ma vie. (Il pose un baiser sur mes lèvres.) Mon père m'a dit un jour que je saurais que *c'est la bonne* lorsque je serais prêt à marcher dans le feu pour elle. Ces deux dernières semaines, j'ai eu l'impression de ne rien faire d'autre que marcher dans le feu pendant que je t'attendais. Et tu sais quoi. Je serais heureux de le refaire un millier de fois, simplement pour t'entendre me dire ces mots encore une fois.

– Quels mots ? dis-je pour le faire enrager, ce qui me vaut une tape sur les fesses et un autre baiser déchirant.

– Je t'aime, Fordham Sharpe. Aujourd'hui. Pour toujours. Même lorsque j'ai peur. Même lorsque je redoute de le dire. Même lorsque j'ai l'impression que je suis incapable d'aimer, je t'aime.

– Quoi ? Juste comme ça ? Sans avoir besoin de négocier ?

Il rit en repoussant une mèche de mes cheveux derrière mon oreille.

– Tu deviens faible avec moi, Ellery le Céleri.

– Qu'est-ce que tu voudrais négocier ?

Je plisse les yeux comme si je parlais sérieusement.

– Des choses. Tellement de choses.

Il dépose un nouveau baiser tendre sur mes lèvres.

– Des choses comme, par exemple, une fois que nous serons rentrés à New York, tu devrais venir t'installer chez moi.

Je pourrais dire que je n'ai pas prévu ça, que naturellement j'aurais tendance à dire non, mais est-ce que nous ne vivons pas déjà ensemble ici ?

– Vivre avec toi ? Uniquement si nous pouvons prendre un chien.

– Un chien ?

Il éclate de rire.

– Ouais. Un chien. C'est non négociable.

– D'accord. Quoi d'autre ?

Mon cerveau se met à cogiter à toute vitesse. C'était tellement difficile pour moi d'accepter cet amour et, maintenant que je l'ai fait, c'est tellement facile de tomber dedans la tête la première.

– Je ne sais pas encore, mais je me réserve le droit d'avoir au moins trois conditions supplémentaires que je pourrai poser une fois que je parviendrai à penser normalement.

Il descend un doigt tout le long de mon dos, soulève l'ourlet de ma jupe de façon à pouvoir caresser ma peau nue.

– Qu'est-ce qui t'empêche de penser normalement ?

Je me mets à rire. C'est tellement bon de rire.

– Peut-être que j'ai envie d'être un peu plus distraite.

Je me hisse sur la pointe des pieds pour l'embrasser.

– Début de la distraction.

Son gémissement suffit à me faire savoir que son corps est aussi à cran que le mien. Aussi en manque et impatient.

– J'aurais dû demander aux autres de venir une heure plus tard au lieu de trente minutes.

– Pourquoi ça ?

Il sourit.

– Parce que je veux te faire l'amour pour la première fois, Ellery. Je sais que ça peut paraître ringard, mais je m'en fiche. J'emploie le mot *amour* chaque fois que je peux pour que tu t'y habitues Pour qu'il ne te fasse plus peur.

– M'installer avec toi. Prendre un chien. *Et* immédiatement après faire l'amour. *Houlà, Sharpe.* Je ne sais pas. Est-ce que c'est ton ultime proposition ?

– Mon chou, c'est juste un début.

Il rigole et penche la tête en arrière pour me regarder avec un sourire qui me fait flageoler les jambes. Et ce qu'il dit encore plus.

– Non. Tu sauras quand je ferai ma demande. (Un baiser chaste.) Et il n'y aura pas de négociation possible pour y répondre.

52

Ford

Trois mois plus tard

– TU PENSES VRAIMENT QUE C'EST LA MEILLEURE OPTION ?

Ellery me regarde. Elle est adossée à la tête de lit, dans mon – euh... *notre* – penthouse. Son ordi est posé sur ses genoux, ses cheveux relevés sur le sommet de la tête et son visage est dépourvu de tout maquillage.

Bon Dieu !

Parfois le simple fait de la regarder me bouleverse. Qu'est-ce qui me vaut d'avoir autant de chance ? Qu'est-ce que j'ai fait pour mériter qu'elle me choisisse ?

– Pourquoi tu me regardes comme ça ? demande-t-elle en plissant les yeux et en faisant une petite moue.

– Pour rien. Parfois je n'en reviens pas. Ça. Toi. Nous.

Je hausse les épaules.

– Fordham Sharpe, tu ne te ramollirais pas un peu ?

– Pas là où ça compte.

Je fais un clin d'œil et elle rit avant que je désigne son ordi de la main.

– Pour répondre à ta question, c'est oui. Park City est le terrain de jeu des riches en hiver. C'est un endroit idéal pour notre prochain hôtel Sharpe Signature. C'est cher. C'est réservé aux privilégiés. Et si on en croit le succès d'Azur, les gens aiment faire étalage de leur expérience « unique ».

Et pour ça, ils le font.

Azur affiche complet pour les dix-huit mois à venir et cela ne fait que deux mois que nous avons ouvert. Les nouvelles se répandent vite dans les cercles de l'élite et des célébrités. Et c'est tant mieux.

Bien sûr, il y a eu quelques cafouillages au début, comme toujours quand on démarre un nouveau concept, mais on a réussi à les aplanir et à les corriger immédiatement.

Et je ne cache pas que je lance ce succès à la figure de mes frères chaque fois que je peux. Ils en feraient autant avec moi.

– D'accord.

Elle hoche la tête en mordillant le capuchon de son stylo.

– Park City, donc.

– Je savais que tu...

On sonne à la porte et Chex, notre chienne trouvée dans un refuge, lève la tête comme si elle se demandait si ça l'intéressait avant de décider que non et de la reposer.

Les seules personnes qui montent sans avoir été annoncées par le portier, ce sont mes frères.

– Qu'est-ce qu'ils viennent faire ici, bon sang ?

– J'en sais rien, dit-elle en poussant son ordi sur le côté avant de se lever du lit.

Quelques secondes plus tard, j'ouvre la porte et je lance un regard soupçonneux à Ledger et Callahan debout dans mon entrée.

– Vous venez vous liguer contre moi encore une fois. Qu'est-ce qui devrait m'inquiéter cette fois ?

Et c'est reparti.

– On a quelque chose à te montrer, dit Ledger qui va directement dans le salon en passant devant moi comme s'il était chez lui.

– Bonjour. Comment ça va aujourd'hui, Ford ? On vous dérange ? On peut entrer ? j'ironise en leur emboîtant le pas.

J'entends le rire d'Ellery dans mon dos.

– Fais-nous confiance, murmure Callahan, ce qui ne manque pas de m'inquiéter davantage.

Je lance un coup d'œil à Ellery qui hausse les épaules.

– Tu peux brancher mon ordi sur ta télé ? demande Ledger qui sait très bien que oui.

– Bien sûr, mais... ça vous embêterait de me dire ce qui se passe, bon sang ?

Le sourire de Callahan ne me dit rien qui vaille. La dernière fois qu'il a eu ce sourire, c'était quand ils m'ont montré une capture d'une caméra de surveillance où on me voyait dans un ascenseur avec une fille avec qui je sortais. Ils pensaient que ce serait très drôle de me donner leur avis sur ma technique.

Putains d'enfoirés.

– Ce n'est pas ça, dit Ledger en riant.

– Ce n'est pas quoi ? demande Ellery.

– Il vaut mieux que tu ne le saches pas, dis-je en l'embrassant sur la joue, ce qui a évidemment pour effet d'éveiller sa curiosité.

– Assieds-toi, dit Callahan, mais comme je n'obéis pas, il me pousse pour m'obliger à prendre place sur le canapé.

– C'est quoi, ce bazar...

Mais je me tais dès que j'entends le rire de notre père remplir la pièce et que je le vois apparaître sur l'écran.

Il est assis dans un fauteuil, une cheville posée sur l'autre genou. Il s'appuie au dossier, les bras ballants de part et d'autre, les lèvres pincées.

Mon cœur bondit dans ma gorge. L'entendre soudain, le voir...

Je regarde Ledger et Callahan qui se contentent de me faire signe de regarder l'écran.

– Parlez-nous de Fordham, dit une personne hors caméra, et je sais exactement ce que c'est.

Les bandes de l'interview pour la biographie.

Le sourire de mon père est nostalgique, aimant, et des larmes me montent aux yeux simplement en voyant sa réaction lorsqu'on lui pose une question sur moi.

« Fordham est... c'est un garçon formidable. Travailleur. Dévoué. Il a un cœur en or. Si vous cherchez des histoires croustillantes à son sujet, vous allez être déçu. Il ne s'attirait jamais d'ennuis, sauf quand il se faisait punir à la place de Callahan. »

Il rigole et se passe la main sur le visage de la même manière que je le fais maintenant.

Cela me fait sourire.

– Et je t'en remercie, mec, dit Callahan en me tapotant l'épaule. Je te suis toujours redevable de ça.

J'étais tellement absorbé par l'image de mon père sur l'écran que je n'avais pas remarqué que mes frères s'étaient assis de part et d'autre de moi.

« C'était une chose dont nous plaisantions souvent, Carly et moi, Ford c'est le roc de la famille. Si vous aviez besoin d'aide, il était là. Si vous aviez besoin de quelqu'un à qui parler, il était là. Si nous avions besoin d'un médiateur pour résoudre un conflit entre Callahan et Ledger, il était là. Fordham était spécialiste pour faire des plaisanteries au moment où nous en avions le plus besoin. Je n'ai jamais rencontré quelqu'un qui sache aussi bien que lui analyser une situation et trouver les mots pour alléger l'atmosphère ou mettre quelqu'un à l'aise. Il s'inquiétait pour tout le monde parce qu'il voulait toujours que tout aille bien. Cela ne le dérangeait pas que ses frères passent avant lui, parce que sa propre aura brillait de toute façon.

– On dirait que c'est un type bien.

– Le meilleur, incontestablement. »

Mon père regarde le journaliste et j'ai l'impression que son sourire s'adresse directement à moi.

« Carly et moi, on disait souvent que cet enfant savait toujours ce qu'il fallait faire, dans toutes les situations. C'était *Juste Ford*. Hum. »

Il sourit de nouveau alors qu'un souvenir lui revient brusquement à l'esprit si l'on en juge par son regard qui se fait plus lointain et son sourire plus doux.

« C'est-à-dire ?

– C'était comme ça qu'on l'appelait entre nous. *Juste Ford*. J'avais oublié ça. Le soir dans notre lit, lorsqu'on se remémorait les événements de la journée... chaque fois que l'un des autres garçons avait fait une bêtise ou s'était fait remarquer, elle disait toujours : *Mais pourquoi ils ne peuvent être un peu plus comme ou juste comme Ford ?*

On riait et on disait que ce n'était pas gentil pour les autres... mais c'est une chose qui est restée entre nous et, finalement, ça s'est raccourci en *Juste Ford.* »

Il rigole.

« Seigneur, j'ai l'impression que c'était il y a une éternité.

– Juste Ford, dit l'intervieweur.

– Ouaip. Ford, c'est... *Ford, c'est... le casque bleu de la famille. C'est lui qui tient la barre dans notre vie parfois tempétueuse. C'est...* c'est juste Ford, quoi. »

L'enregistrement s'arrête là, mais je garde les yeux rivés sur l'écran noir, en continuant d'entendre ses paroles et de voir son sourire.

Juste Ford.

Cela signifiait tellement plus pour lui que la manifestation d'indifférence que j'y avais vue au départ.

Mes joues sont mouillées de larmes que je n'ai même pas senties couler, et je m'en fiche complètement. Il n'y a que mes frères et Ellery pour les voir. Les trois personnes qui comptent le plus pour moi.

Ledger me serre la nuque et me secoue d'avant en arrière tandis que Callahan me donne des tapes dans le dos.

Je lève les yeux et je vois Ellery à l'autre bout de la pièce. Elle aussi a les joues humides de larmes, mais son sourire est tout pour moi.

Elle savait depuis le début que cette histoire n'était pas si simple.

Tout comme mes frères. Et ils ont tout fait pour me le prouver.

Les trois personnes au monde qui comptent le plus pour moi connaissent la vérité. Connaissent le sens qu'il y a derrière les mots *Juste Ford.* Ma mère avait raison. Ce sont les seules personnes dont l'opinion sur moi importe.

Juste Ford.

Ça sonne bien et ça me fait plaisir de l'entendre.

Épilogue

Ellery

– TU SAIS QUE TU AURAIS PU CHOISIR D'ALLER n'importe où ailleurs dans le monde pour ça.

– Je sais, je murmure contre ses lèvres.

Il m'attire contre lui et me maintient à la place où je me suis toujours sentie le plus en sécurité.

– Mais c'est là que j'avais envie d'être. C'est là que tout a commencé pour nous.

Le soleil de cette fin d'après-midi fait paraître le sable plus blanc et la couleur des fleurs plus vibrante. La plage derrière l'hôtel Azur a été transformée en un véritable paradis, et même moi, j'ai trouvé ça incroyable en arrivant tout à l'heure.

Des guirlandes lumineuses disséminées un peu partout. Dans les arbres. Sur les tables. Un dancefloor installé sur le sable. La réunion des personnes que nous aimons le plus... et mes frères. Nous progressons de jour en jour, mais au moins, nous progressons. C'est toujours ça.

– Je suis tout à fait d'accord avec toi.

Ford pose sur moi un regard plein d'amour.

– Je n'arrive toujours pas à y croire.

Il effleure mes lèvres d'un baiser.

– Moi non plus.

– Vous êtes prête, Madame Sharpe ?

Ce nom.

C'est le mien maintenant.

Ou plutôt, c'est le mien depuis exactement quatre heures et trois minutes, et si c'est déjà si bien, je suis impatiente de savoir comment ce sera d'avoir été Madame Sharpe pendant toute une vie.

Je suis mariée.

Avec Fordham Sharpe, rien que ça.

La femme qui redoutait l'amour, qui le repoussait, ne peut même pas imaginer ne pas éprouver autant d'amour pour cet homme.

Et maintenant, il est à moi pour toujours, et nous sommes sur le point de commencer notre voyage ensemble.

Je jette un coup d'œil par les rideaux pour regarder nos invités en ligne de chaque côté de la haie d'honneur qui mène à la limousine qui nous attend. Fordham me prend par la main et sourit en ouvrant la porte.

En posant le pied dehors, nous sommes accueillis par le brouhaha des rires, des applaudissements et des hourras.

Comment sommes-nous parvenus jusqu'ici ?

– Allons-y, dit Ford en serrant ma main alors que nous faisons nos premiers pas vers notre éternité.

La pluie et le vent me soulèvent pratiquement de terre lorsque je pousse la porte de l'auberge. Chandler continue de parler inlassablement dans mon oreille au sujet d'un projet sur lequel il travaille comme si je n'étais pas en train de braver une tempête tropicale en essayant d'éviter de me transformer en paratonnerre.

– Allô. C'est pourtant clair ce que je dis, non ? je répète pour la énième fois.

Il ne m'écoute pas, trop absorbé par lui-même.

– Fermé. On est bloqués ici.

– Quel sens de l'observation ! Pourquoi vous croyez qu'on est tous assis ici, en tout cas, ce n'est pas pour l'ambiance, marmonne l'homme à ma gauche alors que je laisse tomber

mon sac par terre à côté du seul tabouret de bar disponible dans ce trou paumé.

– Je ne crois pas vous avoir adressé la parole, je réponds d'un ton sec.

Occupe-toi de tes affaires, mon pote.

– Tant mieux. Parfait. Attendez, ils ont fermé toutes les routes ?

C'est alors que je lève les yeux et que je croise le regard du connard grincheux qui est intervenu alors que je ne lui demandais rien. Chandler continue de déblatérer dans mon oreille, mais je n'entends pas un traître mot de ce qu'il dit parce que je suis médusée par ces yeux ambrés positivement incroyables.

Par l'homme assis devant moi qui fait bondir mon rythme cardiaque.

Nous passons devant Callahan et Sutton. Leurs deux fillettes, Maxine et Carly, ont revêtu des robes blanches à froufrous et portent des couronnes de fleurs dans leurs cheveux bouclés. Sutton tend la main pour presser la mienne, avec un sourire chaleureux et rassurant, alors que Callahan tape dans la main de son frère et lui dit quelque chose qui les fait rire tous les deux.

– Allez, Ellery le Céleri. Faites le pari sur moi. Faites le pari avec moi.

Il me tend la main, la main qu'il a refusée à mon frère.

– Ça marche, partenaire ?

– Je n'arrive pas à croire que je suis d'accord pour faire ça, je gémis et un frisson d'excitation me parcourt de la tête aux pieds.

– Ça veut dire oui ?

Je croise son regard, vois son sourire, et je tends la main pour serrer la sienne. Dans quoi je m'embarque, bon sang ?

– Oui.

Ensuite vient le tour de Ledger et Asher. Ils sont là, tout sourires. Asher porte Oliver, leur fils de deux mois profondément endormi dans ses bras. Ledger lui passe le bras autour de la taille et l'attire contre lui.

– Amusez-vous bien ! chuchote Asher en lançant en l'air une poignée de quelque chose qui retombe tout autour de nous.

– Ellery le Céleri.

– Fordham comme l'Université, je lui réponds, le visage grave – puisqu'il a l'air tellement sérieux – avant d'éclater de rire.

Il bondit sur le lit, me ceinture et me chatouille jusqu'à ce que je m'étrangle de rire et que je le repousse.

Ses lèvres se posent sur les miennes pour le plus tendre des baisers.

– J'avais plein de projets pour ça. Très élaborés. Ils ont été lancés et sont mis en attente depuis des semaines. J'attendais le bon moment. Mais... j'en brûle d'envie, et je ne veux pas attendre plus longtemps.

– Ford.

Je prononce son nom à la fois comme un avertissement et une supplication d'espoir.

Il revient sur moi et me chevauche, avec un sourire timide qui me fait fondre.

– Je peux t'offrir le monde sous toutes les formes que tu souhaites. Je pourrais t'acheter tout ce que tu veux, t'enlever pour une destination lointaine ou donner un feu d'artifice qui écrit ton nom dans le ciel. Je pourrais t'afficher une annonce sur un panneau publicitaire de Times Square ou organiser une chasse au trésor élaborée rien que pour toi... mais je ne crois pas que tout cela t'intéresse. La pompe et le lustre ce n'est pas ton truc... parce que depuis le premier jour, ce qui a toujours compté pour toi, c'est nous. Tu me vois vraiment tel que je suis. Tu l'as vu et tu m'as quand même laissé t'approcher. Épouse-moi, Ellery. Épouse-moi et écrivons cet épilogue ensemble, et ensuite vivons-le en vrai.

Je souris à travers mes larmes. Je savais qu'à un moment donné cela arriverait. Nous en avons parlé, nous en avons plaisanté, et je savais que c'était inévitable. Mais même en le sachant, je n'étais pas préparée à l'afflux d'émotions que je ressens au moment où je l'entends prononcer ces mots et que je le regarde dans les yeux.

Il glisse la main sous son oreiller et sort une petite boîte. Lorsqu'il l'ouvre, un splendide solitaire ovale repose dans son écrin de velours bleu.

Mais il a raison. Je me moque du luxe et de la pompe ou de ce qui brille devant mes yeux. Je ne vois que lui. Je ne veux que lui.

– Ton silence me tue, Ellery.

– Je pense que j'avais la réponse dès le premier soir, quand nous nous sommes rencontrés. J'ai sans doute mis un peu de temps à l'admettre, mais...

– Mais Dieu merci, tu l'as fait. Et donc c'est... ?

– Oui. Évidemment, c'est oui. Qu'est-ce que ça pourrait être d'autre ?

Garland me fait un petit signe de tête discret lorsque je passe devant lui et je tends le bras pour serrer sa main. La bague de ma mère, ornée d'un saphir bleu, qu'il avait gardée et qu'il m'a donnée pour l'occasion, scintille dans la lumière déclinante.

Nous tapons dans les mains de plusieurs autres amis, passons devant la silhouette en carton de Chris Hemsworth en taille réelle dont Ford a pensé que c'était un rappel important de notre première soirée, celle où nous avons fait connaissance, avant de nous arrêter au bout de l'allée d'honneur.

C'est curieux de penser qu'on peut rencontrer quelqu'un dans les circonstances les plus improbables et découvrir que cette personne vous a donné le conseil, l'espoir et la volonté de changer quelque chose que vous n'aviez pas eu la force de changer auparavant.

C'est seulement à ce moment-là que je découvre ce que les invités nous lancent. Ce n'est pas le riz traditionnel, c'est du mélange apéritif *sans bretzels.*

Je recueille un morceau de fruit sec sur l'épaule de Ford et me mets à rire en rejetant la tête en arrière. Il me soulève de terre et me fait tourner sur place.

– Seulement le meilleur pour toi, Ellery le Céleri.

Lorsqu'il arrête de tourner, je me laisse glisser contre lui alors qu'il me repose à terre, et nos lèvres se joignent de nouveau.

– Un jour, tu m'as dit que si je te présentais un homme sachant que l'amour et la romance ne se prouvent pas toujours par des gestes spectaculaires, tu l'épouserais.

Il dépose une amande entre mes lèvres et désigne de la main toutes ces personnes rassemblées en notre honneur.

– J'ai la chance que tu sois une femme de parole.

– Toujours. Pour toujours. Seulement toi, Ford. Seulement nous.

Il regarde mes yeux brillants de larmes alors que notre chauffeur ouvre la portière de la voiture. Ford fait un signe vers la portière ouverte.

– Notre épilogue commence à cet instant.

Avez-vous aimé la romance d'Ellery et Fordham et son heureux dénouement ? Êtes-vous intrigués à la fois par Callahan et Ledger et désireux d'en savoir plus à leur sujet ? La *série S.I.N.* comporte deux autres volumes. (Les livres peuvent être lus dans n'importe quel ordre et séparément.)

On One Condition
Last Resort

Avez-vous été intrigué par les scènes de sexe et les livres que Ford lit à Ellery dans le chapitre 40 ? Ces scènes sont tirées d'autres romans de K. Bromberg. Vous pouvez les retrouver ici :

• La scène avec Lilly est extraite de *Unraveled*, un roman court très sombre.

• La scène avec Lennox se trouve dans *Hard to Hold*, une romance de passage d'ennemis à amants sur fond de sport.

• La scène avec Sidney est tirée de *Cockpit*, une romance mettant en scène un père célibataire membre d'une équipe de secours d'urgence dans une petite ville de province.

À propos de l'auteure

Auteure de best-sellers figurant sur la liste du *New York Times,* K. Bromberg écrit des romances contemporaines contenant un savant mélange de douceur, d'émotion, d'une bonne dose de sexe et d'une pointe de réalisme. Elle aime mettre en scène des héroïnes fortes côtoyant des héros abîmés que nous adorons détester mais ne pouvons nous empêcher d'aimer.

Mère de trois enfants, elle concocte ses romans entre deux trajets vers l'école, quelques entraînements de football et des moments passés à se demander comment être parents d'adolescents. Le plus souvent, en emportant son ordinateur portable avec elle et en rêvant au nouveau héros qu'elle a en tête.

Depuis la publication sur un coup de tête de son premier roman en 2013, K. a vendu plus de deux millions d'exemplaires de ses livres dans plus de vingt pays et est apparue plus de trente fois sur les listes des best-sellers du *New York Times*, de *USA Today* et du *Wall Street Journal.* Sa trilogie *Driven* (*Driven, Fueled* et *Crashed*) a été adaptée pour le cinéma et est disponible sur la plateforme de streaming Passionflix ainsi que sur Amazon.

Pour en savoir plus sur Kristy, ses romans, ou simplement converser avec elle, rendez-vous sur tous ses comptes de réseaux sociaux. La façon la plus simple de vous tenir au courant de ses nouvelles publications est de vous abonner à sa newsletter ou de la suivre sur Bookbub.

Imprimé en France par CPI
en mai 2023

Composition réalisée par Nord Compo à Villeneuve-d'Ascq

N° d'impression : 3050690